A barca dos homens

A barca dos homens

AUTRAN DOURADO

HarperCollins

Copyright © 2023 por Espólio Autran Dourado.
Todos os direitos desta publicação são reservados à Casa dos Livros Editora LTDA.
Nenhuma parte desta obra pode ser apropriada e estocada em sistema de banco de dados ou processo similar, em qualquer forma ou meio, seja eletrônico, de fotocópia, gravação etc., sem a permissão dos detentores do copyright.

Coordenação editorial: DIANA SZYLIT
Produção editorial: BEATRIZ LOPES
Assistência editorial: CAMILA GONÇALVES
Revisão: BEATRIZ LOPES E MEL RIBEIRO
Projeto gráfico de capa: MAURICIO NEGRO
Projeto gráfico de miolo e diagramação: EDUARDO OKUNO

Dados Internacionais de Catalogação na Publicação (CIP)
Angélica Ilacqua CRB-8/7057

D771b	
Dourado, Autran	
A barca dos homens / Autran Dourado. — Rio de Janeiro : HarperCollins, 2023.	
288 p.	
ISBN 978-65-6005-057-0	
1. Ficção brasileira I. Título	
23-3545	CDD B869.3
	CDU 82-3(81)

Publisher: SAMUEL COTO
Editora Executiva: ALICE MELLO

Os pontos de vista desta obra são de responsabilidade de seu autor, não refletindo necessariamente a posição da HarperCollins Brasil, da HarperCollins Publishers ou de sua equipe editorial.
Rua da Quitanda, 86, sala 218 — Centro
Rio de Janeiro, RJ — CEP 20091-005
Tel.: (21) 3175-1030
www.harpercollins.com.br

"It is in the power of every hand to destroy us, and we are beholden unto everyone we meet, who doth not kill us."
[Está nas mãos de qualquer um nos destruir, e estamos em dívida com todos os que conhecemos, que não nos matam]

— THOMAS BROWNE

Esta é uma história de caça e pesca.

SUMÁRIO

A barca ancorada no meio do mar,
por Oscar Nakasato
9

I — O ANCORADOURO

1 — O CEMITÉRIO DA PRAIA
19

2 — AS ARANHAS
37

3 — A CASA DA CÂMARA
61

4 — OS PEIXES
87

5 — A MADONA E O MENINO
111

6 — UM COMEÇO DE HOMEM
125

7 — O BECO DAS MULHERES
141

8 — A NAVE DE DEUS
159

II — AS ONDAS EM MAR ALTO

A BARCA ANCORADA NO MEIO DO MAR

Oscar Nakasato

Toda ilha, quando vista de cima, é um barco ancorado, condenado a uma eterna imobilidade. A história d'*A barca dos homens* se passa na ilha de Boa Vista, onde a vida parece ter estacionado. É a primeira metáfora do romance, que apresentará outras durante o seu desenvolvimento. É, também, a primeira ironia, pois Boa Vista é habitada por homens e mulheres acabrunhados, desesperançados, como o frei Miguel, no limite da aflição em sua crise de fé. Ou como a prostituta Zuleica, azedada pela vida, nostálgica de seu tempo de menina, em que "tudo era tão bonito e trágico, nas margens de um rio distante, nos barrancos do São Francisco." Ou ainda como o tenente Fonseca, com seu complexo de inferioridade, que o reduz diante dos "homens de posse", principalmente de Godofredo, o qual, além de ser rico, é o marido da mulher por quem é apaixonado. São esses alguns passageiros da barca, que deveria navegar, mas não leva a lugar nenhum, como a canoa d'*A terceira margem do rio*, de Guimarães Rosa, que navega somente na dimensão temporal. Seguindo a mesma linha interpretativa, "O ancoradouro", título da primeira parte do romance, ancora os habitantes, os quais ficam presos em suas casas, paralisados pelo medo, pois um suposto perigoso infrator está à solta na ilha após ter roubado um revólver. Na segunda parte, que se intitula "As ondas em mar alto", a iminência da captura do criminoso provoca agitação e há um movimento interno dos personagens, que partem para uma investigação em busca de respostas para as suas inquietações, para um confronto com suas histórias privadas.

Conforme definição do próprio Autran Dourado, mineiro da cidade de Patos de Minas (e Minas Gerais talvez explique, em parte, a sua escrita que sempre escorrega para dentro), *A barca dos homens* é "uma história de caça e pesca". Não se trata, entretanto, de uma empreitada de perseguição a um animal, como as narradas por Ernest Hemingway em *O velho e o mar* e por Herman Melville em *Moby Dick*, em que pescadores embarcam em aventuras marítimas à procura de grandes animais marinhos. No romance de Dourado, persegue-se Fortunato, uma pessoa com deficiência intelectual, que é acusado de ter roubado uma arma de fogo do rico Godofredo, em cuja casa de férias a mãe do desafortunado rapaz trabalha. Com "seu riso sem fim", ele habita a ilha sem oferecer perigo a ninguém, mas as pessoas o temem, demonstrando um preconceito arraigado em uma sociedade de néscios: "A freguesia tinha medo dele, de seus olhos espantados, das histórias que corriam a seu respeito". É um homem, mas é perseguido como se fosse um animal. Ingressando na mente do tenente Fonseca, responsável pela "caça", o narrador revela: "Se necessário, matar Fortunato. Que falta faria um doido no mundo?".

Não são raras as passagens em que as referências a Fortunato remetem à condição animal. Ele "era como um pequeno touro que não conhecia fêmea, um cavalo fogoso no pasto". E os bichos são sua companhia: "vivia sempre às voltas com bichos, com besouros, lagartixas, formigas — o mundo das formigas, aranhas peludas, coisas fedorentas e repugnantes". Amadeu, que está preso pelo crime de morte, também é comparado a um animal: "Parecia um peixe fisgado, a boca sangrando, se debatendo vivo".

Por outro lado, os animais surgem em uma condição que extrapola a sua categoria bruta. O cabo Raimundo se afeiçoa a uma galinha que cisca na Casa da Câmara, onde fica a cadeia. Ela "era como se fosse dona da casa". E há a cabra Almerinda, com quem Fortunato conversa e dá vazão às suas necessidades sexuais. Mas são o mar e a barca Madalena aqueles que mais ascendem ao estrato humano. Ambos são metáforas de mulher. O mar é fonte de vida, mas também representa perigo, pois suas ondas engolem o homem: "Mar como uma mulher de sexo aberto, também com os ácidos e cheiros, os seus sais, em que os homens mergulham e não encontram fim". A barca Madalena pertence a Tônho, que conhece o mar, seus encantos e seus perigos como nenhum outro homem na ilha de Boa Vista e é um excelente pescador. Mas um dia ele desiste de ir ao mar para pescar, o que deixa Fortunato, seu amigo e admirador, inconformado. Talvez o vício em bebida alcoólica tenha conduzido Tônho a essa espécie de aposentadoria precoce. Dessa forma, a barca Madalena fica largada no cais da Praia dos Padres, amarrada num tronco de árvore. E, como uma mulher, ela envelhece e sofre com o abandono: "Tônho pensava em Madalena abandonada, no casco apodrecendo, apodrecendo como uma mulher que carece de homem". Mas ele se compadece dela:

> Pobre Madalena, sem ver mar como Madalena morria. Nós vamos, Madalena, nós ainda vamos de novo, quando tiver mar liso. Vamos pescar uns peixes de prata e ouro, como ninguém nunca pescou. Não precisa ficar assim, Madalena.

É preciso destacar que *A barca dos homens* promove uma inversão em relação às expectativas que se criam sobre as pessoas conforme o lugar que ocupam na sociedade. Há a elevação daquele que é malvisto e o descenso daquele que é respeitado. Três homens que estão presos na cadeia de Boa Vista mostram-se pessoas empáticas e de bom coração. Dona Eponina, dona do Beco das Mulheres, tece "o seu manto de amor" e, conforme diz uma das prostitutas que moram e trabalham no lugar, "é uma espécie de mãe da gente". Duas das pessoas mais temidas pela população da cidade são íntegras. Em contrapartida, pessoas de relevância política ou econômica revelam-se inseguras, covardes, egocêntricas e/ou capazes de prejudicar os outros ao extremo para se beneficiar.

N'*A barca dos homens*, Autran Dourado, aprendiz de grandes escritores do século XX, utiliza diversas técnicas narrativas, mas a sua obsessão é a subjetividade, é a poesia imiscuindo-se na prosa. Seu narrador nunca é a simples e impessoal câmera cinematográfica. Mesmo quando parece narrar de forma objetiva, há a leitura do olhar, da motivação do gesto:

> Levantou-se um pouco, apoiando-se com dificuldade nos cotovelos, todo o corpo tremia. Os olhos estatelados pareciam querer saltar e o rosto lívido buscava instintivamente a luz que vinha da janela com grades. Como alguém que procurasse sair de um porão escuro por uma réstia de luz.

E o cenário nunca é somente um conjunto de formas e cores:

> Era a parte triste de Boa Vista: as casas coloniais prenhes, sombrias, mostravam através do reboco caído o esqueleto de taipa. Casas pobres, cujo luxo e brilho eram o branco da cal nas paredes e o azul lavado, sujo, das portas e janelas.

É no desvelamento da geografia interior dos personagens, com recursos como o monólogo interior e o discurso indireto livre, que Autran Dourando encontra as técnicas mais produtivas. O narrador não apenas permite a entrada do leitor n'*A barca dos homens*: ele lhe franqueia o ingresso aos processos mentais dos personagens. Esse acesso sem barreiras acaba por desnudar cada um deles, e a história se constrói muito mais através de incursões pelas estruturas internas dos homens e das mulheres de Boa Vista que pelos fatos objetivamente narrados. Apresentados, primeiro, sob um ponto de vista exterior, eles vão, depois, um a um, revelando-se como realmente são. Nesse desvelamento, Maria é a personagem que desperta maior interesse, pois seu aparente aspecto raso vai sendo desmontado para revelar uma mulher cheia de contradições. Ela é uma mulher respeitada, bonita, esposa do também respeitado Godofredo. Eles têm três filhos e passam as férias na ilha. Mas, como a protagonista de *Madame Bovary*, de Gustave Flaubert, e Luísa, de *O primo Basílio*, de Eça de Queiroz, Maria está entediada com a sua vida conjugal, o que a leva a uma atitude extrema:

> Como se podia medir o tempo, se tudo crescia tão vertiginosamente dentro dela, um mundo que não podia mais parar? Era outra, não podia ser a mesma que de manhã olhara o mar crescendo, as cores novas dançando. A mesma que se olhara no espelho ajeitando o chapéu de palha na cabeça.

Fortunato é outro personagem que desperta bastante a atenção do leitor quando Autran Dourado usa recursos mais radicais de narração subjetiva. Revelado em seus pensamentos, é complexo como Benjy, pessoa com deficiência intelectual de *O som e a fúria*, de William Faulkner. Para traduzir essa complexidade, muitas vezes o autor prescinde de ponto-final:

> dizer muitas vezes seguidas paizinho, seu pai, muito mais que pai, tem gente que tem pai e não gosta dele, anda a vida inteira buscando um pai para gostar e seguir, era assim que devia ser um pai, como Tônho, quando saía com ele na Madalena pelo mar adentro [...]

As preocupações e as convicções de Autran Dourado em relação ao fazer literário estão anotadas em seu livro *Uma poética de romance: matéria de carpintaria*. Nesse texto, ele escreve:

> Se o importante fosse o ato de exprimir e não o de criar, se o importante fosse o que o romancista tem a dizer e não o seu impulso criador e o seu dom de dar vida às coisas e aos seres, ele poderia perfeitamente escolher qualquer outro meio de comunicação moderno, mais direto e atuante, de massa mesmo, aperfeiçoadíssimos que estão hoje em dia, e não o romance [...]

Embora essa publicação seja bastante posterior ao livro *A barca dos homens*, no romance Autran Dourado já antecipa os elementos de criação a que ele se refere no texto ensaístico. Fortunato e os outros personagens, a barca Madalena, o mar, a Casa da Câmara, o Fórum, a Delegacia de Polícia e a Prefeitura, e inclusive o Beco das Mulheres, onde "mulatas gordas, mulatas loiras, mulatas magras com moedas de sífilis nas canelas descascadas — saciavam o sexo dos pescadores", todos parecem saltar vivos das páginas d'*A barca dos homens* durante a leitura, tal é a sua aderência à vida, porque o romancista os buscou na realidade. Provavelmente na realidade de Minas Gerais, pois ele confessou mais de uma vez a sua intenção de fazer um painel de seu estado em seus romances. Mas o escritor não fez um retrato objetivo da realidade. Como um bom artesão, ele a recriou, pois tinha plena consciência da arte literária. Aquele que embarcar nas próximas páginas verá!

Oscar Nakasato é escritor e professor da
Universidade Tecnológica Federal do Paraná.

I
O ANCORADOURO

1
O CEMITÉRIO DA PRAIA

QUANTAS VEZES LUZIA PROMETERA LEVAR OS meninos ao Cemitério da Praia. Quando não queriam dormir, principalmente Margarida, que espichava o mais que podia o tempo acordado, Luzia vinha com o Cemitério da Praia, palavra mágica, objeto misterioso do lado escuro do mundo em que viviam. Havia o lado escuro e o lado claro, negrume e luz. Eles começavam a viver, eles começavam a viver a sua realidade.

Vinha Luzia com o Cemitério da Praia. Vamos logo, meu bem, uma coceirinha nos olhos, areinha branca, pozinho de nuvem, que amanhã bem cedinho nós vamos ao Cemitério da Praia. Uma fala pastosa, quase matéria de sonho.

Helena, Dirceu e Margarida dormiam no quarto da frente, que dava para a Praia das Castanheiras, onde adormeciam ouvindo o arquejar do mar noturno e a fala mansa de Luzia. Fala e onda quebrando mansas. Mansinhos eles quase dormiam, lutavam com o sono, já sem forças para resistir. Onda e fala, quebrando mansinhas. Os olhos com a poeira do sono, já acesos de sonho, tudo se misturava, dia e noite, fechavam as pálpebras, agora não queriam dormir, pensavam no passeio de amanhã. O sonho nos olhos, o barulho incessante do mar, o-sono-vindo-não-vindo, formavam uma só névoa onde se entranhavam esquecidos do vulto gordo de Luzia, dos olhos amarelos de Luzia, da cor preta de Luzia, que era a vida de fora, a vida dos outros, que aos poucos iam abandonando, para sonhar. O cheiro de Luzia às vezes era um cheiro de magnólia, ou de jasmim? Já sonhavam?

Margarida, a menor, tinha poucos sonhos, afundava-se numa moleza sem fim. Dirceu misturava as coisas do dia, os restos das praias, os bichos, os peixes cortando como espadas velozes a água clarinha das poças, as audácias abandonadas e um mundo escuro onde perdia os pés, caía ou deslizava? Helena sonhava mais, crescia, despertava nela um conhecimento que o corpo ia lhe dando — espichava os ouvidos para o barulho das ondas, e mesmo de dia se punha a sonhar. Nela era mais aguda a realidade negrume-luz, claridade-sombra. O mundo dos pais, dos conceitos, do dever, da justiça, era todo luz; o dela, de que de uma certa maneira Luzia e Fortunato participavam, era a noite escura de solidão em que ela se afundava, perdida. Vinha, peregrina na terra, de um mundo a outro, da luz para a escuridão, da escuridão para a luz. E toda ela era feita de remorso e culpa, de pecado e solidão. Da claridade que sufocava de tanta luz, seca, ao negrume úmido da noite. No mundo claro se achava integrada, toda amor pelos pais, mas sentia como um apelo irresistível o poder das trevas. Sem saber, sem querer ia trilhando o longo caminho que conduz ao coração do homem. Helena pensava, Helena sonhava, sonhava como o corpo ia começando a ficar comprido — aai, meu Jesus, ui de novo — como ela parecia um frango de pescoço pelado, longa, abandonada, nua num galinheiro onde galinhas bicavam.

 O pai, porque tinha algumas ideias, não gostava que os meninos fossem ao Cemitério. Aliás, tinha sempre algumas ideias. Ter ideias é como ter roupa ou ter dentes. Falava sobre o perigo da morbidez na infância. As palavras engrossavam na boca, procurava as palavras com os olhos ansiosos, como quem mastigando uma carne de peixe teme encontrar, ou espera, um espinho. Cemitério não é bom para criança, dizia. Os meninos esperavam. Ora, deixa de ser implicante, Godofredo, dizia a mulher, sempre pronta a defender os passeios dos meninos contra as ideias do marido. Que mal pode haver no passeio, perguntava. Muito, menino não tem nada que fazer em cemitério. Ela dizia irritada lá vem você com as suas ideias. Godofredo custava a voltar à carga, fechado na sua paternidade. Que interesse pode ter cemitério para um menino? Sei lá, dizia ela, eles querem ir, é o que basta. Você, dizia Godofredo, é que é culpada dos meninos serem assim. É mórbida. Depois, cemitério é doentio, faz pensar na morte muito cedo. Godofredo mastigava a sua posta. Ela ajuntava argumentos. Você diz isto porque nunca foi ao Cemitério da Praia. É um lugar muito bonito, muito quieto, perto do mar, onde há uma paz imensa, e onde a gente pensa em tudo, menos na morte. E o silêncio que há, quando o mar está calmo, só o barulho das ondas pequenas. Bestinha e presunçosa, pensou ele, e disse suas palavras são inspiradas... mas não me comovem, não gosto de cemitério. Pois devia gostar, dizia ela, é muito bom lá. Talvez lhe fizesse bem... E como ele visse um ligeiro sorriso nos lábios da mulher: estou vendo que você é pior do que a Luzia, mais mórbida, com a cabeça cheia de bobagens. Você não gosta é de pensar, Godofredo. Quando encontra uma ideia para se proteger, está salvo, é como tábua de afogado. Ele procurou uma ideia, não encontrou. De pensar bobagem, não gosto mesmo não, disse com raiva.

    Calavam-se. Maria sabia que aquelas conversas não agradavam ao marido, mas continuava. Por que aquele medo tão grande de pensar na morte, nos problemas da vida? Por que sempre a escamoteação? Nunca vira o marido entrar num cemitério e muito menos visitar defunto. Os olhos de Godofredo enchiam-se de um pavor tão grande quando viam um aleijão, que ele mal se continha. Maria cismava horas, aliás Maria gostava de cismar.

Luzia desde sempre morou na ilha. Nascera ali em Boa Vista, ali dera à luz o filho Fortunato e ali mesmo pretendia morrer, para ser enterrada numa cova rasa do Cemitério da Praia, o mar ressonando de noite junto ao seu corpo enorme, sobre ela, encharcando a terra de ruídos, embalando os mortos, como ela ninava e embalava os meninos já quase dormindo. Os meninos custavam a dormir. Luzia sonhava muito com o seu corpo imenso no cemitério, mergulhada no negrume de luva da terra, os olhos furados, sendo comida por uma porção de bichinhos invisíveis, tinha um pavor horrível. Benzia-se várias vezes seguidas, pedia à Nossa Senhora do Perpétuo Socorro, ou à primeira nossa senhora que lhe acudisse à cabeça, para não feder muito, não queria incomodar os outros. Aquele cheiro esquisito de flores murchando, de carne apodrecendo, de gente suando. Que a livrasse sobretudo das moscas, meu Deus. Da gosma. A gosma no canto da boca aberta. Mas às vezes vinha um sonho bom no cemitério. O corpo dançava leve, sem peso como o corpo de uma criança, ela própria virava de novo criança, com os meninos de Maria em volta, brincando de roda, depois iam contar as conchinhas incrustadas na argamassa dos túmulos. Ela espantava como uma mosca o pensamento do corpo molhado de chuva — uma roupa úmida, fria — mergulhado na terra. E sonhava. E sonhava então com um tempo muito mais distante de sua vida, um tempo que ninguém, só ela, conhecia, perdido em dor, sem cor, bruma. Nessas horas parecia engordar como as nuvens cheias de chuva ou um elefante doente.

Engraçadas as ideias de Luzia. Os meninos pediam para contar histórias. As histórias se arrastavam longas junto ao borralho da cozinha, no fogão de tijolo cheio de picumã. Era a sua própria vida feita em pedaços de casos que os meninos nunca puderam distinguir das histórias inventadas. Os causos. O colo de Luzia era muito quente — e as coxas grossas, os seios gordos, redondos e bons —, aquecia os meninos, envolvia-os um cheiro de mato pisado e cheiro de preto mesmo: um cheiro que as narinas jamais esqueceriam, por mais que mil flores e frutos os embalsamassem, um cheiro que lembraria mais tarde os casos de Luzia, a crônica de sua vida que eles sem saber iam criando, esta história que vou ordenando, as noites em Boa Vista, o próprio rumorejar das ondas, o-sono-vindo-não-vindo, a zona indecisa do sono chegando. Amanhã bem cedinho nós vamos ao Cemitério da Praia. Uma coceirinha nos olhos. A fala pastosa. Ela e o seu negrume.

Noutros tempos ela cuidara de Maria, que adormecia quando pequena ouvindo as mesmas histórias que não envelheciam, toda vez que vinha com os pais passar o verão em Boa Vista, como agora tomava conta dos filhos dela, com o mesmo carinho e amor severo: eram quase seus netos. Negro quando pinta, quando nada duas vezes trinta.

Como ficava triste a casa quando as férias acabavam e a família tinha de ir embora, como espichava a sala de jantar. Ela sonhava com a volta dos meninos, conversava com Fortunato sobre eles. Mas era inútil conversar com o filho, ele nunca entendia as coisas direito: o olhar parado e suspenso, a boca úmida e aberta. Dava pena vê-lo. Luzia tinha o coração pesado, doendo. Os olhos de Fortunato perseguiam uma outra visão, ingênuos, voltados para dentro, estáticos quando não conseguiam alcançar o sentido das palavras. Ele só entendia quando falavam de coisas, e então ria muito, até que a mãe mandava parar. Para, gritava ela. Era mesmo inútil conversar com Fortunato, antes falar sozinha. Somente Tônho parecia entender as ideias descosidas e absurdas de Fortunato, o seu riso sem fim. Mas Tônho era um pescador fracassado, um bêbado que andava desnorteado pela ilha. Talvez fosse a bebida que o aproximava das visões malucas de Fortunato, e ele fingia entender. Não, antes falar sozinha. A aura que cercava Fortunato, os olhos para dentro ou para além. Falar sozinha era melhor.

Era o que fazia quando a saudade dos meninos lhe apertava mais o peito e os olhos se enevoavam de lágrimas.

Quando a família ia embora e a casa aumentava desmesuradamente, os quartos e o corredor eram um mundo perdido, ela lavava roupa a fim de ganhar o sustento. Fortunato, esse, coitado, não servia nem ao menos para entregar um rol de roupa lavada. A freguesia tinha medo dele, de seus olhos espantados, das histórias que corriam a seu respeito. Falavam que quando a coisa dava nele ficava perigoso. Por mais que Luzia dissesse que o filho era bom, que era incapaz de fazer mal a uma formiga, ninguém queria saber dele.

E a história de Almerinda, a cabra? Faz muito tempo já, respondia. E as fugas? Um tempão que não vai-se embora. E as vezes que esteve internado no hospício? Foi uma vez só.

Os olhos nadavam em lágrimas, um bolo seco na garganta impedia-a de falar, não era capaz de explicar aos outros que o filho era bom, Fortunato tinha apenas a cabeça fraca, não entendia as coisas direito. Ninguém acreditava. Só Maria e os meninos não temiam Fortunato. E Tônho, que não contava, um bêbado que não se atrevia mais a sair como antigamente em qualquer barca, quando o mar era grosso, e ficava quando sem beber como marisco nas pescas de recife. Tônho tinha má fama. Era preferível que o filho não gostasse dele. O próprio seu Godofredo tratava Fortunato com desconfiança, não queria que os filhos ficassem muito perto dele, principalmente as meninas.

E Fortunato, embora com quase trinta anos, não fazia outra coisa senão andar o dia inteiro pela ilha, de praia em praia, de penedo em penedo, catando ostras que comia com esganação, ou na colônia de pescadores do lado do continente, esperando os barcos voltarem da pesca, ou vagando no cais sujo, a ouvir como o canto de um menino morto a sirena da Fábrica, que espantava as visões dos olhos opacos, dos olhos afundados no seu porão ou muito tempo parados no brilho das escamas e das lajes, das ondas que batiam de mansinho na amurada. Naquele mar sujo da parte velha de Boa Vista os olhos de Fortunato eram mansos como peixes. Apascentavam nuvens, lavravam ondas que ninguém podia entender. Quando a inquietação crescia, o delírio virava um bicho terrível, andava tanto que os pés sangravam e ele não podia parar. Dava socos surdos no peito, gritava nas praias desertas. E os olhos doíam cheios da saliva das lágrimas. Ele não podia parar. Andava. Não podia. Andava, andava. Perguntava por que aquele espinho doía tanto no peito. Luzia escutava os gritos apavorada, como ele ouvia o canto de menino morto da sirena da Fábrica, o coração fundo de dor, aqueles mesmos gritos que os barcos dão uns para os outros em noite de cerração.

E ela chorava escondido a sua mágoa, era imunda aquela vida, como dilacerava, tinha horror das perguntas do filho quando ele andava e ela trazia os olhos vermelhos de choro.

Mãe, por que você chora? Que é que lhe está machucando? Ele só entendia de machucado, o seu corpo, as suas lembranças de carne. Como só sabia das coisas pelo cheiro, pelo ruído, pela cor e formato. Nada, meu filho, respondia, é a fumaça do fogão.

O andar de Luzia era macio, o corpo bamboleava gordo, como um barco nas ondas, macio e ritmado como as próprias ondas. Pisava leve, com medo de acordar as crianças ou as vozes adormecidas nos quartos quando a casa vazia. O riso largo, gostoso, com sonoridades que acompanhavam Helena no sonho, como o mar que a fazia sonhar enquanto o corpo espichava, ui Jesus, cresci. Uma mocinha, dizia Luzia com amor: as gengivas sem dentes, vermelhas e brilhantes. Luzia, por que você não vai a um dentista fazer uma dentadura, perguntava Helena já mocinha, já sabida. À toa, não me ajeito com aquelas coisas. Dona Maria uma vez me deu uma, mas eu nunca me arranjei com ela. Quando foi mesmo que ela começou a chamar Maria de dona Maria? Como é que você mastiga? voltava Helena enfiando perguntas. Ora, mastigando. E dava uma gargalhada comprida, como se estivesse deliciando as suas gengivas grossas e vermelhas. Antes de comer amassava a comida nos dedos, fazia um pequeno bolo, que engolia com gosto. Os meninos olhavam-na com inveja, eram obrigados a comer com talher. Os três costumavam se esconder no fundo do quintal só para comer como Luzia. Helena acanhada, já era quase uma mocinha.

Na ilha diziam muitas coisas de Luzia. Que ela não sabia quem era o pai de Fortunato. Sabia sim, mas não contava. Que é que tinham que ver com quem lhe fizera filho? Quando apareceu de barriga grande, o finado dr. Alberto, pai de Maria, quis levá-la à delegacia, a fim de fazê-la casar. Mas Luzia contou alguma coisa? Nada, nem piou. Para que casar, dr. Alberto, se o porqueira nem ao menos merece ser pai do menino?

Assim Fortunato nasceu sem pai, dizia. Cresceu na ilha, solto como bicho brabo. Mas à medida que o corpo crescia, o espírito ficava para trás como espiando alguém que ia fazer uma longa viagem. Se não fosse a violência de que às vezes era possuído, aqueles olhos grandes e ingênuos apenas dariam a visão de uma alma criança. Na verdade ninguém podia dizer quantos anos tinha: às vezes no seu riso parecia um menino, noutras um velho. Maria tentou ensinar-lhe alguma coisa, mas não conseguiu que conhecesse uma letra sequer. Arranjou livros de psicologia, fez jogos de cartolina, perdia horas estudando a maneira de se aproximar do espírito de Fortunato. Tudo inútil, ele não aprendia, não entrava nas letras que eram como pequenos bichos cheios de curvas, como formigas em dia de correição, embaralhavam a vista. Dava pena vê-lo querendo aprender, os olhos espantados, grandes, presos nos lábios de Maria. O seu espírito estava condenado a não amadurecer.

Meu Deus, por que fizeste criaturas assim, interrogava Maria com pena de Fortunato, se sentia quase sua irmã, passando juntos as férias da infância.

Se Fortunato não conseguia aprender as letras, os segredos da ilha e do mar não lhe eram estranhos, tinha uma acuidade especial para as coisas da natureza. Tônho costumava dizer que Fortunato era como as enchovas, que sentem o vento antes dele chegar. Sabe quase tudo do mar, dizia Tônho aos outros pescadores. Pela cor da lua podia dizer se na manhã seguinte o mar era manso ou bravo. Tônho, amanhã, mar grosso, dizia. Nem mesmo os melhores pescadores, os mais acostumados com os segredos do mar e do vento podiam prever o tempo com tanta certeza. Só de cheirar o vento podia dizer se vinha tempestade.

No tempo em que Tônho ainda tinha coragem e não era tão sozinho, Fortunato costumava sair com ele na barca Madalena, noite ainda, aventurar-se no mar largo, ver a superfície fosforescente do mar como escamas de peixe quando o dia raiava. Lá longe, na alva da manhã, via a cidade como uma fita branca estendida ao redor da costa, a cinta dourada ou branca da praia. Ajudava a deitar e a puxar a rede, quando a pesca era de rede, ou arranjava as iscas, se a pesca era de vara. Olhava Madalena como se ela fosse gente. À noite, quando a barca estava de quilha para o céu, na areia, era como uma dona dormindo o seu ventre cheio de crianças. Mas a barca Madalena há muito estava encostada nos encolhas, o casco pedindo breu e remendo. A barca só servia para abrigar Tônho quando bêbado vinha bamboleando à sua procura, como um menino procura o seio de sua mãe, para dormir no seu bojo, para sonhar grandes peixes.

Não, nem todas as coisas que diziam de Luzia eram verdade. Ela não se dava à macumba, embora conhecesse ervas como ninguém. Sabia coser pés luxados e algumas doenças, mas só o fazia depois de muita insistência do doente. Nunca fez nada contra ninguém, mesmo em casos amorosos não se metia. O que Deus ata, ninguém desata. Isso é lá com Santo Antônio, minha filha, que é santo dessas coisas, não é comigo, dizia quando vinham procurá-la. Só uma vez mexera com as ervas com toda a fé: foi quando a barca Esperança, do finado Bento, padrinho de Fortunato, ficou perdida no mar. A comadre, coitada, em desespero, viera procurá-la pedindo ajuda pelas cinco chagas de Cristo. Pelas cinco chagas de Cristo não podia negar. Comadre Luzia, pelo amor que tem em Deus, salve o meu Bento, que o mar danado quer engolir ele.

Por mais que Luzia mexesse com as ervas e orixás, o mar bravo de tempestade engoliu mesmo o pescador Bento de Sousa, português de nascimento. Outros barcos tentaram descobrir Esperança, cavalgando ondas encrespadas, gritando para a noite. As mulheres procuravam consolar Conceição, que Deus era misericordioso, enquanto os homens estavam no mar. No dia seguinte, a porta da igreja amanheceu cheia de tocos de velas, velas de promessa pela salvação da barca Esperança. Mas Bento não voltou, nem seus dois companheiros. Os restos do casco da barca apareceram dias depois, a boiar no mar liso, verde luminoso. Nem ao menos puderam enterrar o corpo no pequeno Cemitério da Praia, com uma inscrição bem simples — Bento de Sousa, morto no mar, gravada na madeira ou pintada. O Cemitério da Praia tinha muitos túmulos assim.

Hoje vamos ao Cemitério da Praia, disse Luzia acordando os meninos.

Num instante se aprontaram, em algazarra. Margarida gaguejava de tanta aflição, procurava ela mesma amarrar os cordões do sapato. Era quem mais sonhava com o Cemitério da Praia, ela nunca tinha ido lá. Dirceu guardava projetos de ampliar o passeio, ir mais além, subir pelas pedras, nadar na Praia dos Padres. Ou então, o que seria muito melhor, ir até o Largo da Câmara (mas isso só podia fazer sozinho ou com Fortunato, aquela parte da cidade lhe era vedada), ver os presos dependurados nas suas janelas, conversar com alguns deles, os de crimes famosos sobretudo, que na verdade eram três — para quem o menino olhava com medo e respeito. Ou então sentar-se simplesmente no cais, ver o trabalho dos homens descarregando o pescado. Puxava uma gaita de bolso, se entediava, olhava o mar de novo. É preciso que se diga que, de uns tempos para cá, não estava precisamente em lugar nenhum, sempre querendo ir mais além: não era aqui que eu desejava vir, ruminava quase com ódio. De quem? Quem era o culpado? Certamente eu tenho culpa no cartório. Seu pai dizia. Como se disse, estava sempre querendo ir mais além. Era um navegador. O naufrágio da nau Santo Antônio, dizia fazendo um mistério. Eu sou culpado. Helena, a que estava em segredo descobrindo que possuía um corpo, o corpo espichava como um frango implume — ela sempre sonhava mais — ouvia por um instante parada o barulho do mar e o dia luminoso lá fora — Helena não falava, um baque, um grão de mostarda dentro do peito, os olhos acesos, cozinhando o sonho. Descobriu, ninguém notara, uma coisa muito importante para ela, que se passara dentro do seu corpo comprido e a fizera estremecer de espanto, contrita. Pronto, o baque.

Luzia gingava, o corpo gordo balançando como um barco ao ritmo das ondas, os pés firmes, rachados nos calcanhares. Conhecia a ilha a palmo, todas as costas, e o mar — tinha um parentesco com o mar, sabia quase todas as histórias daquele mar sem fim. Azul, verde, sumarento? Na sua memória o mar se misturava com os homens, era uma só matéria com os casos dos homens em luta com o mar, os homens se entranhando no mar como pequenas sementes na terra úmida, o mar roendo a terra, onde as lembranças que eram suas e não do mar? Tudo andava tão fundido, tudo como vai-onda e volta-onda no mar.

Olha só o barulho do mar, disse Helena, já agora refeita do susto da descoberta — enquanto caminhavam para o cemitério. Olha o ruído redondo, descobriu satisfeita. Disse Dirceu que ruído redondo, sua boba! Onde é que você ouviu falar isto, disse meio aborrecido, pois agora se enfadava de ir ao Cemitério da Praia, queria ir à Praia das Meninas ou à Praia do Riacho. Queria mesmo era ir à Casa da Câmara. Procurava se consolar, porque realmente não estava em lugar nenhum: nas praias mais longe havia muitas conchas, caramujos, e assim cedo, talvez achasse um cavalo-marinho, que deixaria secar e depois passaria o esmalte de unha da mãe.

Vamos, meninos, disse Luzia, não fiquem discutindo aí à toa por causa do barulho do mar. O mar tem barulho à vontade. Conheço o mar muito. Eu vou contando pra vocês, com o tempo. Pra se entender o mar é preciso de tempo, é preciso amar o mar. É preciso ter o mar dentro da gente, feito na igreja, no escuro, a gente tem Deus dentro da gente. Ninguém olha, tem medo de olhar pra dentro, é como andar no escuro, de começo não vê nada, depois tudo clareia, e a gente vê Deus, tem partes com ele, a gente desaparece todinha. O mar também é assim mesmo.

Helena parecia ter entendido. Eu conheço o mar, disse com certo orgulho, os olhos sempre cismando em sonhos. Aquilo de Deus ela já tinha percebido, não sabia era dizer. O negrume e a claridade. Ao menos um pouquinho do mar que eu vejo, concordou com alguém imaginário. Ele é só seu conhecido de vista, disse Luzia rindo.

Enquanto caminhava, puxando os meninos pelas mãos, ia dando nome às coisas que viam. No primeiro dia Deus criou a luz.

Como é que chama aquela rede lá, que o homem vai pescar siri? Puçá. Quando os homens voltam da pesca, que é que eles fazem com as redes? Lavam e estendem pra secar. Depois é salgar o peixe, se pegaram algum. Por que é que os homens matam os peixes, perguntou uma vez Margarida. Por que os homens matam, repetiu Luzia. Porque os homens gostam de matar peixe, gostam de comer peixe, pensou Luzia como resposta. Os homens gostam de matar. Mas às vezes é o peixe que se vinga do homem e o mar mata dezenas deles, como já vi, pensava. Mas o homem não tem culpa, tem que matar o peixe. O mar também tem que matar os homens? Os pensamentos de Luzia se confundiam sempre neste ponto, quando não sabia responder se o mar tinha obrigação de matar os homens. E o homem matar o homem? Não, ela não se fazia esta pergunta, apenas tinha uma intuição muito forte e escura da morte dos homens. Por isso interrompia o rumo das divagações. Pra você comer ensopado, disse Luzia. E os quatro riram muito da graça mais engraçada de Luzia.

Já estou cheirando o mar, o meu peito está cheio de mar, anunciou Helena a descoberta. Queria ter o mar dentro do peito. Deus e o mar. Como Luzia sabia aquelas coisas? Olhando pra dentro. Lembrou-se de uma história que tinha inventado uma vez, que era assim mesmo. Um menino descobriu, um menino doente, corrigiu ela, que amava uma estrela. De tanto amar, de tanto olhar para a estrela e para dentro, a estrela veio morar dentro dele. Mas ele viu que a estrela tinha sempre estado dentro dele, como um vaga-lume no escuro, pisca e apaga. Todo mundo desapareceu para ele, o pai, a mãe, os irmãos, tudo. Fez ali um trono para a estrela. Um dia o menino olhou para fora e viu que a claridade cegava, teve medo da estrela. A estrela então se fez de ruim e voou para o céu. O menino ficou oco, e estava então muito doente. A estrela no céu e ele vagando na terra, feito assombração, só que assombração é alma penada e ele não tinha alma, tinha morrido. Helena chorava pra dentro, para que os outros não vissem. Cheirou de novo o mar. O mar está fino hoje. Agora foi um baque fundo, sentiu. Mas vai engrossar logo mais, disse Luzia, sei disso. E pensou — eu conheço o mar. Não tão bem como Fortunato, mas conheço. Fortunato foi feito na beira do mar, nasceu quase no mar.

E ficou imaginando a ressaca de noite, o estrondo na praia.

Passaram a Praia das Castanheiras, que se enchia de banhistas. A cor nova do mar — só agora as coisas começavam a encorpar as suas cores — um azul líquido e fraco, quase se misturava com a poeira fina do céu sem nuvens. Em alguns pontos, perto das pedras, nódoas de mar verde, que subia em escuma pelos buracos das pedras, bichando-as ainda mais. Era de noite que o trabalho do mar aumentava, roía com mais fúria as pedras. Roía e arquejava. E mais além, pequenos coágulos róseos de concha, reverberando ao brilho do sol. Os olhos estonteados, os meninos atravessavam as pedras. Da pedra mais alta, a mais lisa, Dirceu levou a mão em pala sobre os olhos, espreitou o horizonte distante, voltando vagarosamente a cabeça. Não avisto nenhum navio de minha frota, disse a um imaginário imediato. Os piratas abordaram no Golfo do México, com certeza. O Governo de Sua Majestade não toma nenhuma providência, o reino está entregue aos ratos. Os livros de histórias que a mãe costumava ler lhe forneciam vasto material para a grandeza do seu reino. O reino e as palavras.

Margarida começou a chorar porque Dirceu lhe pisara o pé. Luzia consolou-a. Visivelmente Dirceu se aborrecia. Precisava muito conversar com Fortunato, apurar umas coisas que ele andava vendo ultimamente nos bichos. Fortunato entendia muito de bicho. Ele Dirceu sabia outras coisas, que Fortunato olhava embasbacado. Sim, teria sido muito melhor ficar com ele, em vez de estar acompanhando aquelas bobas. Helena não dizia nada, tonta de luz, tonta de mar, tonta de sonho, tonta de estrela. Ela queria ver logo as sombras do cemitério. Não havia sombras no cemitério, mas era como se houvesse, diante da profusão luminosa do mar — apenas a sombra da castanheira da entrada e a acácia junto ao muro do fundo.

O Cemitério da Praia picava na saída do gargalo que as pedras e o mar faziam. Aconchegado no pequeno vale, onde as casas subiam pelas encostas, brancas, e a igreja antiga sobranceira — quando os sinos alavam puros sons como redes nas praias brancas — o cemitério aproveitava o recôncavo entre os penedos: os muros baixos e brancos não pareciam obras de mãos humanas; tão bem colocado, nascia do chão como uma árvore nasce do chão: o cemitério parecia mais uma rocha ou árvore. Ou um bicho que engole os homens que o mar vomita, pensou Luzia relembrando naufrágios e desastres. Mas ela não pensara aquilo sobre as casas brancas nas encostas, e os sinos da igreja sobranceira e as redes aladas: vira apenas e ligava lembranças, buscava fundo na alma as ressonâncias daquela paisagem na memória. Quando João da Cruz morreu, Chico Corvina quando se espatifara nas pedras e a barca Senhora da Conceição deixara o fundo em leixões eriçados, quando o mar estava brabo, era mais assim que pensava.

Não pise nas covas, Dirceu, que tem gente dormindo embaixo, disse ela. Dirceu deu um pulo para trás, com medo. Luzia tinha cada ideia! Ora, gente dormindo debaixo de seus pés: estão mortos. Não conseguiu dominar facilmente o medo que lhe apertou estreito o coração.

Que coisa mais bonita, disse Helena espevitada, fazer coroas de conchas do mar e pôr para os mortos lembrarem do mar e da gente. Eu gostaria que alguém fizesse uma assim pra mim... tão linda... tão, meu Deus... Fecha a torneirinha, Emília, disse Dirceu, já superior. Por que será que você só sabe abrir a boca pra falar besteira? Não me chamo Emília, nem disse besteira. Você é (procurou muito tempo uma palavra digna que a mãe costumava dizer) in-sen-sí-vel. É do livro, sua burra, disse ele. Disse ela então você é o Visconde de Sabugosa. Ele de propósito não deu confiança ao insensível. Que coisa, meninos, vocês estão sempre brigando, disse Luzia. Cemitério é lugar de respeito.

Margarida se sentou numa pedra, alisando o dedo que Dirceu pisara. Está doendo, minha filha, perguntou Luzia. A pequena baixou os olhos molhados. Vem ver que risco bonito fazem as conchas que enfiam no cimento e na massa, disse Luzia. Margarida veio mancando de fingimento por causa daquele está doendo, minha filha, não estava doendo tanto. Que lindo, exclamou Helena com afetação, o pescoço implume esticado. É bonito colocar conchas para os mortos. Muito sensível. Não gosto nada daquelas coroas de lata que fazem lá na cidade. Coisa de pescador, disse Luzia, de gente acostumada na praia. Eu mesma já fiz coroa assim.

Enquanto os meninos corriam para junto da acácia imperial, para colher flores para um túmulo, Luzia começou a rezar baixinho uma ave-maria e um padre-nosso. Toda vez que rezava lhe vinha à lembrança uma estampa de Nossa Senhora do Rosário, que vira há muitos anos. Era assim que devia ser a mãe que todo mundo guarda dentro do peito. As cores do manto, as dobras que caíam sobre as sandálias, eram ainda vivas. Muito mais bonitas que o Sagrado Coração de Jesus e a Imaculada Conceição que pregara no quarto. Fez um pelo-sinal ligeiro, bateu na boca três vezes, que santo não se compara. Nem se vende, nem se troca. Chegava a sonhar com a Nossa Senhora do Rosário, tinha sempre uma conversa muito chegada com a santa, mas no sonho não era conversa feita com palavras. Era a sua mãe. Lembrava-se, porém, direitinho do que a santa queria dizer. Beijava a mãe com tanto ardor, amor e desejo de destruir. Às vezes tinha medo do que dizia a Nossa Senhora da estampa. Ou se esquecia sempre das palavras, mal acordava? Não, a conversa com a santa não era feita com palavras, pensou. Assim na terra como no céu. O pão nosso.

Dirceu subia na acácia imperial, quase quebrando os galhos que vergavam ao seu peso. Helena compunha um buquê. Margarida catava flores mais bonitas para mamãe.

Luzia misturava sempre a reza com o pensamento que ia tendo com as palavras. Aquele mar já levou muita gente, pensou vendo os túmulos. Quando não era o mar era a doença. Mais para o fundo o território dos anjinhos. Estes são mais felizes. Ou as mães dos anjinhos é que são mais infelizes? Elas vivem do mar, vivem a parir filhos pro mar e o mar a parir peixes pros homens, os homens... Era difícil toda vez aquele pensamento, como era difícil o pensamento dos homens que matam os peixes e os peixes matam os homens pelo mar e os homens...

 Deve ser dez e meia, disse olhando o sol. Precisamos ir. Dirceu! Helena! Margarida! vamos embora, que já está ficando tarde. Mas o pensamento mar, peixes, homens, peixes, mar, homens, homens e mar e peixes e peixes e mar continuou ainda muito tempo bolindo com ela.

2
AS ARANHAS

QUE DIABO ESTÁ FAZENDO FORTUNATO NO jardim?

Da janela, Maria olhava curiosa Fortunato agachado na grama. Viçosa, a grama crescia indiferente ao rumor do mar, às cores de suas escamas luminosas — as pequeninas ondas como facas; era verde, uma manta verde e calma, imóvel. Fortunato, que a fortuna não deixa durar muito. Era engraçado pensar em poetas, em grama, em mar cheio de espadas. A rainha de espadas dá azar. O poeta e a rainha, o poder e a glória. Riu. De novo Fortunato. Fortunato agachado na grama, de cócoras para a fortuna. Há muito tempo estava assim, absorto em alguma coisa. Um bicho certamente, concluiu ela. Ele vivia sempre às voltas com bichos, com besouros, lagartixas, formigas — o mundo das formigas, aranhas peludas, coisas fedorentas e repugnantes. Ficava parado horas e mais horas, os olhos esgazeados acompanhando os movimentos de inúmeras patas desordenadas, patas que mexiam para a frente e para trás, para trás e para a frente, para cima e para baixo, para baixo e para trás, para cima e para a frente, de novo para trás e para a frente, de novo, sempre, não desordenadas, porque havia uma ordem nas coisas, uma história natural para tudo, lhe ensinaram, portanto ordenadas, patas que seguiam um movimento, de quê mesmo? cheias de filamentos, patas, o ventre escuro e escamado de uma barata. Que interesse podia ter um bicho tão nojento, que só de ver ela tinha asco? Quando menina queria ser naturalista, andou catando escorpiões e cultivou longo tempo um olho de cientista. O olho ficou cansado, olhou largas distâncias, virou poeta. Poeta ela ficou mesmo até quando? Até fazer o primeiro soneto: o professor de português leu, encheu o peito de ar e disse o soneto é uma composição poética, sabe, composta de dois quartetos e dois tercetos — uma chave de ouro é fundamental — as rimas, sabe, são A-B-A-B ou A-B-B-A. Como era o resto? Esquecera, só ficara aquilo, sabe, precisava tomar nota no caderno de exercícios. Depois falou em soneto camoniano, sabe, soneto inglês, em Camões copiando Petrarca — dissertou um pouco sobre a feiúra do plágio e a sua validade — era feliz, gordo, sabe, luminoso, sabe, escovado, sabe, sábio, sabe, e ria porque a menina não sabia fazer um soneto. Assim era difícil fazer poesia, concluiu ela. E passou à categoria de Einstein. Cansou porque era muito complicado, tudo relativo, ela não era muito boa em matemática. Virou Madame Curie, que até certo ponto era mais bonito e mais confortável. Foi tudo. Um dia leu estes versos, por exemplo, vós, que, de olhos suaves e serenos, com justa causa a vida cativais, e sem saber por quê, chorou, ela chorava muito e sempre, concluiu que a arte poética era difícil, mas a poesia era a única razão de ser de sua vida. Ponto, ficou satisfeita com a frase e foi ser outra coisa. Foi de tudo um pouco e de tudo fica um pouco. O olho já estava mesmo cansado.

    Olhou Fortunato. Que interesse podia ter um bicho tão nojento? Fortunato perdia um tempo enorme vendo uma tanajura de bunda esmagada tentar mexer, fugir da varinha que a ameaçava. Fortunato é uma criança, talvez mais criança do que os meus filhos. Dirceu também gostava de bichos, tinha mania de imitar Fortunato, trazer para dentro de casa bichos imundos, que guardava dentro de caixas de sabonete eucalol. Dirceu logo se esquecia dos bichos e a casa ficava cheia de um fedor doce e enjoativo. Este menino já trouxe porcaria para casa, gritava Godofredo. Acaba débil mental como Fortunato. Ninguém acaba débil mental, Godofredo, dizia ela, sempre pronta a defender os filhos e Fortunato. Sabia que o marido não gostava de Fortunato, suportava-o com dificuldade, muitas vezes gritava com ele. A gente vem pra praia descansar e acaba pior, lidando com doidos, dizia Godofredo. Fortunato não é doido. Não é doido? Eu é que sou, com certeza! Era a vez dela falar: não vamos discutir outra vez este assunto, estamos cansados de brigar. Não chegamos nunca a um acordo, aliás nunca concordamos em coisa alguma há muito tempo, você sabe muito bem o que penso de Fortunato. Sabe que gosto dele, de Luzia, que me criou. É melhor não tocar no assunto. Sim, é melhor mesmo, dizia Godofredo.

 Uma vez, quando Fortunato deu de presente a Helena um rato branco, Godofredo quase perdeu a cabeça. Helena, toda alegre, os olhos faiscando, cheia de gritinhos, veio mostrar ao pai. Olha só que beleza, papai. Beleza o quê, minha filha, perguntou ele distraído. O ratinho que Fortunato me deu. Rato! Rato! Era só o que estava faltando! Assustada com a fúria do pai, Helena fugiu para o canto da sala. Você vai jogar fora esta porcaria imediatamente! Não, papai, deixa eu ficar com ele. Joga fora! Papai, deixa, pediu ela, os olhos cheios de lágrimas. Não deixo coisa nenhuma. Joga fora! Helena tentou esconder o rato no bolso do vestido. O pai avançou para ela. Com medo, Helena deixou escapulir o rato. Godofredo correu atrás do bicho, pegou uma vassoura, acertou bem em cheio o rato. Ela nunca perdoaria ao pai aquela brutalidade. Chorando pegou o rato branco, colocou-o numa caixinha vazia e foi enterrá-lo no fundo do quintal. Foi um enterro muito bonito, de que todos se lembravam. Maria não disse uma palavra ao marido, trancou-se no quarto, ruminava o seu ódio. Godofredo abusava de seu poder, como abusava de tudo quando o terreno era favorável. Porque ele sabia que a mulher não podia defender a filha naquela ocasião, ela própria detestava ratos.

 Maria olhava olhava Fortunato na grama. Como se não conseguisse descobrir o que ele estava fazendo, desviou os olhos para o mar, para os rolos de ondas, longe a cor azul dissolvida no ar, líquida, a cor do mar novo, que crescia de luz e barulho. As pedras escuras, onde o mar espumava. A areia amarela da Praia das Castanheiras encharcava-se de sol, reverberava. A manhã clara inundava de alegria as coisas do mar. As folhas das castanheiras eram de um verde vivo, luminoso. Deitavam sombras úmidas e alargadas, largas e alagadas.

 O sol cura tudo, o sol purifica tudo, pensou ela, atravessada de luz. Um ratinho branco correndo pelo assoalho. Nunca perdoaria.

O mar é mais fundo do que se imagina, a luz mais distante e mais funda do que o mar. Mas o mar — ela olhava as ondas e cismava — não muda, o mar está cheio de memórias. O sol dá vida ao mar, muda a cor da sua pele, torna-a mais azul ou verde (chama-se transparência da água a sua maior ou menor permeabilidade aos raios luminosos, se lembrava de uma remota aula de geografia, quando ela era Piccard). Conforme a distância. A cor do mar depende das partículas em suspensão. Como era gozado o professor de geografia, que de sua mesa espichava os olhos para as coxas das meninas, enquanto a boca falava de ondas e escuridades, de sangue e lua, de marés e enchentes. Ela sentia o rosto vermelho, quente. Era uma luta, aquelas palavras tinham um tom de mistério, eram para ela especialmente? Uma luta. Ela abria com medo, alguém estava vendo? um pouco as pernas, deixava que ele visse um pouco mais. Sentia o corpo todo vibrar quente, uma corrente por dentro do ventre, um repuxão forte, às vezes tinha a impressão que ia desfalecer. Era o seu pecado mais terrível, nunca contara a padre nenhum o seu crime, quando pensava na cena procurava esquecê-la logo, não conseguia, se excitava, agora era uma mulher. Sangue e luz, ondas e escuridades, marés de sangue. Eram para ela sim aquelas palavras dolorosas. Como o disco, o homem da loja. Só para ela. Tudo dentro dela se quebrava e era de novo pequenininha, medrosa, sim, não contaria a nenhum padre aquele pecado. A cor e as partículas em suspensão. O professor ofegava. Será que os outros percebiam? Ela corria pelos corredores do colégio, tinha medo de se encontrar sozinha com o professor. É tão simples morrer. O professor falava quente. A geografia não funcionava naquele momento, só os olhos diziam do mar, do sol, dos seres do mar. O fundo do mar é escuro, cheio de memórias e de coisas. Procurava se lembrar da lição esquecida, para saber a quantos metros de profundidade cessa a vida vegetal. Duzentos ou trezentos metros? Sorriu, quase uma criança olhando o mar da janela. O mar não muda, a transparência aumenta com a salsugem, o mar está cheio de memórias. Uma vez andava na praia e descobriu por encanto o sol no mar, queimando os olhos. O sol não tem memórias, o sol invade a terra, atravessa os homens, escurece-os de sombras, seca-os. Ela via o sol e o mar, as ondas e a luz.

Nove horas da manhã e o dia já quente. A praia fervilhava de gente, as barracas de lona coloriam de vermelho, azul e amarelo a areia faiscante. A água deve estar gostosa, friinha até acostumar. Godofredo, vamos à praia? gritou ela para o marido. Ele custou a responder. Se você quiser. Sempre assim, fazia-se de rogado. Ela não gostava de pensar no caráter do marido, se exasperava. Como custou a conhecê-lo. Algumas pessoas a gente conhece logo, diz logo se têm medo, se são covardes, se têm força, um por um. Outras, a vida inteira não se manifestam, para sempre apagadas. Tinha para si algumas qualidades fundamentais ao homem: coragem, uma delas, a brutalidade talvez, a força diante da morte. Ela pensava em termos de morte, em termos definitivos. A vida não lhe dava nada daquilo. Não é refletindo que o homem se descobre, pensou ela altamente filosófica. Há muitas coisas escondidas dentro do homem, que o pensamento jamais descobrirá. Os homens necessitam de espelho para se verem. Ou de uma ação qualquer, de uma luta qualquer. A vida lhe revelara um triste Godofredo. Vendo-o, ninguém diria, hein, meu pai?

Lembrava-se dos primeiros tempos, quando conhecera Godofredo. Ele gostava de dizer o próprio nome. Não havia de ser Godofredo Cardoso de Barros que ia fazer aquilo. Não com Godofredo Cardoso de Barros. No fundo, Maria acarinhava a vaidade de se saber mais inteligente do que ele, mas gostava de vê-lo emitir opiniões definitivas. Ele tinha força, seus braços eram firmes quando lhe apertavam a cintura. E as mãos sem delicadeza lhe apalpando os seios? Amava-o; emprestava-lhe qualidades excepcionais. Godofredo trabalhava num banco, ganhava bem, começava a fazer alguns negócios, lia os seus livros, e sobretudo tinha opiniões. Um homem com opiniões é gozado. Ela ria como se estivesse brincando. Assim ela o acompanhava com uma seriedade fingida, feliz. Ele era o cabeça do casal. Sobretudo tinha opiniões. Maria provocava-o para vê-lo falar, para comer com os olhos os lábios grossos deitando palavras que possuíam existência real, como pedaços de carne, por mais abstratas que fossem. Era mesmo gozado ter ao lado um homem que tinha opiniões, que explicava as coisas. Godofredo. Deitava a cabeça nos seus ombros, não prestava muita atenção ao que ele dizia, só o barulho do peito, a voz que queria se fazer firme.

Não havia de ser Godofredo Cardoso de Barros, repetia ela agora rindo interiormente, descobrira o ridículo de situações que antes admirava. A mocidade nunca é ridícula, hein, meu pai? Godofredo ali estava, mais velho, uma pessoa inteiramente diferente daquela que ela amara. De calção de banho, as pernas peludas, o peito peludo, a cabeça grande e peluda. No quarto ao lado.

Maria, se você quer ir à praia, se apronte depressa. Não me faça esperar muito, gritou ele. Maria olhava-se nua, o maiô vermelho na cadeira, e pensava. Pensava naquele corpo branco, na marca do maiô, as coxas queimadas de sol. Eram para ela aquelas palavras: ondas e escuridão, marés e enchentes, sangue e lua. Para ela, o disco. Acorda, minha beleza. Os seios um pouco caídos, mas bonitos, tinham ainda a sua firmeza. O ventre arredondado, que já dera filhos, as veiazinhas azuis, os pelos. Observava o corpo com dificuldade, mas insistia. Marés e enchentes: olhava aquele tecido de veias azuladas nas virilhas e no pé do ventre. O corpo que ela inventara, a geografia do corpo, que ela preservara, que ela fizera com amor para Godofredo Cardoso de Barros. Ela pensara demais no amor, que desconhecia, fantasiava cenas, os olhos afogueados. Arrebatada pela imaginação, dormia com dificuldade durante o noivado. E eram ondas e marés, escuridades sobre as ondas, a lua boiando. O disco da loja dizia acorda, minha beleza. Só para ela.

Depois foi conhecendo Godofredo. Os homens precisam de espelho para se verem. Conhecia Godofredo. Como conheceu o amor, amou o homem com toda a força e dedicação de que era capaz. Quando Helena nasceu eu ainda o amava muito. A filha obrigava-a a dividir os carinhos. Os carinhos de Godofredo não tinham mais o gosto dos primeiros tempos. Quando tudo da primeira vez é diferente, como somos outros paulatinamente. Quem mudou: ele ou eu? Não, ele era o mesmo homem, o mesmo Godofredo Cardoso de Barros. Apenas não se revelara, não encontrara o seu espelho. Como não pude perceber que ele mentia? No princípio da descoberta, ela dava outro nome — Godofredo Cardoso de Barros fantasiava, tinha uma imaginação muito forte. Era um homem em potencial. Era um homem.

Quando foi mesmo que dei às falas de Godofredo o nome exato? É preciso dar nome aos bois. O carro anda rangendo. Baba nos beiços dos bois. Os bois têm nome. Não se lembrava quando. Eram mentiras deslavadas. Por que mentia pra ela, por que contava casos que nunca sucederam, ações que nunca praticara? Queria me impressionar. Queria se mostrar um homem capaz de grandes empresas. Se se contentasse de ser o homem que era, o homem que sabia ganhar dinheiro. Ele sabia ganhar dinheiro, fazer negócios. Que sabia viver uma vida comum. Quem sabe se o casamento não teria tomado outro rumo e o amor permanecido? Ela pensava tristemente no amor.

Godofredo estava no quarto ao lado, pronto com certeza. Ela custava a amarrar o maiô no pescoço. Olhou-se no espelho, se achou bonita. Godofredo, não se esqueça de levar a peteca, gritou. Riu. Por que dissera aquilo, que interessava uma peteca? Precisava ocupar o marido. Não, tinha certeza, o erro era mais profundo, deitava raízes muito escondidas. A descoberta do vício do marido era uma consequência, sabia. E a covardia de Godofredo, também uma consequência? Para pensar a palavra covardia levou muito tempo. Os bois não têm nome? Brigaram muito, tiveram discussões fortíssimas. Depois se acostumou a achá-lo covarde. Certos dias tinha algum arrependimento de julgar assim o marido, procurava vê-lo de um outro ponto de vista, do seu ponto de vista quando noiva. Como eu era boba, meu Deus! Mas ela não era mais noiva, tinha três filhos, não podia ser boba. O segundo e o terceiro filho marcavam épocas em que tentava buscar no marido o homem que perdera. No amor, era com ânsia desesperada que se concentrava, que buscava ter o mesmo prazer de antigamente. Ou Godofredo sempre foi o mesmo, eu é que mudei? Via agora, à luz de sua vida presente, todo o passado, o começo de sua vida amorosa. Eu dei a Godofredo coisas que ele não tinha. Com o presente mudara o passado, os valores de ações passadas eram outros. Com frieza — não deixava porém de haver uma certa mágoa nos julgamentos — olhava o marido. Ele não conseguia enfrentar uma situação nova, criava subterfúgios para escapar às responsabilidades. Escamoteava os problemas. Agia como alguém que distribuísse as pedras de um jogo. Comigo foi assim, mesmo comigo. Fui uma simples pedra no jogo dele. Teve ódio. Tudo era tão estranho quando eu ainda o amava! De tudo o que restara? Palavras, palavras. Eram ridículos. Não havia de ser Godofredo Cardoso de Barros! Lembrava-se das primeiras brigas. Brigavam ainda mesmo na cama, depois de fazer. À medida que ia deixando de amá-lo passou a tolerar mais a vida de casada. Assim pretendia viver, não se separaria do marido, precisava criar os filhos.

Maria, ande depressa! Que é que você está fazendo? gritou Godofredo, já da sala. Estou indo, pra que pressa?! O mar não sai do lugar. Se você está com pressa, pode ir que eu vou depois. Maria ajeitava o chapéu de palha na cabeça. Ainda era bonita, tinha uns olhos abertos e amarelados, muito brilhantes. Mas tenho a alma inquieta e dolorosa, pensou ela quase trágica. Por que aqueles pensamentos, quando a manhã estava tão clara lá fora? O sol cura tudo, o sol purifica tudo e o mar é fundo de mistérios.

Maria, os meninos não vão? Preferia não responder, não queria brigar agora. Para que dizer as crianças foram ao Cemitério da Praia? Depois diria. Godofredo tinha opiniões a respeito de cemitérios, Godofredo tinha opiniões a respeito de tudo. Na praia diria, se lhe desse vontade. Arranjou uma desculpa: Eles já foram com Luzia! Apanhou os óculos escuros sobre a penteadeira, deu um jeito no cabelo sob a aba do chapéu, pronta para sair. Abriu a porta do quarto, caminhou para a sala.

    Godofredo jogou em cima da eletrola a revista que estava lendo. Olhou a mulher caminhar pela sala, as pernas queimadas. Gostava de vê-la assim, o corpo à mostra. Você está muito bem, disse ele, ainda em forma. Maria olhou-o bem nos olhos. Sim, ele era engraçado. Acha, perguntou. Só agora é que reparou? Não, há muito tempo, disse ele. Hoje é que me deu vontade de falar. Maria gostava que lhe fizessem elogios, sobretudo a respeito do seu corpo. Você está jovial, disse ele escolhendo bem a palavra. Gostou do jovial. Viu passarinho verde, perguntou brincando. Não, vi marido bobo, disse ela rindo. O riso dela, mais o corpo e o dia claro fizeram-no aventurar um tímido convite. Quem sabe se não é melhor não irmos à praia? A gente fica aqui, assim de maiô, ouve um pouco de música, depois... Passou-lhe as mãos nas costas peladas, sentiu a carne quente. O cheiro do cabelo, o arredondado das coxas de Maria, tudo bolia com ele. Não, disse ela, vamos à praia, o mar deve estar ótimo. E também não é hora de fazer o que você está pensando. Sem graça, Godofredo riu. Teve ódio da mulher. O mar os esperava.

Os olhos de Fortunato seguiam as patas da aranha. Quantas patas. As patas, grossas, longas e ligeiras, grossas e peludas, moviam-se desordenadamente, se esticavam, retorciam-se. Bicho gozado e venenoso, mija no olho da gente, me disseram. Os pelos queimam que nem brasa. Peluda, ela mexia. Quando Fortunato cutucava-a com a vareta, procurava fugir, encolhia-se num movimento brusco de pétalas que se fecham. Depois as patas vibravam rápidas, a aranha procurava a toca de onde saíra. Mas ele estava vigilante com a vareta, empurrava-a de novo para bem longe. Aranha de toca é de boa briga, pensou rápido o seu instinto. Mija no olho da gente, foi Tônho que me ensinou. Tônho não entende nada de bicho, só de peixe. As patas prendiam os olhos de Fortunato, como uma flor. Virou-a de costas, ficou vendo a força que fazia para retornar à posição natural, balançando-se para a esquerda e para a direita, para a direita e para a esquerda, mais um pouco e mais forte, para a esquerda e para a direita, as patas se encaracolavam depressa, na tentativa de alcançar alguma coisa em que se firmar, desengonçadas, ora para um lado ora para o outro, num esforço mesmo de bicho. Quando ia conseguindo se firmar, perdia o equilíbrio, as próprias patas atrapalhavam. Deve ser duro mexer com todas essas patas. O desejo mais violento era amputar algumas, diminuir aquela confusão de movimentos. Para trás e para a frente, para a direita e para a esquerda, para a esquerda e para a frente, para trás e para a direita, mais, ligeiras e autônomas, pétalas. De novo ia e vinha, tornava a cair de costas. A aranha, impotente para fugir ao cerco, continuava a sua luta de patas com Fortunato. Ele não sabia contar e aqueles ágeis pares de patas o desnorteavam.

Procurou nos bolsos uma lata de pomada, onde guardaria a aranha, enquanto ia caçar outra, para uma briga. A primeira era macho, sabia, porque era menor e tinha dois chifrinhos cobertos de pelos negros e curtos na extremidade. Pelos cerdosos e duros. Precisava de outro macho. Tinha sempre nos bolsos caixas vazias, pedaços de barbante, arames inúteis e um canivete solingen de cabo de madrepérola (coisa de luxo, dizia quando mostrava aos outros) que achara na Praia da Capelinha. Tudo tinha serventia. Só não deixava anzóis soltos nos bolsos, porque uma vez cravara um na mão e tivera de arrancá-lo a ponta de canivete. A cicatriz na mão direita.

A aranha abarcou com as patas a vareta que Fortunato lhe estendeu. Com cuidado, ele a guardou na latinha. Era meticuloso.

Outro machinho, outro machinho. Arranhou a terra dura e seca, buscando uma toca. Achou-a logo debaixo de uma pedra. Agora faltava o suspiro. Mediu um palmo da toca, traçou com a vareta uma roda e começou a escavar dentro dela. Um pequeno torrão cobria o buraco. Para tirar a aranha do buraco precisava de um capim bem comprido, com sementinhas na ponta, onde ela fisgasse. Era rápido e meticuloso para essas coisas, o raciocínio como um faro, os olhos brilhando inquietos. Deu um salto na grama e pegou a isca. Depois se agachou junto da toca, mijou no suspiro. Sempre mijava agachado. Uma vez Tônho me disse para não mijar assim agachado, é mulher que mija assim. Agora mijava escondido, não queria ser mulher. Mas não conseguia mijar em pé e por isso sofria. Introduziu o capim no buraco principal. Segurava a haste com as pontas dos dedos, para sentir melhor a fisgada da aranha. Ahn — pega bicha, pensava rápido e ritmado, os dedos mais sutis que o pensamento. A briga vai ser boa, é pena o Dirceu não estar aqui, pensou mais rápido ainda quando sentiu a fisgada da aranha grande. Deu um arranco firme e a aranha saltou longe.

Uma aranha grande, não tão grande como uma fêmea, mas das melhores que tinha conseguido. E é macho, é macho, gritava Fortunato pulando como um canguru. A briga vai ser boa. Preciso ficar um pouco do lado da outra aranha, ela é menor, pensou o seu senso de justiça. A aranha desnorteada procurava o caminho de volta. Os movimentos das patas eram mais lentos do que os da outra aranha, porém mais firmes.

Fortunato alisou o chão, preparava a praça. Tirou a aranha menor da lata, deixou-a andar um pouco, para se refazer do tempo que ficara no escuro, para respirar. Aí bichinha, minha bichinha castanha de cor de ferro. As aranhas eram de um negro-acastanhado-ferruginoso. Ia ser uma boa briga. Devagarzinho, Fortunato mexia nas armas terríveis das aranhas. As mandíbulas abertas. Na borda de baixo, uns dentes em formato de serra e uma unha dura, curvada para baixo, aguda, móvel, terrível. Ali morava a força da aranha. Ou era naquela porção de olhos pequenos? Não sabia, desconfiava, como se atemorizava diante dos muitos olhos transversais.

De mansinho ele foi se afastando, juiz da luta. A justiça de Fortunato teve de entrar em ação, porque a aranha pequena era ágil, tinha um exercício de avanços e recuos bem mais preciso que a grandona, mais objetivo. Aha, riu. A aranha grande, contudo, era mais forte, quando alcançava uma das patas da menor, quase a partia. Fortunato separou-as ao verificar que estavam em igualdade de condições: a esperteza e agilidade de uma valiam pela força e poder da outra. Não vou com covardia. Era começar a luta.

    Dividiu a arena com um risco, colocando em cada campo uma aranha. Com a vareta açulou as duas e dirigiu-as para o risco. Melhor que aranha, só mesmo briga de galo. As brigas de galo o deixavam muito excitado, não conseguia dormir e Tônho não queria levá-lo mais à rinha. Num instante a aranha menor estava no campo da outra. Elas deviam cantar como galo, seria mais bonito. Fortunato torcia as mãos, emocionado. A grandona andava devagar, esperava a outra, sua maneira de brigar era bem diferente. Esta aranha deve estar escondendo força e luta. Não é possível que vá apanhar da pequetitinha. Com a vareta instigou a maior. A aranha pequena fazia ligeiras curvas à medida que se aproximava do adversário, sondando o terreno. Parava quietinha. Voltava e parava, tornava a voltar e parava. Depois voltava rápida, e quando Fortunato pensava que ia fugir, estava pronta para o ataque. Os olhos de Fortunato cresciam. A grandona, confiante na sua força, movimentava as patas longamente, como um gato brincando com um novelo, para assustar a outra, mexia pouco. Súbito, a pequena deu um salto, atacando de lado a adversária. As duas se engalfinharam, rolando. Uma confusão de palpos e patas se contorcendo em fúria.

    Ficaram algum tempo rolando, as patas arqueadas e confusas. Era difícil saber quem levava a melhor. Pareciam uma pequena bola peluda se movendo, um monte de cabelos duros.

    Agora ele tinha a certeza de que a grandona estava apanhando. O estranho era que a pequena tentava fugir, escapara dos tentáculos da outra. Por que, se vencia, não tirava vantagem do ataque, não feria mortalmente o adversário com unha, serra, com as duas garras das últimas patas? Fortunato separou-as, a fim de que a luta ficasse mais clara. No chão, uma pata. Foi então que viu a pequena se mover com esforço. Não levara vantagem, andava com dificuldade, não era tão rápida como no princípio.

O coração de Fortunato batia apressado na garganta. Mordia os nós dos dedos, os olhos presos nos contendores. Açulou novamente a pequena aranha, para novo ataque. Ela avançava devagar, fazendo mais curvas do que da primeira vez.

Quando ele menos esperava, a grandona cresceu para a aranha ferida, quase esmagando-a com as patas. Novo engalfinhamento. Rolavam para um lado e para outro, procurando um equilíbrio que lhes favorecesse os golpes. Separou-as novamente. Desta vez, duas patas no chão. Da pequena. Mas a grandona também estava ferida, fugia do campo em movimentos mais lentos. Se aranha cantasse seria bem bom. Na briga de galo, quando um canta de galinha, está perdido. A pequena adernava, não se afastava do campo. Também não avançava, não fazia mais aquelas pequenas curvas tão elegantes, tão características do seu modo de atacar. A grandona fugia para o canto da arena, instintivamente procurando toca. Fortunato não aguentava tamanha covardia, era demais que um corpo tão forte guardasse ínfima coragem. Buscou-a, açulando-a com a vareta.

De novo as duas se defrontavam. Ainda desta vez coube à pequena a honra do ataque. Avançava de lado, apenas as patas do lado esquerdo, as menos inutilizadas, arranhavam a terra no esforço que faziam para mover o corpo caído e pesado. A grandona fez que ia atacar, recuou, encolhendo-se. Fortunato empurrou-a. A aranha pequena conseguiu, num último esforço, se arremessar às patas do grande lutador. A grandona tentava se desvencilhar das poucas patas que ainda restavam à adversária. Fortunato separou-as. A grandona mal se mexia, apenas balançava o corpo. As patas que ficaram no campo de luta, na última investida, foram as suas.

Fortunato deu um grito quando viu que a pequena aranha vencia a força da outra, covarde. Devia fazê-las brigar de novo, apesar de estar ferida a pequena? De qualquer maneira, ela não sobreviveria, tais os ferimentos que recebera. Era melhor lhe dar a honra da vitória. Tentaria aproximar a grandona de sua pequena aranha; se ainda quisesse atacar, permitiria a luta; caso contrário, impediria que a grandona abusasse da situação.

A grandona se enrolou de tal forma que foi difícil para Fortunato fazê-la mover-se. Quando a pequena percebeu que a outra estava perto das patas que ainda lhe restavam, arrastou-se penosamente e segurou a adversária. A grandona não fazia nada, apenas uma bola de pelos, tão enrolada estava. Deu os golpes que quis, a bola de pelos não reagia. Houve um momento em que as patas da grandona se abriram como uma rosa e Fortunato pensou que a pequena aranha seria esmagada. Mas ela se fechou de novo. A pequena, no esforço que conseguiu para atingir o centro da aranha que lhe roubara as melhores patas, tombou para um lado. Não podia mais lutar, só lhe restava uma única pata, que vibrava no ar. A grandona quase não existia, nula de movimentos, bola de pelos. O medo, o medo. Mas estava em melhores condições que a outra.

A minha aranha ganhou, gritou Fortunato, os olhos faiscando de força e alegria. Os olhos brilhando alegres e amarelos na cara mulata. Os olhos com a fortidão da aranha. Como tinha sido duro para a pequena lutadora dobrar a força e poder da grandona. O coração começou a tuquetuquear apressado. Emocionava-se. Sentia todo o corpo vibrar diante daquelas lutas que costumava arranjar. Era como ir ao mar em companhia de Tônho, enfrentar a rebentação, lutar com a vaga, passar além, vencer o grande mar brilhante, os peixes silenciosos, os bichos violentos, o grande mar escuro em dias de tempestade, os perigos escondidos.

Mas Tônho não ia mais ao mar. Por que Tônho parecia temer a fúria do mar, o silêncio do mar e dos peixes? Por que na alva da manhã a cidade como uma mancha branca espichada? Como uma fita brilhante.

Tônho não tem medo, disse Fortunato. Ficou parado algum tempo, olhando a vibração da pata que ainda restava à pequena aranha vencedora. Para se convencer de sua verdade, repetiu Tônho não tem medo, conheço Tônho muito, já fui com ele a muito lugar. Já lutamos toda uma madrugada com os peixes. Já vi os olhos dele na fúria. Por enquanto está só parado. Ele ou os olhos?

Os olhos e ele. Tônho só sabe beber e cair escornado num canto de praia, emborcado no vômito, os olhos mortos. Os olhos bêbados e mortiços. Ele.

Não tem medo não, conheço Tônho. Conheço Tônho muito.

Conhecia? Difícil era não acreditar que Tônho tinha medo, que a cachaça o vencera, que não contava mais entre os grandes pescadores que palmilhavam a costa e venciam o mar alto. Os grandes pescadores cujos olhos nasciam com a primeira manhã que sai virgem da noite, ensanguentada e pura. O peito dos pescadores. Tônho conhecia o mar, conhecia-o desde menino, sabia de seus mistérios, das pedras agudas que eram o perigo dos dias de mar agitado, sabia do mar azul, do mar verde cheio de peixes, do rumorejar das ondas do mar. Sabia do mar grosso.

Que acontecia com Tônho agora?

Tônho não tem medo, repetia Fortunato, procurando se convencer. A pequena aranha, embora perto da morte, ainda escondia força, ainda era um ponto negro de força. Mas Tônho, que era feito da força de Tônho, do seu olhar que varava longe como os gritos a profundeza da luz marítima? Os olhos estavam cansados. Não era porém o cansaço que sucede uma jornada de luta, depois de um dia e uma noite no mar. Os olhos queimados, mas não mais queimados do sol: alguma coisa lhe roubava a vida. Fortunato não entendia bem a mágoa escondida no fundo dos olhos do amigo. E a tristeza imensa do rosto, das mãos marcadas de velhas cicatrizes, de velhas lembranças do mar, do rosto tostado.

Com que pesar Fortunato via Tônho espichar-se como um gato preguiçoso pelas praias desertas, os olhos que não queriam mais sonhar em mar largo. Tônho agora se limitava a buscar iscas para turistas, a ensinar-lhes os pontos da costa onde os peixes enxameavam. Com isso ganhava alguns trocados, que viravam logo pinga. Aqueles olhos inchados e vermelhos. Era humilhante para um homem como ele ficar ajudando pescadores de molinete, alegres e impacientes. O tédio que vencia aqueles homens. Não era trabalho para Tônho, que tinha o mar no sangue, que ressumava sal no menor gesto. Que podia sair ao mar para sempre. Estava roubando o dinheiro do velho João, um pescador que perdera o braço direito numa pesca desastrosa. Para o velho João ainda era um trabalho, não para Tônho. Fortunato fugia dele toda vez que o via buscando iscas para pescadores de molinete. Procurava-o depois escornado nalgum canto da ilha. O velho João, sem braço, ainda valia mais que Tônho — a pequena aranha, sem membros, ainda era uma aranha —, não estava vencido: se a sua barca não se fazia mais ao mar, era porque não lhe permitiam. E com um braço apenas, de que valia o velho João? Valia. Ainda veriam o velho João voltar. O velho João voltando morto do mar, para ter o corpo para sempre enterrado no Cemitério da Praia, de frente para o seu mar mais velho que o velho João, coberto de coroas de conchas, de conchas formando desenhos ingênuos.

Alguém veria Tônho voltar?

Tônho não é covarde, disse Fortunato para a pequena aranha. Ainda mostra a essa gente. Um dia vão ver.

Tentava acreditar em Tônho. Tônho era mais que um amigo, valia pelo pai que ele não conhecera. A gente às vezes tem pai, mas procura pai a vida inteira. Sentia-se amparado quando estava perto dele, bebia-lhe as palavras, gostava até de sentir o seu bafo quente, o cheiro quente de suor. Mesmo agora, quando tinha de carregar o amigo, nas noites em que a bebedeira era maior, sentia aquele corpo mole sobre os ombros como carne sua, ia dizendo ternuras para Tônho, enquanto caminhava gingando com o peso do outro. Como pesava o paizinho. Depois deitava Tônho no casco da Madalena, punha de leve a mão grossa e quadrada na testa de Tônho. Dorme, paizinho, rosna. Cheirava o suor frio que empapava a camisa de malha. Respirava o mesmo ritmo que o ressonar do bêbado. Olhava em seguida o mar rosnando. O mar vencia sempre. Cuspia no mar, mijava no mar. O mar não venceria. Tônho estava mais fazendo ciúmes a Madalena. Madalena apodrecia sem Tônho no mar. Um dia ele fica bom, falava de mansinho para o mar de chumbo, e nós iremos outra vez. Era preciso calafetar Madalena, fazê-la quase de novo. Ninguém como Madalena no mar. Ninguém como Tônho no mar. Tônho estava sujo de vômito. Depois sarava, depois bebia, depois sarava e bebia e sarava, engulhava e bebia e sarava. Depois Fortunato buscava um caneco cheio d'água. Deixava o caneco junto de Tônho, para quando ele acordasse. Não podia deixá-lo com aquele calor abafado na sua cafua, que mal cabia um homem em pé. Ali pelo menos tinha o mar, a brisa e Madalena. Madalena como um grande ventre aberto, a mãe ninando o seu menino. Não queria que Tônho o visse. Ia embora rápido como um gato. Achava que Tônho não sabia que era ele que o levava para a praia quando a carraspana era maior. Nunca falava nada, fulano. Tônho sabia mas não falava, gozando aquele silêncio de amizade.

Tônho, pensou Fortunato olhando a pequena aranha. Só ele era capaz de lhe explicar as coisas que não conseguia alcançar ligeiro. Só ele não o achava louco. Era um peixe.

Precisava lhe mostrar a pequena aranha vencedora.

Queria uma explicação da luta, depois que ele contasse: aí chegou a pequena aranha, então a grande ficou assim, a pequena vai-não-vai, assim, aí a pequena, então a grande, aí então a pequena venceu a grande, então. Tônho tinha uma palavra para tudo. Ia levar as duas aranhas para ele, então. No fundo do seu coração ingênuo, bobo mesmo, achava que a história da aranha devia dizer alguma coisa ao amigo. Não conseguia as palavras, não pensava com palavras assim, isso não, fulano. Agora você me conta como foi mesmo a luta, diria Tônho. Não precisava ficar roubando do velho João, ainda podia ir ao mar. Ele não pensava com essas palavras, digo, repito certamente, o seu instinto é que funcionava: a aranha vencedora, a covardia da outra e Tônho. Tudo tinha relação. Ele próprio não entendia direito, mas o amigo talvez pudesse entender. É assim mesmo. A gente fala uma palavra, olha a cara do amigo, fala outra, depois outra, fala, depois outra, e vai se formando, não vê, uma tristeza na cara do amigo, uma tristeza tão sem fim que a gente compreende que o amigo compreendeu e então a gente compreendeu num fogo-foguinho tudo de repente, compreendeu? Aí era por isso que ele precisava de explicação.

Sem saber por quê, os olhos de Fortunato se enchiam de lágrimas, o peito estalava que nem casa velha. Sabia que aquilo era ruim, que daí a pouco podia passar a não entender mais nada. O cérebro se nublava, o peito se comprimia doloroso, um pequeno caroço espremido por fortes tenazes, tinha desejos de unhar o peito até sangrar. O pior era a vontade incontrolável de andar que lhe dava então. Andava descalço, feria os pés, varava a ilha de um extremo ao outro, uivava, andava, corria nas praias desertas, não podia dormir enquanto não sentisse o corpo molambo. Mesmo com o corpo molambo, só conseguia dormir uma ou duas horas. Para depois tornar a andar, a uivar, a correr, a uivar, a andar, a gritar, a correr, a uivar sem eco. Quando andava, no seu delírio, não enxergava nada, os olhos cegos voltados para o escuro daquela dor que sentia no fundo da alma, os olhos como neblina. Nem Tônho lhe valia naquelas ocasiões. Era esperar passar. Passava. Mas doía de morte.

Quando sentiu aquilo, ficou quieto, imóvel como um bicho à espera, os olhos fechados, a respiração suspensa, o coração batendo forte. Uma sensação desagradável, angustiante, partia do coração para o resto do corpo, como raízes furando a carne. Sabia que se ficasse quieto, se pensasse no azul logo no princípio, se relaxasse, o delírio talvez cedesse. Depois era incapaz de conter as pernas, o rolo que se apossava dos pensamentos, dos gritos escondidos no peito, dos gestos, e ele não podia mais fugir.

Quieto, reduzido a uma pequena semente, aguardava que alguma coisa acontecesse. Temia que a angústia se alastrasse, que as imagens rolassem, os pelos eriçados, e ele estaria perdido. Precisava mostrar a aranha a Tônho, contar-lhe a luta. Perdido no escuro de sua alma. A coisa parada, ameaçadora, como bicho estranho se mudando.

Como a dor começava a ceder, a coisa se liquefazia, passou a respirar devagar, enchendo o mais que podia o peito de ar. Agora era capaz de mover-se, de esticar os braços, de dar trabalho aos músculos. Levantou-se, olhou de lado as duas aranhas, com medo. Mas uma grande alegria, uma alegria feroz, fez o rosto brilhar. Vencera a sua luta, era uma pequena aranha que lutava. Um grito agudo lhe escapou da garganta.

As aranhas não se mexiam, imóveis como ele há pouco. A casa vazia. Ninguém ouvira o seu grito. A mãe saíra com os meninos para o Cemitério da Praia. Maria e seu Godofredo tinham ido à praia. As janelas abertas eram um chamamento. Gostava de andar pela casa vazia, mexer nos guardados, cheirar os perfumes de Maria, lambuzar os dedos nos potes brancos de creme para a pele, no batom, no ruge (ria diante dos pequenos objetos na penteadeira, a escova de cabelo, a pinça de sobrancelhas), gostava de sentir no rosto a seda das combinações, a maciez da lingerie, as rendas das calças com os fundilhos desbotados de tanto lavar o mijo. Ria assustado. Ria com medo. Cheirava de olhos fechados os fundilhos. Era uma sensação estranha que sentia, o seu pecado. Ele não sabia nada de pecado, mas era o coração miúdo de sobressaltos, de estranhos remorsos. O pecado. Não conhecia mulher e aquelas peças íntimas lhe davam um conhecimento que deitava raízes no corpo virgem. O corpo tremia, as mãos eram estouvadas, os sentidos aguçavam-se. Só sabia dos prazeres ocultos, que uma vez ele inventara a masturbação. O pecado. Sentia cheiros novos, o tato como papel de seda, sensível às menores asperezas. A lingerie. Os fundilhos lavados. O mijo. Cheirava. E todo ele era aquele cheiro que ia até o fim do peito, até o fim do mundo. As rendas e as sedas. Depois tinha remorso. Ele não sabia nada de pecado.

O que ele queria agora eram uns vidros vazios onde pudesse guardar as aranhas caranguejeiras, para mostrar a Tônho. A lingerie. As calças de renda. As combinações finas e macias. O mijo. Os sovacos rapados, azuis. A gilete.

Maria olhava as ondas, acompanhava-as desde longe engrossando, para quebrar num rolo de espuma. O mar muito verde, as ondas fortes. Se na Praia das Castanheiras, onde o mar era sempre mais manso, estava assim, como não estaria nas praias mais distantes? Ela gostava de ver o mar, de respirar o hálito salgado, de perder os olhos naquela mistura de cores, na poeira de cor e luz que se formava na linha do horizonte, ver as ilhas. A Ilha Rosa, a Ilha Escalvada. Descobri-las acinzentadas, secas.

O mar hoje não está brincadeira, disse Godofredo. Maria não disse nada.

Ele se sentia humilhado, depois do que se passara em casa. Fria. Ela não queria saber dos seus carinhos, fugia de seus braços. Ela não participava, fria, ou se entregava como carne morta, os olhos fechados, procurando um prazer que não era o daquele momento, um prazer mais antigo, feito de retalhos que sua memória recompunha justo naquele momento antes do gozo.

Ela nem sempre fora assim, gelo, fria. Quando começara? Os olhos com raiva, os olhos pisados, procurava buscar no passado o ponto exato onde se partira a corrente. Eu não acredito no amor, acredito no corpo. Maria não me ama mais. Que dizia a frieza? Que dizia a repulsa, a carne morta? Um corpo frio, um corpo fechado. Uma flor aberta, sem mistério. Quando foi mesmo que começou a luta surda dos dois corpos?

O corpo não era mais exausto depois, não vivia mais o cansaço das sensações. Pronto, já acabou? Antes o tempo em que brigava mais comigo. Depois ela cedera, aceitou o fracasso. Porque as brigas podiam terminar com uma reconciliação. E os dois se uniam em ansiedade, buscavam a paz do sangue de cada um.

Godofredo não tinha olhos para o mar, para a praia cheia de gente. O corpo da mulher estendida, entregue ao sol, os membros lassos, as coxas queimadas, cheias de óleo, os ombros nus, os olhos amarelos, o chapéu de palha. Doía-lhe o peito, verrumava-o um ódio surdo. O corpo, os olhos amarelos, a pele queimada de sol, os olhos amarelos que se fundiam na paisagem não o deixavam ser feliz. Godofredo Cardoso de Barros era intacto, tinha uma existência quase mitológica. Por que um simples corpo o perturbava, tirando-o do seu mundo seguro e lógico?

Tenho a impressão de que não vamos nadar hoje, disse Maria olhando o mar. Como está bravo, como as ondas quebram. Godofredo procurava voltar à realidade que a mulher propunha. É a maré, disse ele seguro. É perigoso nadar com um mar assim, perguntou ela. Se você pensa em morrer, com um mar assim é fácil, disse ele sem procurar esconder o ódio de que era possuído. Mas eu não quero morrer, disse ela rindo.

O riso de Maria deixou-o pior, sentia-se vencido. Se ela morresse. Não continuou o pensamento, não admitia aquela ordem de pensamento. Se ela morresse sem depender de mim, continuou dentro dele outra voz. Passou a pensar em outra coisa. Olhou para as cristas das ondas, a grande massa d'água que crescia para quebrar em espuma. De noite a maré estaria forte, crescia cobrindo toda a praia, em rugidos ferozes, traria sujeiras e conchas quebradas de encontro às rochas. As rochas eram cinzentas, com os seus recortes afiados contra o céu sem nuvens. As vagas escumantes roíam há séculos as pedras furadas. Há milênios. O sol e o hálito marinho queimavam há anos os homens de Boa Vista, os pescadores que por ali viviam. Lembrou-se dos pescadores que conhecia, lembrou-se da morte de um. Aqueles homens eram felizes, tinham uma vida mais autêntica que a sua. Mas são uns broncos. No fundo tinha ódio da vida miserável que viviam, explorados por uns e por outros. A Fábrica. O mar e a sua fábrica. Pensava na infância difícil, na pobreza dos primeiros anos de vida, na luta do pai para sustentar a família, no sacrifício da mãe. Procurava se afastar do passado amargo, queria esquecer a pobreza e suas humilhações, agora que estava bem na vida. Queria esquecer o pai — aquele tiro que ecoava pelo mundo afora, para sempre nos seus ouvidos, mesmo nos sonhos percutia —, queria esquecer os dedos maltratados, as unhas puídas da mãe. Infância dolorosa em torno da luz de uma pequena sala, entre cadernos de armazém, entre contas e mais contas, dívidas. O tiro do pai dentro da noite e a mãe chorando em torno do caixão. As mãos encarquilhadas, infelizes, sofridas. Vida.

Depois começou a discutir com a mulher porque os filhos tinham ido ao Cemitério da Praia. Ela brincava com a areia, irritava-o. Pare com isso, gritou ele. Ela riu e parou. Não brigava mais.

Ele, depois da discussão com a mulher, sentia-se melhor. Passou a olhar o movimento das ondas, acompanhava o pouso rápido das gaivotas, os voos longos e ritmados. As duas ilhas perdidas no horizonte, de um cinza líquido, misturando-se com as cores do mar e do céu, apenas duas manchas. Mas ele não gostava de se perder na paisagem, como a mulher. Cismar, os olhos afundados nas coisas e nas cores, deixava-o inquieto. É muito feminino, dizia.

A praia cheia de gente. Apenas dois ou três homens se arriscavam a enfrentar as ondas. Godofredo começou a prestar atenção nas mulheres. De repente estava terno.

Maria não estava terna. Olhava o mar, via as pedras e as ilhas gêmeas, perdia-se nas ondas e nos longes do mar. Era o mar de sempre, aquele mar de sua vida. A poesia que ela perdera e não sabia fazer. O professor do colégio. Ela mergulhava nos livros porque o mar era impossível, a poesia difícil. O soneto é uma composição poética. O mar é uma composição poética? Ria triste. Como um marinheiro, pensou perdida. O mar era dos marinheiros e dos pescadores. Marinheiro triste. O poeta. Procurou se lembrar. Como era o poeta? Marinheiro triste de um país distante passaste por mim tão alheio a tudo que nem pressentiste marinheiro triste a onda viril de fraterno afeto em que te envolvi. O poeta, precisava procurar o livro. O sal do mar alto! Mas eu, marinheiro? O livro. Podia chorar até, de tão lágrimas estavam os seus olhos. Morte.

Vamos embora, disse Godofredo, está ficando tarde. Maria olhou-o demoradamente. O poeta, versos, marinheiro triste. Achou graça. De que é que você está rindo, perguntou ele. Nada, uma bobagem que estava pensando.

Godofredo se levantou, pegou as coisas. Maria acompanhou-o. A volta para casa. Godofredo se dirigiu logo para o quarto.

Viu de relance:

Fortunato saltava a janela do quarto. A gaveta da cômoda aberta, tudo remexido. Pensou imediatamente no revólver. Precisava deter aquele louco. Correu à janela. Fortunato, gritou. Volta, Fortunato!

Ele tinha desaparecido no fundo do jardim.

3
A CASA DA CÂMARA

PERTO DAS BARCAS, NA PARTE VELHA da cidade, ficava a Casa da Câmara. Ali mesmo onde os descobridores, em tempos remotos, plantaram o seu padrão de vitória. Um padrão de pedra com as suas armas, com as armas do Rei. Ali na praia praina chan, Senhor. Muito depois, com outro senhor e rei, é que se fundou a cidade. Ainda havia o Largo da Câmara, onde o sol brilha na antiguidade das lajes, o chafariz, a água morta, os tufos de capim que saem pelas frinchas das pedras, os musgos da bacia roída, tudo a realçar a nobreza da colônia que o escudo guardava. Nos dias ensolarados e de abandono, no silêncio antigo o chafariz apascentava águas inexistentes, sonos, como pequenos círculos de sombra.

Na entrada da Ilha da Boa Vista, separada do continente por um braço de mar de uns mil metros, onde boiavam barcos de serviço (de lado a lado, gritos de vogais demoradas), um mar feio e sujo, mar de estopas e nódoas de óleo, um mar feio e sujo, mar de pobres e de trabalhos e de chupas de laranjas podres, um mar de pescadores e pretos, na entrada da ilha ainda se via escuro o marco que os descobridores deixaram. A terra era do Império, a Fé dilatada até o outro mundo. Esta terra, Senhor...

Não havia mais nem império nem fé. Nas Barcas, os armazéns tresandavam a lixo e peixe podre, a latas vazias de óleo, como cheiro de homens esfarrapados. De vez em quando, como um pássaro corta o ar ferido de repente, a sirene da Fábrica deitava uivos dolorosos, metálicos, doíam. Ali, atendendo ao apelo da sirene e ao rumor surdo da fome, vinham os pescadores do continente e os da ilha vender o seu peixe, deixar a sua escama. As lajes de pedra do pequeno cais cheio de gritos e de homens sujos e rotos, de olhos como peixe, de olhos e rostos queimados pelo sol cru do mar alto, ficavam recobertas do brilho das escamas, da sujeira dos homens e dos peixes. Grandes manchas de óleo nas águas. Não só a pesca, mas a indústria da pesca progredia na cidade.

Era a parte triste de Boa Vista: as casas coloniais prenhes, sombrias, mostravam através do reboco caído o esqueleto de taipa. Casas pobres, cujo luxo e brilho eram o branco da cal nas paredes e o azul lavado, sujo, das portas e janelas. Apenas na rua que ia dar no Largo da Câmara, dois ou três sobrados tentavam continuar a crônica ordenada pelo chafariz, mentir uma riqueza antiga, uma glória que não houve. Esta terra, Senhor, em tal maneira é graciosa...

Junto às Barcas, o Beco das Mulheres, onde uma meia dúzia ou pouco mais de mulheres — mulatas gordas, mulatas loiras, mulatas magras com moedas de sífilis nas canelas descascadas — saciavam o sexo dos pescadores quando recebiam a sua féria. Tudo naquela parte velha da cidade tresandava a peixe, mesmo o sexo das mulheres, que de natural é peixe, os cogumelos das gonorreias, o corpo das mulheres. Um horizonte triste o desta parte de Boa Vista, turvo, na verdade a sua alma torvada, o seu grito de existência, a sua noite, em tudo diferente da Praia das Castanheiras, onde um sol novo e verdes árvores e mar limpo, onde gente rica tinha casa apenas para passar uns poucos meses do ano. O próprio mar, como já ficou dito, era diferente, Senhor. O nosso escrivão-mor um dia lhe ordenará mais miúda e compridamente a glória do Reino neste mundo encoberto. Nós falaremos agora manso, algumas vezes picado. O próprio mar.

O velho Mercado e a Capela. O Passo furado no muro, onde a Madona encontrava o seu filho ferido. A Matriz fora se plantar lá em cima, no topo do Morro dos Padres, fugindo ao rumor daqueles homens sujos, das mulheres sujas, dos gritos que ecoavam de lado a lado — ilha e continente — para só ouvir o rumorejar claro, salino, das ondas que se quebravam nas rochas e esbranqueciam de espuma. Lá, perto do céu brilhante que se dava ao luxo de flocos brancos de plumas, de tempos em tempos, repicava o sino, um som de esferas longínquas, que falavam de cortes celestiais: um som em tudo diferente dos ruídos dos homens que fervilhavam nas pedras do cais, no Largo da Câmara.

A Casa da Câmara enobrecia o Largo e mesmo a cidade de Boa Vista. Era motivo para turistas apressados cismarem sobre o passado de glória da terra. Quem a riscou sonhava com certeza uma grande cidade, com o Império e a Fé. Um prédio imponente, com o seu telhado escuro de chuva e tempo, achinesado, de quatro águas. Uma construção de pedra, uma massa pesada. Alta noite, tinha o aspecto lúgubre: deitava como um bafo de miasmas, escuridão do telhado de tempo e chuva, das janelas de baixo, guarnecidas de grades toscas, onde ficavam os presos. De dia, a luz ganhava tudo e a Casa da Câmara era apenas triste e monumental. (Não sabemos contar mais cruamente, Senhor, a sanha que trigava o coração de todos. Ladrões, criminosos e loucos padeciam apertadamente.) Dois braços de escada, de dois lanços, levavam à porta central no meio da fachada. O marco de pedra lavrada, encimado pelo escudo com as armas do Reino, tinha a imponência das construções antigas. Um trabalho caprichoso, com volutas barrocas, que casava bem com a porta almofadada. De cada lado da porta, três janelas de púlpito. Nascendo do telhado, em cima da porta, a Torre do Sino. Embaixo, as quatro janelas da Cadeia. Junto ao escudo, a data — 1710.

Mas a Casa da Câmara — não vamos mais na ordenação desta história e no risco, Senhor, porque seria longo de ouvir. E o homem que ordena histórias não deve contar mais curto do que foi ou mais largo do que deve. Tal aprendi com os que ensinam a pôr em crônica sucessos de natureza vária. Mas a Casa da Câmara não constituía apenas um modelo arquitetônico, que fazia a glória de Boa Vista, o seu orgulho: lá se administrava e se distribuía justiça. Nos rés do chão, a Cadeia; na parte nobre, o Fórum, a Delegacia de Polícia e a Prefeitura. A marca da justiça ficava nas prisões úmidas e escuras, com lajes de pedra: três condenados, dez ou quinze anos cada um, e mais meia dúzia por crimes menores. Na antiga prisão dos pretos, do lado esquerdo, a polícia costumava lançar os bêbados, quando eles quebravam a paz e o silêncio de Boa Vista; na prisão das mulheres jogaram uma vez Fortunato, onde ficou um mês à espera de que o levassem para o Hospício, na capital.

Não, a Casa da Câmara não era apenas arquitetura barroca e história. Nas prisões, no inverno, a umidade e o frio entravam pelos ossos adentro, os olhos dos presos ficavam pálidos e agudos, como o mar sujo, como estopa; no verão, o bolor, o mau cheiro, o mofo quente: o zumbido das moscas voejando nos detritos, nos pratos de folha da comida, que também fedia. As paredes grossas, que suavam umidade, se enchiam de nomes, datas, desenhos obscenos: traços ingênuos, mulheres peladas, com o sexo aberto no meio da barriga, fálus enormes com asas. E declarações de amor e de ódio. Na prisão dos pretos, uma inscrição antiquíssima, gravada em cima das comuas, sentenciava — AMOR DE MÃE NÃO ENGANA.

E esta agora, exclamou o tenente Joaquim Fonseca, jogando longe o toco de cigarro. E continuou para si mesmo: ao menos quebra a monotonia, esta vida parada de Boa Vista.

Chegou até a janela, olhou o Largo. O sol rebrilhava nas paredes brancas, faiscava nas pedras. O sol quente e um burro magro, com grandes placas de ferida nas ancas, carregado de lenha. Ninguém, ninguém, como sempre, repetiu várias vezes o tenente. O sino da matriz deu duas pancadas que ficaram vibrando sem fim no ar estagnado de sol, esfuziante de silêncio e pontos luminosos. O burro abaixou a cabeça, procurando na terra seca, na sombra do seu corpo, um pouco de capim. Bateu os cascos das patas dianteiras várias vezes no chão duro, espantou moscas com o rabo, esperava. Uma mulher com um rol de roupa na cabeça atravessou lentamente o Largo, desceu a rua que ia dar nas Barcas. Sim, sim, duas horas da tarde. Até de noite temos de prender o homem. O tenente Fonseca crescia de decisão, procurava espantar a modorra que lhe dera o sol quente, o burro magro com grandes placas nas ancas, as badaladas do sino que ficaram vibrando sem fim no ar estagnado. Duas horas da tarde e um revólver, repetia sombrio o tenente.

O tenente Fonseca não tinha nenhuma vontade de pensar no homem que devia prender. Estava cansado daquela vida porca, daquela parte velha da ilha. Tinha ódio daquela gente esfarrapada, daqueles pescadores sujos que vendiam peixe nas Barcas. A sirene da Fábrica soava e ressoava, varava-lhe a carne, o peito, doía-lhe fundo. Longo demais o seu grito furava os ouvidos. Se ao menos morasse na parte nova da cidade, onde havia praias brancas, se ao menos tivesse uma casa na Praia das Castanheiras, dizia com ódio da vida frustrada. Até o mar lá é diferente. Poderia aguentar a vida sem sucessos de delegado de polícia de Boa Vista. Acostumado na capital, onde as promoções se fazem mais rápidas, se via na ilha como no degredo. Nem o dinheiro que cobrava para permitir o jogo na cidade lhe tirava a mágoa de estar ali enterrado. E ouvia a sirene da Fábrica, o sino da Matriz, que o acordava para lembrar as horas, que havia horas, para lembrá-lo de que era um tempo lá fora, um tempo marcado por relógios.

As noites eram mais tristes para ele. A Ilha da Boa Vista se fazia uma escuridão tristonha perdida no negrume do mar, abandonada do continente, navio solto no mundo. O tenente se enfezava. Ia até a Praia das Castanheiras, olhava com inveja as casas iluminadas: uma eletrola tocando, um grupo jogando pôquer na varanda. Olhava a casa de Maria. De Godofredo, o cão, o puto, ruminava ele com ódio. Chegava ao hotel, perguntava ao gerente pelas novidades. O gerente tagarelava. Purrutaco cachorro. Tagarelava. Escutava o que o homem dizia, os olhos presos nas mulheres com o seu mistério — as suas coxas brancas brilhavam, as suas bundinhas redondas, meu amor. Enfezava-se, tinha vontade de mandar o purrutaco à puta que o pariu. Não mandava, ouvia. E via as mulheres e sonhava. Sonhava com cabarés cheios de luz, mulheres cheias de luz, de ruge, ruge e batom, restaurantes, letreiros a gás néon. Vermelho e verde, agora verde, agora vermelho. Verde e vermelho. As mulheres vermelhas e verdes, luzes na noite. Até tango, um dia me esperando estarás — chegava a ouvir nos seus devaneios. Luzes coloridas. Via pernas abertas, sexos floridos, curtia uma angústia que chegava doendo até as raízes da carne. Para que o mandaram para aquele desterro!

No princípio, quando viera para Boa Vista, pensava em frequentar os turistas, as famílias ricas que passavam tempos na ilha, pois era uma autoridade. Pois era uma autoridade, dizia. Viu-se rechaçado, cumprimentavam-no apenas por delicadeza. O ressentimento crescia com os anos de degredo. Tinha o coração encharcado de ódio. Cinco anos na ilha.

Ia ver as casas de jogo, onde lhe serviam bebida de graça. Bebia com fúria. Uma cerveja e uma guia, uma guia e uma cerveja, até ficar meio de porrinho. Nas casas de jogo era respeitado, mandava. O gosto de barata da cerveja. Agradavam-no, mas ele sabia fingimento. Outra guia! Uns cachorros safados. Cerveja e guia. A guia limpava a goela, casava melhor com o seu ódio. Saía, passeava, agora bêbado, pela Praia das Castanheiras. A janela acesa de Maria. O corpo aceso de Maria. Maria só de combinação. O mar lavava a praia, as pedras escuras. Só dentro dele nada lavava. Não ouvia o barulho do mar: as luzes das casas brilhavam, cegavam, havia risos, havia alegria lá dentro. E amor. A janela iluminada dançava. Maria, o amor. O Beco das Mulheres, as putas.

O Largo da Câmara continuava parado. Depois que o cristal do sino se espraiara pelo Largo ensolarado, tudo caíra de novo na estagnação silenciosa e morna. O burro batia os cascos, mastigava — uma gosma verde lhe escorria dos beiços —, abanava o rabo para espantar as moscas nas placas de ferida. Tudo repetido. Foi quando surgiu no Largo o sargento Bandeira. Vinha em direção à Casa da Câmara, aceso de brava sanha.

Vamos ver que providências ele tomou, disse o tenente Fonseca. Para essas coisas ele é bom. O sargento Bandeira era homem de coragem, já estivera em duas revoluções, do lado da ordem e da lei. Tinha confiança nele. Homem que não tem medo de bala é comigo, pensou glorioso. É bom na pontaria. Costumava sair de noite com ele, dando batidas pela cidade, iam ver os pescadores que moravam no continente. Olho bom, dedo firme. Os dois treinavam tiro nas praias desertas. O tenente era bom na Mauser, mas o sargento Bandeira se distinguia no fuzil. As balas zuniam, ricocheteavam, levantavam um punhado de areia. Depois o mesmo silêncio.

Voltou para a sua mesa, a fim de esperar o sargento. Pois era uma autoridade. Abotoou a túnica, para dar exemplo, pois era uma autoridade, certamente. Para dar exemplo aos subordinados. A aparência é tudo num soldado. Vocês são a ordem, compreenderam? dizia aos praças. Gostava da frase, repetia-a com gosto, como não gostava de outra, embora tivesse muito prazer em dizê-la um dia — no serviço da pátria o sacrifício é um gozo. Diria num momento solene. A ordem e a pátria. A pátria é o lugar onde nascemos, a nossa mãe. Por ela devemos dar a própria vida. Quem for brasileiro me siga. FOGO. A ordem, ah, a ordem é tudo, é a base do progresso. E o auriverde pendão não resumia tudo aquilo? A bandeira mais linda do mundo. Como fazia calor na sala! Puxa! Limpou o rosto com o lenço. A ordem e a pátria. Ordem e progresso. O hino.

Ouviu passos. O sargento na escada de pedra. Enquanto esperava, ficou olhando as paredes grossas — povo bom aquele de antigamente, queria vencer o tempo — na igreja da minha terra tinha parede assim — as tábuas largas do assoalho, compridas, enormes, com uns remendos de lata. Secas, empoeiradas. Um incêndio seria o diabo. Precisava ensinar aos seus homens como agir em caso de incêndio. Procurou se lembrar do que dizia o Regulamento. Os olhos se perderam num raio de sol que brilhava no assoalho. Depois num voo de mosca. Uma poeirinha luminosa dançava no ar. O raio de sol empoeirado. Como era mesmo o Regulamento?

Vamos ver o que o sargento Bandeira observou na vistoria. Precisava conferir o local com a queixa. Era o que mandavam as instruções. A poeira luminosa continuava a sua dança. O sargento Bandeira dava ordens a um soldado no corredor. A voz grossa acordava o casarão. O tenente aguçou o ouvido, tentava entender o que o outro dizia. Mas nada, só o vozeirão. Besourão na vidraça.

Quando o sargento apontou a cabeça na porta da sala, o tenente fingiu que estava lendo uns papéis. Com licença, seu tenente, disse o sargento. À vontade, disse o tenente. O sargento Bandeira coçou a cabeleira suada, pigarreou. Fui lá, disse. O caso desta vez é sério, seu tenente. Não é como das outras vezes. Sim, isto sei eu, gritou o tenente. Precisamos agir logo. O sargento: Tenho a impressão que o rapaz estava planejando o roubo há muito tempo. O tenente: Cadê o livro de queixas. O sargento: Tá aí na mesa. Vamos ver, vamos ver, ia dizendo o tenente enquanto os olhos corriam a página do livro.

O sargento era um mulato forte, carapinha besuntada. O rosto largo brilhava de suor. Impacientava-se com a lentidão do tenente. Se não corressem logo, aquele louco acabava matando alguém. Já dera algumas ordens, mas todo o destacamento precisava agir. Poucos homens para o que o sargento imaginava: dez soldados e um cabo. Talvez tivessem de pedir reforço, se a coisa demorasse.

Muito bem, disse finalmente o tenente fechando o livro.

Acho que, ia dizendo o sargento. O tenente: Vamos por ordem, sargento. Sem ordem não conseguimos nada. Primeiro, o louco Fortunato roubou um revólver. É o fato. Sim, disse o sargento, um Smith-Wesson, calibre 38. Já tinha lido no livro, disse o tenente, ótima arma. Novinha, completou o sargento, deve estar custando um dinheirão. Boa arma, ruminou o sargento pensando que se fosse crime e não roubo poderia ficar com ela, filhá-la de mansinho. Mas aquele tenente era esperto, espertíssimo aliás. Godofredo Cardoso de Barros, leu o tenente no livro. Foi quem deu a parte? Foi sim senhor. Logo depois do almoço. O tenente parou um pouco, precisava pensar. Em vez de pensar, olhou de novo a poeira luminosa. Que foi que você viu na casa dele? A gaveta da cômoda estava mesmo aberta e remexida. Era onde o homem guardava a arma. É uma pena se ele perder aquela arma. Não perde não, disse o tenente, nós pegamos o diabo desse louco. Sei não, seu tenente, é capaz de morrer gente. Ele sabe atirar? Me disseram que sabe. Não acredito, mas disseram. É bicho perigoso, não tem dúvida... De qualquer maneira, um louco com uma arma na mão não é brinquedo, pode atirar a torto e a direito, matar gente na rua. Acho bom o senhor dar umas ordens ao povo, mais pra alertar. Pelo menos que não saia ninguém na rua, pra não atrapalhar. Depois, sargento, depois, disse o tenente. Vamos por ordem. Que mais? Um revólver Smith-Wesson, calibre 38, leu o tenente.

Assim também é demais! pensou o sargento. Como é crente este tenente. Vamos ver como se sai na hora. Quando começar a zunir bala. Atirar numa latinha de massa de tomate é fácil, lata não atira na gente. Fortunato saltou a janela e correu para a praia, disse. Pra que lado, perguntou o tenente. O homem ficou assim meio perturbado, disse o sargento, não sabe direito, acha que pro lado do cemitério. Você, que conhece essa gente melhor, sargento, como está Fortunato da cabeça ultimamente? Não está muito bom não, disse o sargento. Quando está assim é violento. O senhor não se lembra quando agarramos ele da outra vez, pra levar ele pro hospício? Se me lembro, disse o tenente. Puxa! Foi preciso seis homens. Se você não tivesse dado aquela porrada na cabeça dele, não ia preso de jeito nenhum.

Mas desta vez era diferente, o tenente sabia. O mulato estava armado. Por que os diabos dos médicos deram alta, se não estava bom? Com certeza o hospício estava cheio, precisavam de vaga. Você viu a dona da casa, perguntou. O coração começou a bater mais apressado. O sargento fez que não ouviu a pergunta. O tenente agora pensava em Maria. Ele é que devia ter ido lá. Você falou com a mãe dele? Ela não quis me ver, disse o sargento, trancada no quarto, chorando. É, disse o tenente. Disse o sargento coitada, ter um filho assim deve mesmo partir o coração. Boa mulher.

O sargento Bandeira pensou a contragosto na sua mãe lá longe, no sertão da Bahia. Benção, mãe, disse ele quando se despediu para vir para o sul. Vai com Deus, meu filho, que eu fico rezando pra tu ser feliz. Os olhos dela cheios de lágrimas. Ainda agora se lembrava daquele brilho nos olhos da mãe. Coisa assim a gente não esquece nunca, fica pra sempre doendo, é só lembrar e doer. Depois eu volto, mãe, é ganhar uns cobres pra gente não morrer na desgraçada desta terra. Não diga isto, meu filho, quando a gente diz desgraça (fez um sinal da cruz na boca), ela monta na gente. Montava mesmo, a filha da puta. Deus lhe dê muita benção, meu filho.

Benção, benção. Muita benção, meu filho, ainda ouvia a mãe dizer. Para sempre doendo. Lembrava e doía. Ele nunca mais viu a mãe, no sertão da Bahia, no Morro do Chapéu.

É boa sim, disse o tenente, mas a gente deve pensar no povo, no Smith-Wesson que ele tem na mão. Ah, isto é verdade, disse o sargento procurando aparar a dorzinha. É capaz de morrer gente, é o que estou dizendo.

Era o que estava dizendo.

... ia me esquecendo: está faltando uma coisa aí na parte... Ele roubou também uma caixa de balas. Cheia, perguntou o tenente. O sargento confirmou com a cabeça. Cheinha. Então é preciso anotar aqui no livro, disse o tenente. Tudo tem que estar em ordem, sargento.

Que diabo! Por que o tenente não tomava alguma providência, não dava instrução, não agia logo? Era só ordem, ordem, ordem! O sargento já fizera o que lhe competia. E o tenente?

O tenente procurava se convencer do perigo da situação. Embora dissesse ao sargento a população de Boa Vista está sob ameaça de morte, ainda não se convencera de todo de suas palavras. Mas, à medida que sistematizava o interrogatório — vamos por ordem, sargento — as palavras iam criando dentro dele uma certeza, uma realidade: precisavam buscar Fortunato, prendê-lo enquanto era tempo. Não seria difícil, Boa Vista era pequena, os lugares conhecidos. Com certeza Fortunato tentaria fugir a nado, qualquer bom nadador faria aquilo com facilidade.

Sargento, eu me esqueci das Barcas, gritou o tenente. Bandeira riu satisfeito de sua eficiência. O senhor não deu ordem, mas eu tomei conta. Coloquei um praça no ponto onde é mais fácil atravessar. Por ali ele não sai, estou certo. Ainda mais hoje, que o mar está forte, a corrente puxando muito. Em todo caso, mandei um homem pra lá, com a ajuda de alguém ele pode alcançar o continente. Não acredito que ninguém ajude ele, mas em todo o caso... Ah, dei também ordem aos homens que mexem com as barcas pra suspender o serviço. Nem pra lá, nem pra cá.

Devia elogiar o sargento? Fez bem, disse o tenente. Você instruiu o praça? Disse o sargento as ordens de sempre: gritar pra parar, em caso de corrida... Fogo, se não obedecer. O praça é bom no fuzil, mesmo nadando ele não escapa.

O perigo é o 38, pensava o tenente. Com uma caixa de balas ele pode resistir muito tempo, mesmo encurralado. O sargento continuava falando. O praça está alertado e bem protegido. Pra procurar o louco pela ilha é que é preciso sua palavra. Já pensei nisso, disse o tenente, precisamos seguir um plano. Daqui a pouco darei as ordens. Talvez a gente precise até de senha... Isto é bom, disse o sargento, principalmente se a busca durar até de noite, nessas pedras que ele conhece melhor do que ninguém. Acho que pegamos o homem logo, disse o tenente. O importante é alertar o povo, sobretudo pra termos cooperação, pra entrarmos nos quintais com mais facilidade. Nas ruas é que é preciso ter muito cuidado... em caso de atirar... você sabe como são os ricochetes... pode ferir alguém... alguma janela aberta...

O tenente começou a pensar em outra coisa. Uma janela aberta. Impaciente, o sargento aguardava as ordens. Era preciso fazer alguma coisa logo, senão seria tarde demais. Depois de arrombada a porta é que se põe a tranca. Se tivessem mandado Fortunato de novo para o hospício, não teria acontecido isto. Irritava-se com o olhar vago do tenente, os olhos esticados e perdidos na janela aberta. Como demorava. Se ao menos lhe desse carta branca. Estava acostumado com estas coisas. Lembrava-se de outra cidade, onde tiveram um caso quase igual. Mas lá não tinha tenente, o delegado civil deixou a organização da busca por conta dele. Preso comigo não brinca, disse para si mesmo. Tentou, escapuliu, está frito, fritinho da silva.

Os olhos do tenente viam o céu azul, seco, o sol forte, o silêncio do Largo no ar, pequenas nuvens boiando. Dançava no ar uma janela aberta. O dia devia ser diferente.

O tenente Fonseca levantou-se, foi até a um canto da sala. A bilha sobre o arquivo de madeira, encheu um copo, bebeu-o devagar. Sargento, é preciso lavar esta bilha, disse ele, está com um gosto danado de ruim.

Antes tivesse formicida! Que é que aquele homem estava esperando? Vai ver que está com medo. Se era assim, devia deixar por sua conta, podia até se esconder num lugar qualquer.

O tenente não estava com medo, o tenente pensava. Ele é que devia ter ido à casa de Godofredo. De manhã cedo vira Maria na praia. Na sua cabeça dançava como uma bandeira batida pelo vento aquele maiô vermelho. As pernas, expostas languidamente ao sol. O peito do tenente diminuía à medida que o pensamento se aproximava colante do corpo de Maria, dos cabelos quentes e brilhantes de Maria. O maiô vermelho, as pernas, o volume dos seios. Seria bom. O peito esquentava. Tenente, logo mais à noite estarei à sua espera, disse Maria. Meu bem, vou lhe mostrar um carinho que teu marido nunca imaginou. Os lábios do tenente tremiam. A camisola de Maria era de rendas. Mulher assim tem sempre coisas de renda. O tenente gostava de rendas, como gostava de mulher pelada de meia. Meu bem, me aperte com os seus braços fortes, disse Maria. O tenente olhava a cabeleira do sargento Bandeira e tinha ódio. Não disse nada a Maria. O sonho emudeceu por um instante. Apertou os dedos fortemente. Agora tentava inutilmente olhar de novo o céu seco de luz. O sargento Bandeira, o revólver Smith-Wesson, calibre 38. Uma tristeza funda invadia-o. Que lhe importava um louco que tinha de prender arriscando a própria vida? O maiô vermelho quente de sol, morno de corpo. Meu bem, me aperte, meu bem, me aperte, me... ai! O corpo nu sobre a areia, ele podia beijar. Tinha inveja de Godofredo, da mulher que o dinheiro lhe permitia ter. Uma casa na Praia das Castanheiras, uma mulher como aquela. Pensara em ir, mas achou melhor mandar o sargento, que o olhava agora à espera de uma ordem qualquer. Ele ainda o faria esperar, não daria liberdades a um subordinado. O sargento estava tomando liberdade demais, precisava conhecer o seu lugar. Na hora não disse nada, mas o fato de ter o sargento mandado um homem para as Barcas, sem ordem sua, o aborreceu. Ainda tinha a coragem de ter uma gaforinha daquelas que lhe cortara o sonho. Nos casos banais, estava certo, mas hoje, que a cidade dependia dele... Imaginava os jornais da capital noticiando o fato, em manchetes graúdas. O nome dele inteirinho — JOAQUIM FONSECA. Herói, ele não era um herói? Era. As mulheres falando é o Fonseca, ele mesmo, não pode ser outro. Se não fosse o tenente Joaquim Fonseca, dizia o jornal. E sobretudo os fotógrafos depois. Retrato no jornal. Desde já tomava ares marciais. Passagem direta para a posteridade. Lembrava-se de um retrato de Floriano Peixoto e procurava se compor na figura de Floriano. À bala. Os ingleses. A cidade inteira dependia dele. A pátria está nas mãos de seus heróis.

    Andou de um ponto ao outro da sala. Foi até o corredor, voltou à mesa, mexeu nos papéis, caminhou até junto da janela. O sargento precisava esperar, pensou Floriano Peixoto. Conhecer o seu lugar. A gaforinha besuntada. De costas, imaginava a cara do sargento, o seu ódio contido. Mas o desânimo caía de mansinho sobre o tenente. Queria ver o marechal Floriano Peixoto com um sargento daqueles, com a gaforinha besuntada de toucinho. Riu encoberto. O Largo continuava deserto, o silêncio intumescido pela modorra do sol nas calçadas, o burro ciscava inutilmente o chão. Lá longe, um pedaço de mar. Se ao menos avistasse uma praia bonita... Tinha ódio daquela paisagem, daqueles telhados negros. Precisava prender Fortunato. Como tinha ódio daquela gaforinha untada de toucinho. Se necessário, matar Fortunato. Que falta faria um doido no mundo? A cidade teria sossego, poderia curtir o seu tédio, cuspir naquela paisagem suja.

Tenente, disse o sargento Bandeira.

Fingiu não ouvir. A cabeleira de toucinho. Olhou os telhados das casas que subiam pelas encostas do Morro dos Padres, os telhados negros que nasciam por entre o arvoredo — a variedade de tons verdes das copas, subiam lentamente até a Matriz sobranceira sobre a massa de telhados e árvores, com sua torre de sentinela do mar que divisava, que ele não via, um mar azul, limpo, poeira distante, luz, um mar remoto. Não a paisagem seca do Largo. Olhou o Largo, olhou a rua que saía para os lados da Praia das Castanheiras. A cidade dependia dele, das providências que ia tomar.

Sargento, você reúne o destacamento, que eu quero dar instruções a todos. O sargento Bandeira se sentiu diminuído. Era ele que devia dar ordens ao destacamento; depois que o tenente lhe explicasse o que fazer. Se saísse errado, a culpa não era dele. Tinha vontade de largar tudo, deixar o tenente errar. Mas ficar diminuído diante do destacamento é que não.

É melhor deixar o destacamento por sua conta, disse o tenente vendo o olhar de ódio do sargento. Eu quero apenas dizer umas palavras, esclarecê-los sobre a importância da missão.

O rosto do sargento se iluminou, se abriu num largo sorriso. Tenente, o senhor vai ver que servicinho eu sei fazer, disse. O tenente também sorriu, agora satisfeito com o sargento Bandeira. Tinha confiança naquele mulato forte e decidido. Esqueceu a gaforinha, ou apesar da gaforinha. Floriano Peixoto era superior a tudo. Marechal. De Ferro mas magnânimo. Gente forte pode ser magnânima.

Pode sentar, que temos muita coisa que ver, disse o Marechal Floriano apontando uma cadeira ao sargento.

No segredo, um pequeno quarto sem janela no fundo do prédio, com um alçapão que se abria para o escuro das prisões, por onde desciam os presos depois dos interrogatórios, se guardavam as armas e munições do destacamento. Um cadeado enorme e enferrujado trancava o alçapão e aumentava a segurança do cubículo. A porta de grades que dava para o quintal — onde começava um mundo novo e verde, úmido — era usada pelos presos quando tinham permissão para jogar nas fossas as latas de querosene cheias de detritos, urina e evacuações — o prazer de ver o mundo novo lá fora se misturava com o cheiro quente e pesado que levavam — quando o fedor chegava a molestar as narinas do pessoal de cima, sobretudo do prefeito e do senhor juiz de direito da comarca: as velhas comuas estavam entupidas e inúteis. O mundo de cima se comunicava com o mundo de baixo através de alçapões que se abriam na sala do júri e na delegacia. Na sala do júri a emersão de um desses habitantes do mundo de baixo, quando se fazia justiça, causava sensação e pasmo, pois brotavam do chão como um cogumelo qualquer.

Para o tamanho do destacamento — dez soldados, um cabo e o sargento — as armas eram mais do que suficientes. Também a cidade não era pródiga em crimes, o que dizia bem do ânimo dos seus habitantes. Além dos revólveres apreendidos, contavam-se, entre fuzis e mosquetões, perto de vinte peças. Os fuzis mais antigos, uns dois descalibrados, de 1908, mas os mosquetões eram de fabricação mais recente. Os soldados preferiam os mosquetões de cavalaria, a que davam às vezes o nome de donas, mais curtos que os fuzis, mais novos e mais leves, de fácil manejo e carrego. Os fuzis constituíam o mistério e a força.

Uma vez por semana, a fim de manter o hábito do quartel, o sargento reunia o destacamento no quintal e distribuía as armas para a limpeza. Cada soldado ficava com dois fuzis, que eram lixados, limpos com estopa e engraxados. O sargento gostava daquelas operações, lembravam-lhe a vida de caserna, o seu tempo de revolução. Dizia com prazer altaneiro os nomes das peças do fuzil, que decorara quando assentou praça. Como decorou o Hino Nacional, Nós Somos da Pátria Amada e o Hino da Bandeira.

    Assim as armas se conservavam em bom estado e eficientes. Os soldados pensavam novamente em posição de sentido, ganhavam novo amor, saíam da modorra que os inchava em Boa Vista, que os fazia gordos e pálidos, ou pálidos e secos, conforme a natureza, a pátria se revigorava e se lembrava a ordem unida. Como na guerra. Os sabres brilhavam e eram de novo armas mortíferas e perigosas. O brilho dos sabres. As entranhas dos fuzis se mostravam polidas, sem nenhum pudor. Trocavam sempre as caixas de munição, para garantir o carregamento. Duas ou três vezes apenas foi preciso usar aqueles cartuchos em Boa Vista. O povo era de natural pacífico, os pescadores temiam as armas reluzentes. O brilho dos fuzis e dos sabres.

No quintal da Casa da Câmara uma galinha pastava. A sombra da mangueira, densa e úmida, estendia-se como o mundo escuro e obtuso da galinha. Ela bicava duro ora o chão de lodo verde, sombrio, ora o raio de sol que atravessava a folhagem. Folhas secas no chão, que a galinha estalava no ciscar, folhas de um verde velho lá no alto da abóbada da mangueira e folhas novas nascendo. A galinha continuava indiferente à luz, a bicar. Boba, bobalhona, jururu às vezes, obtusa sempre. De vez em quando cacareja: achou um verme no mais úmido das folhas secas, onde a terra é fria. As sombras da mangueira e de outras árvores menores iam e vinham, numa dança lenta. Farfalhar de folhas e ventos. No ar um sono pesado, pálpebras que se fecham na lerdeza da tarde.

    Olha só a galinha do cabo, disse um soldado novo, que ainda não tinha um ano de polícia. Como está gorda a galinha, disse de olhos cobiçosos outro soldado, de nome Gil.

    O preso sentado na sua grade, as pernas de fora dependuradas, riu alto. Deixa o cabo ver este namoro, disse gostando. Contou para os companheiros de cela a história do soldado e da galinha do cabo. Mais dois soldados vieram se juntar aos outros. O soldado mais novo, o que falara primeiro, tinha medo do cabo. O soldado Gil sonhava sem coragem com uma faca de cozinha no pescoço da galinha, com galinha ao molho pardo. Tem pessoas que não gostam de ver matar galinha, pensou o soldado Gil. É tão fácil, tão sem dor matar galinha. Ela costuma, mesmo depois de cortada a goela, espernear um pouco, mas é coisa de somenos. Carne boa, pensou o soldado numa caçada diferente.

A galinha pastava, o preso ria, os soldados conversavam.

De propriedade, a galinha não era mesmo do cabo, ficou sendo. Apareceu um dia no quintal da Casa da Câmara. Galinha de São Pedro, que era um pouco galinha, ou coisas do arrenegado, disse alguém entendido em demonologia. O cabo perguntou na vizinhança de quem é esta galinha, porque não acreditava lá muito em histórias de capeta dono de galinha. Não tinha dono. O cabo pensou em comer a galinha, gostavam muito de galinha assada, podia fazer ali mesmo na cadeia. Mas a galinha esperta foi tomando intimidade com o cabo, ciscando sua botina, jururu carinhosa como sabem ser as galinhas sem raça. Ciscou, ciscou, porque ela possivelmente não sabia se era uma botina ou uma espiga de milho — as galinhas não entendem muito bem dessas coisas. Não é justo acreditar que a galinha fosse manhosa ao ponto de querer conquistar com carinho assim tão bobo um coração tão sanhudo como o do cabo. Era como se fosse dona da casa. Um dia o cabo, olhando a galinha ciscar o chão duro, não sabe por que teve pena: pronto, ninguém toca a mão na minha galinha, disse. Ele próprio estranhou a sua fala, mas como tinha dito, ficou dito. Foi assim que nasceu a propriedade. A galinha era portanto do cabo, ciscava o quintal da Casa da Câmara e ninguém tinha coragem de mexer nela. Virou de uma certa maneira a mulher do cabo.

Era uma galinha comum, velha, arrepiada. O cabo descobriu que o bicho tinha a perna esquerda dura e teve mais pena ainda, coitadinha, tão assim infeliz, seu amor redobrou. A galinha andava no quintal, pastava à sombra da mangueira, cacarejava astuta, dona, como uma velha cisca um canteiro embrulhada no xale. Era a galinha do cabo Raimundo.

Os soldados, agora cinco, conversavam cansados da galinha. Contavam a história de Fortunato, que tinha roubado um revólver e estava solto na ilha. Aflitos, a conversa da galinha era só para disfarçar a ansiedade. O soldado mais novo, o que falara primeiro olha só a galinha do cabo, trazia os olhos duros e brilhantes: nunca sentira de perto o perigo, nunca apontara o seu fuzil contra uma pessoa. No fundo era medo, um medo que fazia sua voz esquisita na garganta, um medo ancestral, as mãos um pouco trêmulas. Mas dizia corajoso precisamos ir catar logo esse camarada.

O soldado Gil, mais velho, viu os olhos do soldado mais novo. Ele próprio já dissera uma vez uma frase parecida com aquela. Lembrava-se muito bem do que aconteceu depois.

Você já atirou, menino, perguntou ele. Eu digo de verdade, não de treino.

O soldado mais novo não disse nada, olhou novamente a galinha. Era muito novo, quase um menino. Com certeza a primeira vez que sai de casa, pensou o soldado Gil. Lembrou de quando saiu de casa pela primeira vez. A galinha esticou o pescoço e de um salto alcançou uma folha nova de chuchu, que pendia do muro. O soldado novo riu fingido.

Os outros soldados fingiam a mesma indiferença, falavam porcaria. Quando estavam assim sem fazer nada, falavam porcaria, contavam histórias de putos e putas muito engraçadas. Os presos sofriam uma aflição que os fazia de olhos acesos, perguntavam o que acontecia. Os soldados diziam por alto, nenhum deles sabia mesmo o que iam fazer. Todo o destacamento devia sair, apenas um soldado ficaria para tomar conta dos presos.

O soldado Gil de repente esqueceu que um dia tinha saído de casa pela primeira vez e disse ao soldado mais novo, Domício, você querendo, pode deixar que eu peço ao sargento pra deixar você aqui, tomando conta da cadeia. Domício, percebendo que tinha mostrado medo, voltou-se para o outro. Vai dizer isto pra mãe!

O soldado Gil quis dar um murro na cara do soldado mais novo. Os outros entraram no meio, disseram que aquilo era bobagem — co'a minha mãe ninguém brinca, seu! —, mãe a gente diz mesmo é à toa, sem pensar. O soldado Gil aceitou, mas permaneceu calado. Pegou um caco de telha e espantou a galinha.

Na verdade o soldado Domício imaginava como seria quando Fortunato atirasse nele. Coisas que a gente pensa sem perceber que está começando a ficar com medo. Depois viu o mulato correndo, ele apontando o fuzil, um olho fechado na pontaria, Fortunato caiu baleado. Mas a sua voz, mesmo quando ele não falava, continuava um bolo na garganta.

Um soldado chamado Gualberto, o mais velho do destacamento, que tinha mulher e quatro filhos, achava que era uma besteira aquela gente ficar querendo mostrar macheza. Ele sabia como as coisas eram, mais cauteloso. Com cautela olhou aquelas caras de soldados que iam entrar em combate, alguns pela primeira vez. Riu para dentro. Não havia combate nenhum, aquela gente toda estava mesmo era maluca, não sabia o que fazer. O melhor era se defender, não bancar o herói, aprendera uma vez. Ninguém é herói coisa nenhuma. Como podiam pensar numa pessoa que conheciam como Fortunato e pensar nela como um inimigo? Se Fortunato atirasse nele, bem, a coisa mudava de figura, alguém precisava cuidar dos seus filhos — ele. Se não, procuraria apenas prender Fortunato, sem valentia.

Sentado numa raiz grossa de mangueira que saía nua da terra, o soldado Macedo pensava naqueles dois soldados dizendo bobagens, brigando por somenos. Ele não ia caçar ninguém. Era um homem atarracado, de olhos como aço. Não podiam dizer que era covarde, pois enfrentava tudo. O boi caminha seguro de sua força. Ele era o boi.

Quem vai ficar tomando conta da cadeia sou eu, disse o soldado Macedo alguns momentos após a discussão. Todos olharam espantados. Eu conheço o rapaz, disse, a mãe dele costumava lavar a minha farda, gente boa. Gente boa com revólver na mão e cabeça doida é bobagem para o Macedo, disse um soldado que estivera quieto o tempo todo. Pode ser perigoso, disse Macedo, pode matar os outros... Eu por mim não quero saber de ir atrás dele, fico aqui mesmo, estão ouvindo? Quem disser alguma coisa leva um murro nas fuças.

Ninguém disse nada. Não porque tivessem medo de levar um murro nas fuças, mas porque estavam pensando no sargento que custava. Cada um pensava o que iria fazer ou não pensava nada, para esquecer o dia que tinham pela frente. O soldado mais novo estava inquieto, olhava a galinha indiferente. Não conseguia parar ou se acalmar. Toda hora cruzava e descruzava as pernas. Era uma vez uma galinha do cabo muito gostosa e arrepiada, sim arrepiada, começou querendo inventar uma história. Ele não poderia mais ficar tomando conta dos presos. Tinha de ir. A galinha arrepiada vinha todo santo dia ciscar no quintal da Casa da Câmara. Mas quem foi que falou que eu não tenho coragem? quase gritou.

Ninguém. O céu escureceu um pouco, fechou-se lentamente, o verde enegreceu, a sombra aumentou: uma nuvem escondera o sol. O quintal mostrava um aspecto familiar, acolhedor. Um ventinho mexeu os ramos mais finos da erva-doce imperceptível. O limoeiro dava nas suas grimpas os frutos verdes cintilantes. Os mamões machos eram como prumos suspensos nos seus cordões umbilicais. As sombras vacilaram com o vento que soprou mais forte. De novo tudo parado à espera de um mistério que se fazia com o trabalho das nuvens. O soldado Domício sentia o coração bater, o peito quente, a garganta tensa, a língua presa no céu da boca. Encontrava-se sozinho na mata que se fizera de repente no quintal. A penumbra dos grandes galhos, dos cipós, era como na nave de uma grande igreja. Os cipós engrossavam, pendiam das árvores como grandes cordas. Estava perdido num escuro arvoredo. Ouvia longínquo canto de pássaro, de notas suaves. A melodia que escutava agora vinha carregada de medo, de invisíveis açúcares cristalizados: tinha sede, os olhos doíam, tinha febre. Súbito, quase fazendo-o saltar de onde estava, ouviu mais perto um silvo ameaçador, contínuo, sem fim, crescendo, mais alto e mais próximo. Crescendo. Um silvo varava a mata virgem, que fazia o mundo das samambaias selvagens estancar, à espera, na guarda. Era como um ser inumano terrível que lhe endereçava sinais, uma mensagem que o mataria. Preso, as pernas bambas, queria correr, fugir da mata escura. O silvo que se transformara num canto — era agora um canto, uma melodia assustadora, rápida, alta e contínua, que lhe apertava o peito estreitamente. Um longo silêncio se seguiu, mais pressago. Zoava no ar ainda um canto perdido de pássaro no arvoredo. De repente, novamente, zuniu nos seus ouvidos um silvo, como uma bala de fuzil. Chegara o momento.

Diante do espanto dos olhos de Domício, o soldado Gil esqueceu a briga, sentiu-se outra vez seu amigo. Que coisa mais gozada se passava nos olhos daquele soldado. Domício, me dá cá a mão, disse se chegando para perto de onde o soldado mais novo se encontrava. Não há de ser nada.

O rosto escondido na sombra surgia de novo para a luz. Domício sorriu agradecido, sentia ímpetos de beijar aquela mão grossa que o salvara da mata; voltava para o quintal da Casa da Câmara. Tinha ainda na mão a pressão dos dedos fortes do soldado Gil. Suava frio.

O soldado Gil agora também era outro.

O quintal voltou a ser quintal com uma galinha pastando numa postura mesmo de galinha. Tudo estagnado e lento, enervante.

O soldado Gil cogitava de muitas coisas, ruminava lembranças. Me diga uma coisa, Domício... Que é, perguntou o soldado mais novo, porque o outro parara de repente no ar. É a primeira vez que você sai de casa? Domício não respondeu, temendo uma provocação do outro. Ficou parado, mordia os lábios. Depois olhou bem nos olhos do companheiro, não viu nada, recordou a pressão quente da mão do soldado Gil. É, respondeu. Os olhos afundavam-se no céu.

O soldado Gil começou a pensar na primeira vez que saíra de casa. Sem querer, Domício fazia a mesma coisa. Você tem irmã, perguntou o soldado mais velho. Duas, disse Domício. São bonitas, perguntou de novo o soldado Gil, dando uma gargalhada.

Porque a gargalhada fora inesperada, todos olharam para os dois. Eram sérios, duros, queriam matar de uma vez Fortunato. E aquela gargalhada estúpida.

Um soldado preto, retinto e luzidio, mostrou atrasado os dentes brancos — brilhavam na boca grossa e escura. Chamava-se Deodato, diziam dele coisas horríveis, que fora capanga de políticos no Rio Doce, várias mortes nas costas. Não confirmava nem negava: ria rasgado, sempre muito depois, às vezes sem nenhum motivo. Um sestro no olho esquerdo, diziam brincando que de fazer pontaria.

Dois presos sentavam-se nas grades, as pernas de fora, como se balançassem num trapézio. Respiravam o verde do quintal — enchiam o peito em grandes haustos, cheiravam totalmente o ar: um cheiro morno de resina, de mangueira sombria, de folhas molhadas. Felizes por causa do acontecimento. Depois de muitos anos havia alguma coisa na Casa da Câmara. Riam.

Quando apareceu na porta o cabo Raimundo. Vinha duro, marcial. Como se do alto do morro uma corneta tivesse soado o toque de sentido. Ta-ri-la-ra... tá. Ombros erguidos, peito estufado, cara para o céu.

Em forma, em forma! ordenou ele.

Os soldados se puseram de pé. O corpo mole, esquecido da ordem unida. Há muito tempo não os alertavam. O destacamento era por demais individual em Boa Vista.

Os dois presos balançavam. A galinha do cabo saiu correndo assustada. Os soldados, em forma, aguardavam o sargento e o tenente.

Quando o sargento chegou, disse para o cabo pode ir lá no Segredo buscar os fuzis. E os pentes de bala. Dez pentes pra cada praça chega.

O cabo Raimundo escolheu dois soldados para irem com ele. Os homens estavam espertos. Os presos não riam mais, assustados.

O sargento Bandeira começou a falar. Iriam em dois grupos: quatro soldados com ele, quatro com o cabo, um ficaria tomando conta da Casa da Câmara. Correriam primeiro toda a ilha, as praias e os matos; os lugares públicos, como disse com afetação. Alertariam o povo do perigo que Boa Vista corria. Saberiam notícias. Qualquer novidade devia ser imediatamente comunicada ao tenente Fonseca, que ficaria em comando no quartel-general, a Casa da Câmara. Tudo dito com muita ênfase, como o momento exigia. Se até de noite não tivessem prendido o indivíduo Fortunato, pediriam auxílio à população, voluntários. A cidade em perigo. A situação era séria. Que tivessem muito cuidado. Dessem ordem de prisão alto, à distância. Qualquer movimento suspeito, podiam atirar sem medo. Para evitar confusão, a senha seria — Destacamento e Corajoso. Que o povo ficasse em casa, trancado. A Fábrica fechada. Os barcos já não funcionavam mais. Nenhum botequim aberto. Máximo silêncio. Sobretudo: cuidado, o homem está armado, é louco e perigoso. Não era como das outras vezes, frisou. Esperava que cada um cumprisse o seu dever, disse enfático, lembrando uma frase que lhe ensinaram, não sabia se no grupo se na polícia. Não se lembrava de quem era a frase. Achou bonita e oportuna. Deu mais algumas instruções, de ordem prática, sobre as armas.

O cabo e os soldados voltaram com os fuzis e a munição. Cada um pegou o seu. Eram importantes com os pentes de bala. Cinquenta tiros. O sargento alisava a Mauser que o tenente lhe dera. Arma danada de bonita. Os presos se ajuntavam nas janelas, curiosos.

Ao chegar, disse o tenente para o sargento não precisam ficar em forma, basta ficar junto.

E começou uma espécie de discurso. Disse mais ou menos a mesma coisa que o sargento Bandeira. Foi mais abstrato, ficou nas ideias gerais, não desceu a minúcias. Usou palavras difíceis. Emocionava-se. Boa Vista se deposita nas nossas mãos, nas vossas mãos, disse. A vida de Boa Vista depende da coragem e da noção do dever de cada um. Não se lembrou da frase bonita do sargento.

Dentro das grades, um preso disse para os outros companheiros de submundo esses cretinos pensam que vão pra guerra! Os outros não disseram nada, atentos. As ordens continuavam lá fora.

Se alguém reparasse melhor no soldado Domício, podia notar-lhe os lábios trêmulos. Era a primeira vez que recebia uma missão importante. O soldado Deodato ria esquisito, piscava o olho esquerdo. O soldado Gil alisava o cabo do mosquetão pensando em outras vezes. Boa arma o mosquetão, leve e jeitosa, como uma menina de quatorze anos. Uma arma boa de carrego, uma menina boa de carrego. Os peitinhos brotando. Os pentelhos ralos como ervinha nascendo. Depois cresciam como mato escuro e úmido. O soldado Gil alisava o mosquetão. Sorria e recordava as meninas que conhecia. Não perguntara quantos anos tinham as irmãs de Domício. Perguntaria com jeito, para sonhar depois. Os peitinhos que cabiam na boca, os pentelhos ralinhos.

O soldado Macedo disse ao sargento que preferia tomar conta da Casa da Câmara. O sargento não disse nada, nem o tenente.

Tudo claro, perguntou o tenente. Nenhuma dúvida, perguntou o sargento. O tenente explica. O tenente sorriu satisfeito porque o cabo acreditava nele. Maria precisava vê-lo assim, comandando.

Tudo claro, ninguém duvidava de coisa alguma.

O espanto voltou outra vez aos olhos do jovem soldado. Abaixava a cabeça, escondia o rosto. O soldado Gil lhe bateu no ombro. Não disse nada. O silêncio se fez como uma ogiva no quintal. O soldado Deodato reparou nos olhos do soldado mais novo. Disse, mais de maldade, você sabe como é uma pessoa levar um balaço? Os olhos de Domício desfaleciam. É assim: você está quieto, crente na sua arma. Você sente um zunido e um baque, às vezes nem o zunido. E um baque danado, como um choque elétrico. Na hora não dói, mas o choque é pior que se a coisa doesse. Então você fica sabendo que foi atirado. Só isso. Mais nada.

Sério. Calou-se. Muito depois deu uma gargalhada, piscando o olho esquerdo no sestro.

4
OS PEIXES

TÔNHO NÃO VIA A COR DO céu — baixo e carregado; não tinha olhos para o sol quente e brilhante quando saía das nuvens; se fosse noite, se houvesse estrelas no céu, também não perceberia, tão voltado para a sua luta, para as ondas que cavalgava no seu barco, acima e abaixo, acima quando percebia o horizonte do mar enfurecido que o ameaçava, abaixo prisioneiro de encostas de ondas que podiam engoli-lo como se fosse uma casca de noz naquela vastidão. Acima e abaixo, abaixo e acima, nas ondas, acima...

Nem mundo nem gente: nem Ilha da Boa Vista existia.

Enquanto as mãos acostumadas ao amanho do mar, o corpo já cansado da luta, tentavam desvencilhar o barco do lugar perigoso, do ponto onde o mar fervia, e sair para qualquer sítio, escapar da fúria do mar, enquanto enfrentava as vagas auxiliado apenas pelo seu instinto agudo e poderoso, filho daquele mesmo mar, pensamentos se atropelavam seguidamente, velozes, deixavam-no tonto, seguidamente, e eram como alavancas que o ajudavam a vencer as ondas. Que é isto? Onde estou? Para que lado bafeja o vento? Para onde vai a correnteza? O barco vai partir, o barco vai ser comido agora. Vou sair desta, minha Nossa Senhora, me ajude. Upa! Quase fui. Agora na crista. Quando afundar morrerei. Não, ainda não é a hora e vez. Upa! Quase fui. O mar corcovando. Madalena, será a nossa última pesca. Como ficará o mar depois que eu morrer? Os peixes comerão o meu corpo. Se vingarão de mim. Meu Deus, meu Deus. Upa! Lá vou! Pra que lado o vento?

A voz do vento sobre as ondas. Dureza de mar. Mesmo com o medo que lhe infundia o mar, sentia sede, os lábios secos e rachados, os músculos doíam. Um ardor terrível nos olhos que há duas noites lutavam contra o sono. Às vezes dormia um átimo. Tudo por causa dos peixes. Ele precisava de peixes, vivia de peixes, agora estavam pagando bem. Peixes longos, grandes, aparentemente mansos. Sabia o que é a luta dos homens com os peixes, dos homens com o mar. O mar entrava fundo na sua vida como a sua vida se entranhava no mar. Sabia do mar, sabia alguns de seus segredos, o que o ajudava a vencê-lo. Sabia, por exemplo, que no mar temos de pensar sempre nas ondas, no vento, no sol, nos remos, na comida, no sono, na água, nas marés, e, sobretudo, conhecer a voz do vento sobre as ondas. Os olhos afeitos àquele mundo cinzento, àquele mundo de espumas, de altos e baixos. Precisava vencer os carneiros bravos. Esperava que o vento mudasse para o poente. Assuntava as baforadas. Era o melhor vento. Sentia os arquejos do mar, os arrancos do casco, as águas violentas. Os flancos de Madalena não resistiriam mais tempo. Ela se enchia rapidamente. Seria a sua última pesca. Pobre Madalena, amiga. Era o mar largo, os seus perigos.

Quando esteve alguns instantes no topo de uma onda bojuda, fez um grande esforço para vencer o medo, que ele ia dominando enquanto não pensava, e pôde olhar o horizonte que o cercava: o mundo não era nada mais do que um campo de ondas e vagas, de cristas e cavados, ondas e vagas espumantes, sob um céu baixo e carregado. Sim, ainda era dia. Por quanto tempo? No escuro tudo seria pior, ele não aguentaria mais. Tenho que lutar, tenho que ser homem. E ninguém sabe que estou aqui. Não ser vencido. Ainda bem que desta vez não tive a má ideia de trazer Fortunato comigo. Não, coitado. Upa! Quase fui. Agora neste cavado me enterro. Quando vão parar estas ondas danadas? Onde estou? Ele sempre me ajudou no mar. Quietinho na proa, bom pra tirar a água que entra no barco. Juntou os remos e com o maior cuidado tentou levantar-se um pouco. As pernas doíam, os ossos enferrujados. Era como alguém querer se firmar num terremoto. Caiu de borco. Quando estava no cavado de uma onda enorme. Firmou-se no braço direito, arrastou--se como um gato para alcançar os remos que iam fugindo. Quando de novo se sentou, respirou com todo o peito, pleno de ar. Ainda não foi desta vez. Passou a mão livre no rosto molhado. Gosto ruim de sal e sangue. Seria sangue? Olhou. Não sabia se era sangue, não tinha a menor importância. Cheiro de mar. Olhou a mão que limpara o rosto. Sim, era sangue, agora tinha certeza. Me machuquei. Onde foi? Todo o rosto doía, estava inchado, tinha certeza, era sangue. Sentia-se um farrapo, um trapo sujo. Agora é aguentar. Se tivesse ao menos um pouco d'água para molhar os lábios! Quanto tempo um homem pode passar sem beber? Tem quanto tempo estou nisto? Quem sabe não estou, é apenas um pesadelo? Não, é mar no duro. Sentia-se como se estivesse caído no oco de um sono profundo, um torpor estranho, imobilizado, sem forças, os braços lassos. Comi demais, bebi demais. Sede, os lábios rachados, onde ardia a salmoura. Vou afundar de vez! A barca rodopiou, virou-se para um lado, para o outro, bem na crista da vaga. Ele ajudava com o corpo, sabia que era o único recurso que possuía. Salvou-se. Ah, mar, não é desta vez que você me pesca!

  De novo pôde olhar: se não via a cor do céu, tão baixo que quase podia tocá-lo — assim sentiu, quando uma vez teve coragem de olhá-lo —, sabia a cor do mar. Um horizonte de mar. Um horizonte que se alargava e diminuía, levantava-se e se afundava. Nunca estive num mar assim. Num mar cor de pedra, de pedra negra de mar. Cada onda era um perigo a mais, o mundo se perdia. E Madalena um cavalo saltando obstáculos que ele pensava acima de suas forças. Saltava leve, solta. Vencia uma onda e atrás dela vinha outra, mais forte, mais prenhe. Não havia esperança, não havia mesmo nenhuma esperança. Se vencia uma onda, tinha a certeza de outra maior, mais ameaçadora. A angústia daquelas ondas, a fome daquelas ondas. Em que inferno nos metemos, hein, Madalena? Temos muitos pecados a purgar, hein? Não volto mais, Madalena, se a gente escapar desta. Nunca mais mar largo, Madalena. Como resposta, a barca corcovou mais, como se falasse, como se sua fala fizesse parte daquela voz do vento nas ondas. Madalena queria morrer no mar, Madalena às vezes era dramática. Madalena mulher, Madalena louca. Aquela era a sua vida, os seus costados nasceram para aquela cama revolta. Ela se revirava no gozo louco, espumava, era um gozo de desespero. Não, Madalena, se você quiser, nós voltamos, não fica assim não. Prometo, meu bem. Está no seu querer, disse com medo do gozo de Madalena.

Assim é o mar. Que podia um homem fazer? Não mais pensava em peixes, naqueles peixes enormes, coloridos, brilhantes como ondas fosforescentes, como marulhada ofuscante. Os peixes que o fariam feliz, que vendidos para a Fábrica dariam para matar a fome e a sede. Uma sede e uma fome tão grandes como aquele mundo de mar. Mas não pensava em peixes, que ficaram para trás. Pensava, ou melhor — sentia a sede rachar-lhe os lábios, engrossar-lhe a língua dura, estreitar-lhe a goela. Há quanto tempo estava sem beber? Perdera a noção de tempo, do tempo que a sua fome marcava. Só tinha sede. O estômago começava a embrulhar, pensou vomitar. A angústia fria do vômito seco, do engulho doloroso. Fechou os olhos inchados, se concentrou, comprimiu a barriga com as mãos. Não tinha nada no estômago, era a única certeza. Devo ter febre. Se escapar do mar, morro de febre. Ardia. Caiu para trás, como se estivesse morto. Deixo tudo por sua conta, Madalena, me salva.

Era a vez de Madalena. Madalena sem homem no governo. Madalena no gozo. Madalena, como faria ela? Gingava, banzava, gozava. Ia ao sabor das vagas. Podia virar, afogar-se. Ia de bubuia. Quando aquele mundo de ondas negras e espumas? Quando cessaria a fúria do mar? Subiu na encosta de uma montanha que era uma vaga maior e pareceu sobranceira, quase ridícula na sua pequenez, aquele universo terrível. O horizonte oscilava. Desceu o outro lado da encosta, para de novo subir a onda seguinte, cavalo empinado. Cavalgava.

Assim o tempo passava e eles não davam conta. Desesperado, de olhos cerrados para o mundo que ia ao seu redor, Tônho começou a pensar coisas estranhas. Pensava na sua morte, no corpo enorme e deformado, que não conheceria o Cemitério da Praia.

No corpo afogado, resto de mar. Não teria túmulo nem coroa de conchas. Ninguém viria chorar ou rezar sobre o corpo apodrecendo, comido pelos peixes. Nem Fortunato, ninguém traria flores ou conchas. Viraria coisa do mar, seria uma das inumeráveis e pobres e tristes coisas do mar. Súbito uma pequena fagulha começou a viver dentro dele, a germinar como uma semente brilhante. Não morreria. Quem sabe estou sonhando, não estou morrendo? A fagulha foi crescendo e virou chama. Tônho abriu uns olhos imensos para o mar. Ele não me vence, não me vence, gritou para as ondas insuperáveis. A barca tremeu.

Quando abriu os olhos viu (o esforço que fez quase lhe rompeu a alma), viu o céu: as nuvens começavam a se esgarçar para os lados do poente, onde o sol, quase a sumir na linha do horizonte, se diluía chamando a noite. Viu as cores que o último sol fazia nas ondas, como mudavam. A tarde no mar, a noitinha chegando, poeira fria de luz.

A voz das ondas e do vento cessou por um instante e ele pôde sentir um enorme silêncio, um silêncio que se espraiava por todo o mundo, cobria a face da terra, apagava os homens. Silêncio e solidão, o conhecimento de que estava irremediavelmente abandonado. Ninguém. Solene, a chama ou semente lhe disse: é agora ou nunca, prova que o seu peito é grande, maior que o mar. Depois vem a noite, a noite vem vindo. É agora ou nunca. Pode escolher, é a única oportunidade que lhe resta. Prova que ainda é homem, que sozinho se achará homem, ou então você será bosta, excremento do mundo.

E ele cresceu, ficou imenso, tão grande e furioso como o mar. Havia um mar dentro dele. O problema — esta palavra não existiu um momento sequer no seu espírito — era não pensar, deixar que o ofício que se incorpora à carne falasse. Começou a mexer, a procurar saída. As mãos, antes débeis, se movimentaram firmes, seguravam ora um, ora outro flanco da barca, pegavam o remo. O esforço maior era do corpo, só músculos. Encurvava-se conforme o balanço da barca, conforme a direção do vento e das ondas. A luta que o corpo ganhava. Esplêndido e glorioso o mar largo e livre, sem barreiras. Era a força. Madalena entrava em remoinhos e fugia rápida. Acima e abaixo, ondas e ondas, abaixo e acima.

    Ele não via céu, ele não via nada. O ritmo, a respiração de sua vida ficava no corpo, nas mãos e nos braços queimados de sol. Sentia o silêncio sinistro e reagia sem voz, com imensa fúria. Parecia que a grande irmandade dos homens mortos no mar vinha em seu auxílio. E ele lutava, e ele ia vencendo. Pertencia à grande irmandade dos homens cuja vida se entrosa com o mar e o mar entra neles. A grande família cujos laços se estreitam nos perigos comuns, na luta com o mar.

    Fazia noite escura e ele lutava. Não dava conta da noite nem de nada. De vez em quando parecia ouvir anjos e fadas que lhe sopravam palavras nos seus ouvidos moucos. Eram sereias e eram gnomos. Roucas vozes de dentro dele. Uma onda caiu, encheu a barca. Água gelada. Como a barca virasse para o outro lado, com o esforço do corpo, se esvaziou. Estava salvo, pelo menos desta vez.

    E lutou bravamente enquanto a noite rolava. Vencia as ondas, e o mar dava sinal de que ia se acalmar. As ondas eram menores. A noite rolava lenta, porque a noite no mar é enorme. Como o mar se acalmava, ele já podia pensar na noite, como era longa a noite no mar. Tentou mesmo um olhar medroso para uma estrela abandonada. Esta estrela é minha companheira esta noite. Vou segui-la, minha madrinha. E sem saber por quê, começou a sorrir. Era o rosto, os olhos, os lábios que sorriam, porque o espírito não lhe dizia nada. E ficou bobo como uma criança feliz.

Os olhos dos três condenados não eram agora nem pálidos nem agudos. Refletiam alguma coisa, diziam de suas almas? Dificilmente alguém podia saber: eram fechados e mornos, embora permanecessem por muito tempo abertos e alagados, mortos e modorrentos. Como a superfície das águas paradas, que aumenta o escondido e indevassável, o mistério. Porque era verão, acompanhavam o voejar das moscas, que assentavam aqui e ali à procura de uma sujeira qualquer. Porque fazia calor — o bolor quente e o mofo eram a ambiência das moscas — estavam cansados, sufocados. Olhos de sono, de angústia antiga que o tempo ia amansando.

Eram três condenados escondidos nos rés-do-chão da Casa da Câmara. Três homens com problemas diferentes, que o crime juntou na prisão. Criaram uma norma de vida e mesmo uma camaradagem. Não falavam em amizade e amor, não cuidavam dessas palavras. Eram silenciosos, já tinham conversado todos os assuntos. O crime de cada um, as suas queixas e penas pareciam território comum daqueles homens. Um se pensava quase como o outro, numa curiosa osmose humana.

Se perguntavam ao primeiro condenado qual era a história do segundo, ele dizia:

Coisa de honra e de homem. Homem é homem, cachorro é cachorro, assim é feita a criação. Não podia deixar passar. Não era macho, não era homem? Pois foi tudo simplesmente assim, como quer Deus nosso Pai e seu Filho Jesus Cristo. (Benjamim, o primeiro condenado, era muito religioso.) Foi tudo simplesmente assim: Amadeu (o segundo condenado) era como todos nós viventes da pesca. Ia pro mar com os outros, pescava e vendia o pescado, apurava uns cobres, comia, bebia, e matava a sede das putas deitando com elas. Não tinha mulher certa, cada dia com uma. Também não tinha namorada e não pensava em casamento. Pra quê? Não tinha mãe pra cuidar da roupa dele e a irmã Mariazinha, que era mansa e boa? A parte de macho mesmo ele deixava com as putas. Ia vivendo assim feliz, com a paz de Nosso Senhor Jesus Cristo. Amém por nós todos. Vai um dia a irmã Mariazinha começou a crescer e a se enfeitar. Amadeu achava bom quando via Mariazinha se embonecar toda. Era a sina das mulheres. Amadeu comprava vestidos pra ela e ficava de longe acompanhando os seus trejeitos de doninha faceirosa. Ele achava que a menina estava brincando de moça feita e ria gostoso. Hoje ele não ri mais, de primeiro tinha um riso que vinha lá do fundão, que mexia com ele todo. Mariazinha não estava brincando de moça feita. Num piscar de olho, Amadeu não percebia, porque irmã da gente é irmã da gente, virou moça mesmo e carecia daquelas coisas. Carecia de outras coisas, que Amadeu nem de longe sonhava. Por exemplo, um dia apareceu um caixeiro-viajante com muito cheiro no lenço e fala de gente experimentada. Mariazinha não conhecia aquelas falas e quando viu, o homem tinha feito mal a ela. Quando disse pro irmão que o homem tinha feito mal a ela, Amadeu ficou mudo, não sabia se matava o homem, se matava a irmã. Matutou mudo três dias e três noites. Resolveu fazer como homem. Chamou o camarada, disse pra ele muito devagarinho, porque era coisa de homem, precisavam ficar entendidos. Disse duro mas clarinho feito água nascente. O camarada ouviu tudo e ficou safado arranjando uma mentira. Não fui eu não, disse, quando eu apareci ela não era mais moça. Isso com a irmã da gente é muito arrefecente. Com ele não. Amadeu agarrou o bicho pelo braço e foi apertando. Então o homem vai e disse se o caso era de casar ele casava. Mas não casou e arranjou outra namorada. Era a mania dele, cada um tem a sua mania, a mania dele era gostar de moças doninhas. Amadeu falou três vezes pra ele casar e três vezes ele falou que casava e não casou. O homem não era disso, gostava de mocinhas, era só. Foi tudo simplesmente assim, como quer Nosso Senhor Jesus Cristo lá no céu, assim seja. Amadeu amarrou o homem e com a peixeira capou as vergonhas dele. O homem estava amarrado e morreu de sangrar. Dizem que Amadeu deu umas facadas de sobejo, mas eu acho que não foi ele não. Agora está aqui como nós todos.

Se perguntavam ao segundo condenado qual era a história do primeiro e do terceiro, não dizia nada. Amadeu era de um silêncio pesado, falava mastigando as palavras, ruminando uma dor velha. Tudo o que podia dizer é que a coisa era com eles, tinham suas razões. Amadeu mergulhava num arrazoado sem fim. De vez em quando falava uma frase qualquer a que os outros condenados não davam muita atenção, porque não entendiam ou já sabiam de cor.

Aquelas frases soltas eram muitas vezes furiosas, faziam parte de um longo raciocínio, de uma lógica de precisão matemática que ele ia desdobrando dentro de si como elos de uma corrente. A sua dialética era monótona e complicada, como a dos homens fechados. De vez em quando concluía: tudo certo, não tinha outro jeito. Logo, estava sempre num estado de tensão e silêncio, de solidão e tristeza. Ergo, ninguém podia ajudá-lo a sair do seu oceano. Parecia um peixe fisgado, a boca sangrando, se debatendo vivo.

Ah, se alguém fosse perguntar ao terceiro qual era a história do primeiro e do segundo, estaria perdido. Porque o terceiro condenado tinha o dom da fala, sabia falar comprida e miudamente, encadeando diálogos e floreios, recorrendo a explicações já dadas, num ritmo cansativo e sem fim. Podia falar horas e mais horas, até que Amadeu dizia para besta, e ele parava imediatamente, desapontado. Tinha um jeito de peixe, uns olhos de peixe, miúdos e vivos. Um peixe que fosse também um passarinho alegre e desajeitado. Saltava rápido de um lugar para outro, trepava nas grades como se fossem trapézios e ficava olhando o quintal de mangueiras úmidas, contando para os outros o que se passava lá fora. Brincava com os soldados, contava piadas e era como se fosse aquela galinha do cabo. Era o elemento de ligação entre o Destacamento e a Cadeia. De vez em quando ficava arrepiado, coçava as penas e com um pauzinho descascava as escamas da perna. Assobiava e ria, na sua vida de canarinho.

Eram três condenados: o primeiro por estupro, que só Deus Nosso Senhor sabia como é que ele tinha feito aquilo, num momento de tentação, o diabo tenta a faca entra; o segundo, crime de morte; o terceiro, ah, o terceiro, latrocínio.

Eram como peixes num pocinho sujo. Quando era hora de comer, traziam-lhes a comida num prato de folha, que eles mesmos depois lavavam. Não tinham mais gosto para comida cheirando mal, como não se incomodavam mais, a não ser raramente, com o fedor da cela. Ali passavam os dias e as noites, as noites e os dias, a vida, e morreriam, porque tinham penas enormes.

Os olhos dos três condenados, que não eram agora nem pálidos nem agudos, estavam fixos num homem que se debatia num sono agitado. Esse homem era Tônho. Amadeu via a aflição do homem, estava preocupado mas não dizia nada. Seus olhos pareciam dizer é lá com ele. No seu sonho, Tônho falava alto, às vezes distintamente. Um dos braços debaixo da cabeça, o outro nervosamente segurando as coxas, os dedos crispados. Ah, onda, você me mata, dizia ele. Desta eu não escapo. Mais uma, meu Deus. Fortunato aqui comigo. O barco cheio d'água. Onde está o remo? Que sede, meu Deus. Quando é que vai parar? Em que inferno nos metemos, hein Madalena? Nunca mais mar largo.

Há muito tempo os três condenados olhavam aquele homem se debatendo e nenhum deles tinha coragem de se aproximar. Como o terceiro condenado, de nome João Batista, não sabia ficar calado, disse logo depois das primeiras frases de Tônho, será que ele está sonhando ou variando?

Benjamim tinha medo de gente que sonha alto. Medo não, uma implicância, não gostava. Não sei, disse ele, é capaz de ser sonho. Sonho de bêbado.

Os dois começaram a discutir, enquanto Amadeu olhava de longe, os olhos carregados, ruminando.

Olha só como ele treme, disse João Batista. Uma vez eu vi um homem assim, mas ele não estava dormindo, variava.

Era um amigo meu de muitos anos. Já lhe contei o caso dele? Foi num botequim onde eu ia sempre...

Para, besta, gritou Amadeu, nervoso. Ele pensando e aqueles cretinos feito papagaios, patati, patatá. Benjamim e João Batista ficaram mudos, Amadeu possuía muita ascendência sobre eles. Também não precisa gritar, ninguém é surdo, pensou João Batista.

Tônho começou a tremer e parecia estar sendo perseguido por alguém. Não volto mais, Madalena, continuava dizendo. Não, Madalena, se você quiser, nós voltamos, não fica assim não.

Quem era Madalena? João Batista saltou para junto dele e ficou espiando. Olha só os olhos dele, gritou, dando um pulo para trás.

Tônho delirava, os olhos vidrados, as mãos tremiam, os músculos dos braços e das pernas lembravam membros de sapo carregados de eletricidade que se esticassem e recolhessem rapidamente. Perplexo, apavorado, como se estivesse sendo perseguido por alguém ou algum bicho.

Vai comer a minha perna, gritou Tônho tomado de um pavor que rompia o peito. O grito parecia saído do peito, não ter nem ao menos se articulado na guelra, rouco.

E recomeçou a sua fala monótona. Agora falava incessantemente e só de vez em quando, num tumulto de sons confusos e palavras incoerentes, saía uma frase límpida. E falava de animais repelentes, de peixes com guelras enormes e sangrentas, com dentes em serra que lhe iam devagarinho comendo as pernas.

Levantou-se um pouco, apoiando-se com dificuldade nos cotovelos, todo o corpo tremia. Os olhos estatelados pareciam querer saltar e o rosto lívido buscava instintivamente a luz que vinha da janela com grades. Como alguém que procurasse sair de um porão escuro por uma réstia de luz. O sol da manhã entrava claro e luminoso, banhando uma boa parte da cela.

Amadeu olhava aquilo tudo sem dizer nada, ausente, num outro mundo, envolto em névoa. Por que o tiravam da sua modorra, da noite em que vivia entranhado, sempre, sempre um diálogo cujas razões já repetira mil vezes, perguntara e respondera, perguntara sem resposta possível ou aceitável? Amadeu chegava de um outro mundo, de um mundo tão tenebroso como aquele em que Tônho se debatia, de um mundo escondido dentro do peito a doer. Um homem sofria ao seu lado, um homem variava e ele não entendia nenhuma das suas falas desencontradas, de suas frases sem sentido ou nexo, como também não conseguia compreender as frases e as palavras que há anos vinha formulando com um outro dentro dele. Havia outro, não podia ser ele mesmo. Era um bicho escuro com quem ele conversava.

João Batista, depois do susto ao ver os olhos de Tônho, já estava no seu terceiro caso encadeado.

... pois o homem bebia e um dia a coisa veio. Veio num dia em que o pobre infeliz, que Deus tenha na sua Santa Misericórdia, como diz você, Benjamim — você reza muito, não é mesmo, você não acha, Benjamim? Olha que eu uma vez conheci um homem que rezava... O que era mesmo que eu estava falando? Ah, deixa ver... A coisa veio num dia quando ele menos esperava.

Para, besta, berrou Amadeu, dando-lhe um empurrão.

Não vê que o homem está doente? É, Tônho deve estar mesmo muito doente, disse João Batista se recompondo do empurrão. Coitado. Que é que a gente vai fazer? Pra dizer a verdade, Amadeu, eu nunca vi ninguém assim não. Me falaram uma vez que bêbado tem dessas coisas, depois que bebe muitos anos seguidos. Olha...

Quer levar um murro nas fuças, perguntou Amadeu. Vendo a fúria do outro, João Batista se calou. Se você não fosse tão forte, Amadeu, eu o esgoelava, pensou. Um dia eu ainda lhe mato, desgraçado. Quando você estiver dormindo, vai eu lhe enfio uma faca na barriga. Matava nada, sabia, ele próprio sabia de suas mentiras e bravatas.

Amadeu agora era lúcido, pensava o que devia fazer. É Tônho o nome dele, perguntou. É, disse João Batista, você conhece ele, de vez em quando vem curar porre aqui. É aquele amigo de Fortunato. Ah, disse Amadeu se lembrando. Quando foi que ele veio parar aqui? Você estava dormindo quando jogaram ele aqui dentro, respondeu João Batista.

Amadeu pensava o que devia fazer. Foi para perto de Tônho, olhou-o bem de perto. Benjamim foi se aproximando, aos poucos vencendo o medo. Que é que a gente vai fazer, Amadeu, perguntou. Amadeu não disse nada, examinou bem os olhos de Tônho. É, ele não está dormindo. Você acha que ele está bêbado, perguntou João Batista. Não parece. Não, disse Amadeu, não está bêbado.

Tônho, numa ânsia, esticou todo o corpo, como uma corda tensa. As mãos arranhavam a parede e se feriam. A testa cheia de suor, a camisa empapada. A boca aberta e seca, a língua trêmula. Que tremura, meu Deus, persignou-se Benjamim. Minha Nossa Senhora, consolo dos aflitos, refúgio dos pecadores, salva ele. De repente, perseguido mais de perto, Tônho segurou com ambas as mãos a coxa direita. É tubarão, gritou desesperado.

Amadeu matutou um pouco, já sabia o que fazer. Voltou-se para Benjamim. Você aí, disse, segura as pernas dele, pro homem não se machucar. João Batista, junta os braços do bicho, que eu firmo a cabeça.

Como é que trouxeram Tônho pra cá, se não está bêbado, se não fez nada? Esses meganhas são uns filhos da puta. Onda do cabo, o cachorro. Ou do tenente, é a mesma coisa. Mas se o homem não fez nada!

Quieto, meu nego, dizia Amadeu numa ternura que há muitos anos não experimentava. Tão desacostumado estava, que ele próprio tremia, como homem que conhece corpo de mulher pela primeira vez. Quieto, meu neguinho, e a ternura crescia e o rosto se iluminava. As mãos sem jeito seguravam a cabeça de Tônho. As mãos eram enormes e desajeitadas para aquela função.

Tônho, apesar de firmemente seguro, continuava a tremer e a balbuciar a sua melopeia. No meio da confusão de frases que se atropelavam, Amadeu pôde distinguir — água. Depois, Fortunato.

Firmes, que eu vou buscar água, disse Amadeu para os outros.

Tônho não conseguia beber e a água escorria pelos cantos da boca. Com a tremura, o caneco escapuliu da mão de Amadeu. Tônho, não tem tubarão nenhum não. Nós estamos aqui, ninguém te pega, dizia Amadeu.

Quem sabe se um pouco de cachaça não ajudava? disse Benjamim para experimentar Amadeu. Me falaram uma vez que ajuda, quando a pessoa está variando e com tremuras. É, é capaz, disse Amadeu. O que acho esquisito é que o homem não está bêbado.

É assim mesmo, disse Benjamim. Quem tem cachaça aí, perguntou Amadeu. Eu tenho um tico. Por causa da minha tosse, disse João Batista. Está debaixo do colchão, deixa que eu vou ver.

Amadeu enfiou o gargalo da garrafa na boca de Tônho, que engasgou um pouco mas engoliu. Outro gole, disse Benjamim. Repetiram a operação. Amadeu passou a mão de leve nos cabelos de Tônho, molhados de suor. Agora quietinho, Tônho, que passa, disse.

Enquanto lutavam com o homem, Benjamim ia rezando baixinho. Ave Maria, cheia de graça, o Senhor é convosco, bendita sois, nunca vi ninguém assim não. Meu Deus, de que barro a gente é feito, tenha pena de nós na sua Santa Misericórdia, entre as mulheres. Amadeu é bom, a gente é que não sabe nunca quando é que um homem é bom, bendito é o fruto, também quem foi caçar a irmã dele está nas profundas dos infernos, de vosso ventre, pensava que era só encher barriga de moça e depois cair fora, homem é bicho caçador, um dia da caça outro do caçador, Jesus. Pelo sinal da Santa Cruz.

Para de rezar, homem, gritou Amadeu. Ajuda!

Aos poucos o delírio de Tônho foi cedendo, já não esticava tanto as pernas e os braços, os músculos tremiam menos, as pupilas voltavam ao tamanho natural. Parava de falar. Só de vez em quando balbuciava uma ou outra palavra.

Os presos largaram o homem. Agora ele estava quieto, mas assustado.

Veio outra vez, disse Tônho logo depois que limpou o rosto molhado e pôde falar. Se vem outra vez, eu morro, não aguento, não tenho alma pra isso. É só você não beber, disse Benjamim. Não chateia o homem, disse Amadeu. João Batista quis contar um caso muito a propósito. Mas teve medo de Amadeu.

Ficaram algum tempo calados. Tônho pálido, os olhos ainda cheios de pavor. Parecia ter nascido do ventre de uma noite sem fim, de uma noite de pesadelos e terrores.

Não fala não, homem, disse Amadeu. Você já falou muito demais. Vê se dorme um pouco, está cansado.

Um longo silêncio se seguiu. Eles não sabiam o que fazer ou dizer.

Foi Fortunato que me trouxe para cá, perguntou Tônho. Não, respondeu João Batista. Ele veio me procurar? Também não. Você deve é mais ficar quieto. Dorme um pouco, faz bem.

Amadeu foi buscar uma camisa para dar a Tônho. Com um pedaço de pano limpou-lhe o corpo suado.

Quantas horas, perguntou Tônho. Não sei, disse Amadeu, ainda é cedo, não comemos ainda. Se você quer comer alguma coisa, tenho um pouco de pão guardado. Está duro mas serve. Até é bom. Não, obrigado, disse Tônho. Tem dois dias que não como, tenho nojo de comida. Se comer, eu vomito, já experimentei forçar. Devolvo tudo, depois é muito pior. Então dorme, disse Amadeu.

Extenuado, ele se deixou cair no colchão que lhe estenderam. Os olhos iam aos poucos perdendo o brilho de pavor que os fazia de vidro. Virou para um lado, depois para o outro, tentou falar, mas estava cansado demais, abatido.

Obrigado, mal pôde dizer, porque o sono vinha vindo. Passara do sonho para o delírio e agora tinha medo de dormir. As pálpebras se fechavam contra a sua vontade e um manso torpor foi lhe amortecendo os membros. Em pouco tempo dormia profundamente.

Os três presos olhavam o homem dormir. O estranho é que o episódio os ligava numa fraternidade nova. Amadeu continuava um pensamento interrompido, se afastava do sol que a janela gradeada deitava no chão de lajes da cela. Eu também era pescador mas não acabei assim. Não por minhas mãos. Acabaram comigo. Nunca tive medo de peixe ou de mar. Se me soltassem agora, ainda era capaz de ir mar adentro comendo ondas com a minha barca, onde andará ela, venderam, com certeza, noite e dia, sol queimando e lua fria, noite e madrugada. O cheiro do mar, o cheiro ruim e bom do mar. Os peixes, a vida dura de ganhar. Era um peixe fisgado que tiraram das águas. As madrugadas frias, as madrugadas de sal. Olha a faixa do mar lá longe. O cheiro do mar. Os peixes. Os olhos de Amadeu ganhavam um brilho de sonho. Sonhava? Sua alma era muito de sonhar? Quando sonhava com as praias, eram praias sozinhas. Ainda posso voltar pro mar, ainda sou homem.

 Amadeu pensava em voltar à luta com os peixes e com o mar, desde que perdera — não tinha certeza se perdera ou ganhara — a sua luta com os homens. Benjamim andava às voltas com a Virgem, com Nossa Senhora do Perpétuo Socorro, com Nossa Senhora das Mercês, das Dores, da Anunciação, com toda Nossa Senhora que conhecia, refúgio dos pecadores, consolo dos aflitos. João Batista imaginava planos inteligentíssimos, espertezas. Ele nunca voltaria ao mar, não gostava de ficar preso ao remo. Pra que mar e mais mar, mar de manhã à noite?

 De repente, cortando o pensamento com um murro na parede, Amadeu gritou mas eles não podiam fazer isto com ele! Não podiam mas fizeram, disse João Batista. Com quem, perguntou Benjamim. Amadeu não disse nada. Este burro só sabe rezar, pensou. Consolo dos aflitos! Me passa a garrafa, disse. Cuidado, que tem pouco, avisou João Batista. Não é por nada não, mas a minha tosse, vocês sabem... Que tosse nada, disse Benjamim, isto é vício. Que seja, disse João Batista, mas a garrafa é minha.

 Esses dois vivem a discutir, pensou Amadeu. Era a forma de gostar um do outro. Ninguém é um, quando há dois, tudo se mistura, a gente quando menos espera é dois: às vezes matamos o outro e ficamos crentes que somos de novo um. Não, nem vê, é dois de novo o outro vai entrando dentro da gente, não sai mais. Com mulher, então. Não, não queria nem ao menos pensar esta palavra, ele era um homem castrado que os homens afogaram naquele mundo sujo. O homem anda atrás do homem, é assim mesmo. Qualquer um pode matar o outro. Ninguém está seguro, veja.

Amadeu pensava e mais pensava. Enfiou o gargalo na boca. Pensava. Sentiu o arrepio da cachaça queimando. Pensava. Descendo pela guelra abaixo. Parou um pouco. De pensar? O peito quente. Boa lembrança a da cachaça. Tomou mais uns goles sob o olhar ansioso de João Batista. A garrafa foi para Benjamim e deste para João Batista. Ele disse que só tinha um tico, o safado, pensou Benjamim. É até falta de caridade que Deus Nosso Senhor castiga. Sem dar conta, os três comemoravam uma irmandade nova que nascera entre eles.

Amadeu pegou de novo a garrafa. Depois eu te arranjo outra, disse para sossegar João Batista. Passou a garrafa para Benjamim. Benjamim passou para João Batista. João Batista para Amadeu. Amadeu para Benjamim. A garrafa foi passando de mão em mão. Agora eles sorriam. Ninguém era um, era três. Cada um era o outro, cada um era três. Ninguém é um quando há dois, quanto mais três!

O retângulo de sol nas pedras da cela se encurtava. Meio-dia. Uma penumbra de tristeza amoleceu os olhos de álcool dos presos. As horas iam passando vagarosas e modorrentas. Tônho continuava no seu sono de pedra.

Depois começou a crescer um novo retângulo de sol. Passava de meio-dia. O sol vinha do outro lado, da janela que dava para o quintal de mangueiras da Casa da Câmara. Amadeu olhava a mancha de sol crescer. Pelos retângulos de sol sabia calcular perfeitamente as horas. Naquele momento pouco lhe interessavam as horas. Sonhava com uma praia vazia. Todos sonhavam.

Tônho, no princípio de seu sono de pedra, não sonhava nada. Só depois de muito tempo, como se surgisse de um mar escuro, sem o menor feixe de luz, para a praia, e nela fosse surpreendido pela luz rubra da madrugada, rubra e fria, só depois de muito tempo é que começou a ter um sonho mansinho e bom. Foi quando sonhava mansinho e bom que lhe pegou de surpresa o delírio. Mas agora não vinha nenhum delírio, a coisa não se repetiria.

E ficou bobo como uma criança feliz, inocente como um menino, vendo surgir no sonho uns brilhos de peixe boiando, de peixes coriscando por entre águas claras, como facas lançadas ao acaso. Por entre o brilho dos peixes como facas começou a se formar o vulto de Fortunato. Era Fortunato, tinha certeza. Me ajuda, Fortunato, que hoje estamos ricos, temos peixes pra dar e vender. É só pegar. Olha como o mar está manso, nunca vi mar assim com tanto peixe, mar desta cor eu quero dizer. Sabia as cores do mar, como conhecia os cheiros que o mar guardava. Fortunato ria para ele. Eram peixes enormes, vinham aos montes, como se fossem simples manjubas em enxame. Na flor da água o cardume brilhava e rebrilhava misteriosamente. Era só encher o bojo de Madalena. Como são grandes, disse de repente Fortunato, que estava mudo, como são bonitos e grandes, disse Tônho. Vendo tudo, salgo alguns, e vamos comer e beber até empanturrar. A mancha luminosa de peixes dançava.

No ar sonolento e pesado, pálpebras que se fecham na modorra da tarde, as sombras da mangueira dançavam com o vento. A galinha pastava, bicava no chão de folhas secas, bicava o chão verde de limo, brincava cretina com o raio de sol que varava a folhagem da mangueira. Galinha boba, galinha boa pra comer, pensou Benjamim. Há quanto tempo não comia galinha? Que gosto tinha mesmo carne de galinha? Procurava se lembrar. Era difícil pensar em galinha no prato sem sentir o cheiro da galinha, o gosto da galinha. Como era mesmo gosto de galinha?

Vem ver a galinha do cabo, disse Benjamim. Estou cansado de ver a cretina dessa galinha, resmungou Amadeu. Vem você, João Batista.

João Batista trepou na outra janela, botou as pernas para fora, como num trapézio. Começava a se interessar pela galinha. Se interessava por tudo, mais para passar o tempo. Ria da graça da galinha, depois a galinha ia repetir a mesma graça para os soldados que começavam a se juntar no terreiro. O preso ria e contava para os outros dois o que acabava de acontecer. Os soldados olhavam a galinha. Antes que o galo cante, me negarás três vezes, disse Jesus a Pedro, pensou Benjamim. E Pedro negou. Pedro devia ter cortado o pescoço do galo em vez da orelha do soldado romano. Trair Jesus, o Salvador. Trair o Pai. Por que Jesus disse galo e não galinha? Galinha de pescoço cortado, molho pardo.

Como está gorda a galinha, ouviu João Batista o soldado Gil dizer. João Batista riu alto. Deixa o cabo ver, disse.

Os soldados se juntavam no quintal e viam a galinha pastar. Depois conversavam cansados da galinha do cabo. A galinha era indiferente no seu ofício de bicar ora o chão de lodo, ora o raio de sol. Achava um verme entre as folhas secas, cocoricava.

João Batista se interessava pela conversa dos soldados. Aos poucos foi percebendo que alguma coisa se passava, ele não sabia o que era. Tentava ligar num sentido as frases soltas que ouvia. Piscava aflito, numa curiosidade de preso que deseja saber a vida lá fora. Balançava as pernas, segurava as barras de ferro como se fossem as cordas de um trapézio. Ouvia falar em revólver e percebia que a conversa da galinha era mesmo para disfarçar a aflição dos soldados. Que revólver? Que é que Fortunato tinha a ver com aquilo tudo. Foi formando uma história, que ia contando para Benjamim, que voltara aborrecido à sua penumbra, e Amadeu. Amadeu ouvia tudo e não falava nada: isto é lá com eles, eles têm a sua vida, eu tenho a minha. De novo um. João Batista era a língua da prisão.

Súbito se cristalizou no seu espírito toda a verdade. Os soldados discutiam, Gil quis dar um murro na cara do soldadinho.

Fortunato, o amigo aí do Tônho, roubou um revólver, está maluco inteirinho, parece que vai ter tiro se ele resistir, mas eles não sabem onde foi que ele se meteu, disse João Batista para os outros.

Benjamim voltou para junto da grade, Amadeu continuou no seu resmungo. Era lá com eles, aqueles soldados precisavam de uma lição.

Em forma! Em forma, gritou o cabo Raimundo. Os presos riam.

É a guerra deles, disse Amadeu. Se alguém morrer, faz parte da guerra. As ordens vão começar, disse João Batista, lá vem o sargento deitar falação. É, são mesmo uns generais, disse Amadeu.

Que bonito que ele fala, parece sermão de padre, disse Benjamim quando o tenente começou a falar abstrato. É, fala bonito, disse Amadeu. Eles sempre falam bonito.

Ele não podia ficar à distância, interessava-se vivamente pela sorte de Fortunato. Precisava acordar Tônho, para ver o que podiam fazer. Tinha ódio daqueles soldados, bem que Fortunato podia acertar um deles. Isto tudo é muito esquisito, Fortunato garanto que não sabe nem ao menos como é que faz um revólver berrar. Ele sabia, se lhe dessem uma arma, mostraria àqueles generais de merda como era uma guerra. Podia, por exemplo, agir da seguinte maneira. Vamos imaginar que Fortunato ainda está na ilha, me disseram que está. No meu caso, o que é que eu faria? Não ficava quieto, ah, isto é que não! Era só ter calma, que ninguém o pegava e ainda matava pelo menos uns três. É, três é um bom número. Três moças na janela me namoram cada vez. Como era mesmo o nome dos três reis magos? Da seguinte maneira.

Esses cretinos pensam que vão pra guerra, disse de repente para os outros dois.

Os soldados manejavam as armas. Depois se foram. Só ficou o soldado Macedo, que ia tomar conta dos presos.

Amadeu sacudiu Tônho, que continuava com os seus peixes.

Acorda, homem!

O sono que se segue ao delírio é pesado no início, depois manso e lento. Custava a vir à tona. É uma compensação dos bichos que vemos, da terrível sensação de que estamos sendo perseguidos por alguém que pretende ferir-nos, dos animais desagradáveis, dos insetos nojentos. Os músculos se relaxam do tremor e da tensão.

E dormimos simplesmente, mergulhamos numa paz que poucos conhecem.

Pois bem, Tônho dormiu, Tônho tinha os seus peixes, Fortunato a seu lado. Mas Fortunato não estava a seu lado. Acorda, Tônho! Tônho vinha vindo, vinha tonto. Vou jogar água na cara dele, disse João Batista. Não é preciso, disse Benjamim, espera, que ele vem vindo.

Veio. Não entendia por que aqueles homens o acordavam daquela maneira. Me deixa dormir mais um pouco, pediu. Você precisa estar bem acordado pra ouvir tudo, disse João Batista. Tudo o quê? Me dá água, estou morto de sede.

João Batista lhe trouxe uma lata cheia d'água. Depois Tônho foi lavar a cara para espantar o resto de sono.

Amadeu, como não gostava de falar, pediu a João Batista que contasse tudo. João Batista ia falando, no seu jeito, e cada vez que tentava pegar uma estrada falsa, uma lateral qualquer, Amadeu gritava continua, besta! Tônho não entendia direito, achava tudo muito confuso. Como é que Fortunato pegou o revólver? Foi da casa onde ele mora, de um tal Godofredo, explicava João Batista. Ele sabe atirar, perguntou Amadeu. Não, não sabia, talvez nunca tivesse segurado uma arma de fogo na vida. É, então está difícil, dizia Benjamim, o jeito é mesmo rezar. Consoladora dos aflitos, refúgio dos pecadores. Não é hora de rezar, homem, berrava Amadeu; a reza sempre ajuda, ajuntava Benjamim. Amadeu não acreditava em reza, acreditava na força do homem. Benjamim acreditava, João Batista às vezes acreditava, às vezes não acreditava. Só quando a coisa era com ele. Naquela hora não acreditava.

Depois de conversarem muito, chegaram a algumas conclusões. Tônho precisava sair, era a primeira providência. Chamaram o soldado Macedo.

Quem é que vai pagar a carceragem dele, perguntou Macedo. Macedo, você não é como os outros, não faz assim não, pediu Benjamim. Você sabe que o coitado não tem dinheiro. Pra beber tem, disse Macedo. Ele não bebeu e está doente. Uai, não bebeu? Que é que ele fez então? O caso fica pior, disse o soldado Macedo. Pior nada, disse Benjamim. O soldado pensou um pouco, riu e disse eu estava era só vendo vocês, já tenho ordem pra soltar. Queria ver se pegava uns cobrinhos, vocês sabem como é esta vida... Espertinho, hein, Macedo? disse João Batista, já todo íntimo, piscando muito os olhos de conta.

    Amadeu chamou Tônho à parte e aconselhou-o como agir. O importante era achar Fortunato. Devia procurar a mãe dele, saber tudo direito como foi. Depois correr todos os lugares escondidos, que ele conhecia melhor que os soldados. Nas pedras, nas praias, nos matos. Precisava achar Fortunato antes dos soldados. Ficar com ele, se não tivesse jeito de convencer aqueles animais. E resistir. Se Fortunato não sabia atirar, ele sabia. Se eu estivesse no seu lugar, meu amigo, ia mostrar a essa gente. Tônho estranhava a violência de Amadeu, pensava de outra maneira.

    Antes de sair, Tônho pediu dinheiro. Os três juntaram o pouco que tinham e lhe deram. Não vai beber, homem de Deus, pediu Benjamim. Não vou não, disse Tônho.

    Quando o soldado Macedo fechou de novo a grade, Amadeu prestou muita atenção onde ele botava a chave. Tônho se afastava, Benjamim lhe acenou um adeus. Nossa Senhora te proteja, disse Benjamim. Amém, acolitou João Batista.

    E os três condenados, um por estupro, que só Deus Nosso Senhor sabia como tinha sido, o outro por crime de morte, e o terceiro por latrocínio, olharam Tônho se perder no fundo do corredor escuro.

5
A MADONA E O MENINO

NA COZINHA, OS MENINOS OLHAVAM LUZIA sentada numa banqueta. Não se aproximavam muito, temiam a dor que ia comendo como azinhavre o peito da velha ama. Os olhos de Luzia, antes amarelos, eram de uma cor morta, pálidos e cinza, só o brilho das lágrimas, que agora corriam menos. As pálpebras inchadas, o nariz escorrendo intumescido, o branco dos olhos — porque não eram brancos mas amarelos os olhos, avermelhava-se, trançava-se de pequenas veias de sangue. Luzia agora era fusca, fula, preto quando sofre perde a cor, fica banzo fusco. Luzia era fusca, disse de repente Helena fazendo uma nova descoberta. As sete chagas de Cristo, as sete dores de Maria. Sete-estrelo, que ela não sabia o que era mas achava bonito. Jesus encontra Maria. Jesus cai pela segunda vez. Os Passos da Paixão, Simão Cirineu ajuda Jesus a carregar a cruz. Mãe, eis aí teu filho, filho eis aí tua mãe. As últimas palavras de Cristo. O padre, do púlpito, falava do Inferno, de fogo eterno. A Madona e o Menino, ela viu uma vez escrito numa gravura italiana. O Menino com a pombinha de fora. Era pecado pensar na pombinha do Menino? O fogo eterno. Helena persignou-se, deu um beliscão na coxa, para se martirizar. Mas como é que ela podia parar o pensamento? Pensamento é assim: é só começar e ele vai embora toda a vida. Helena perseguia um pensamento até nova descoberta. Às vezes se assustava porque a descoberta era imprópria. Helena, agora, depois de tudo, o fogo do inferno é para sempre, sentia medo das descobertas — guardava-as bem escondidas, mal pronunciadas. De manhãzinha, quando foram com Luzia ao Cemitério da Praia, fazia tanto tempo, era no mesmo dia? Como dia é velho às vezes, de manhãzinha sonhava como seu corpo ia começando a ficar comprido. Era um frango magro, espichado, o pescoço pelado. Se dissesse para os grandes o que estava pensando, iam rir dela. Menino tem cada bobagem, diziam. Mas ela sabia que não era bobagem, era uma descoberta. Dia longo, sem fim. A fuga, o roubo de Fortunato, todo aquele desespero que ensombrecera a manhã ensolarada de quando iam para o Cemitério da Praia, as lágrimas e as gengivas de Luzia mais uma vez assentaram nova camada de formação de cristal na alma de Helena. Cresço e envelheço? Helena crescia, era comprida como um frango, ai, sou velha, disse ela. Novo baque dentro do peito. Helena crescia como um frango. As penugens. Meu Deus, por que é que eu penso essas coisas, quando devia estar chorando como Luzia? Como um frango alisando as penugens.

Luzia não reparava que Helena crescia, não tinha olhos para nada. Tudo era fumaça nos seus olhos. As mãos gordas e trêmulas seguravam sem jeito a caneca de café. Difícil engolir com aquele bolo seco na goela, a cabeça dançando, o mundo dançando em torno dela. Os meninos, pequenas sombras, miúdos, como rolinhas ciscando o chão. Tentava engolir o café, o gosto de lágrima. Ai minha Nossa Senhora do Perpétuo Socorro, por que tudo assim? Ela não entendia nada. Enfiava a caneca na boca. O peito estalava. Ninguém acreditava que Fortunato era bom, só ela e Tônho. Mas Tônho era bêbado, não podia fazer nada pelo filho. Por onde andaria Tônho, que não aparecia? Não conseguia falar, gemia. Quando lhe explicaram o que acontecera, emudeceu, afundou-se num poço escuro, de onde ouvia ressoar de passos, os ruídos do mundo de fora. Os meninos como rolinhas ciscando. Das outras vezes, quando dava aquilo no filho, Tônho vinha sempre. Das outras vezes, quando levaram Fortunato da ilha e o internaram no hospício. Não queria que levassem o filho para o hospício (será que não compreendiam que Fortunato era bom, que o hospício era ruim, que lá lhe maltratavam o filho? que ele estava apenas fraco da cabeça e nada mais), não queria que o prendessem outra vez. Agora não era como das outras vezes, sabia. Ouvira falar em revólver, em balas, em perigo para todos. A polícia à procura de Fortunato. Um homem conversara com seu Godofredo. Maria discutia com o marido, Maria também chorava. O homem fora embora e depois dele seu Godofredo. Sabia que agora não era como das outras vezes. Vão matar meu filho, disse de repente, mas ninguém ouviu o que ela disse, só um grunhido rouco. Engasgou com o café, botou a caneca de lado. Encurvou-se, segurou a cabeça nas mãos, sentia a cabeça pesada demais, e começou a soluçar. O corpo pulsava, Luzia gorda era sacudida pelo choro primitivo.

    Dirceu, Margarida e Helena tinham medo de Luzia chorando. Margarida correu para junto da mãe. Eles não podiam fazer nada.

    Helena, Dirceu, venham cá, gritou Maria, da sala.

    Os dois foram, ouviram a mãe dizer que Luzia precisava ficar sozinha, que não amolassem. A mãe também chorava mas um choro mais manso, não inquietava os meninos. Não é Madona e o Menino, disse Helena baixinho. Depois Helena e Dirceu voltaram, com medo mas voltaram, para perto de Luzia. Queriam vê-la chorar. A mãe os chamou novamente e novamente eles foram e voltaram. Esses meninos bem que podiam ir brincar no quarto, pensou Maria.

    Naquela luta, Dirceu queria estar ao lado de Fortunato.

    Pensava no Invisível. Nessas ocasiões pensava sempre no Invisível. O Invisível era uma coisa que ele não sabia explicar direito, mas conversava com ele. O Invisível era coisa e gente. Lá tudo podia acontecer. Imaginava-se lutando, enfrentando os policiais. Ouvia tiros, gritos, fuzis embalados, revólveres, tudo como no cinema. O Invisível manda e eles cumprem. Dirceu tinha medo, mas não confessava nem a si mesmo o seu medo. Porque senão seria pior. Subia em cima das pedras mais altas que circundavam a ilha, gritava como Tarzã. Depois via leões, fossos, lanças, toda a matéria confusa de que fazia os seus sonhos. O Invisível. As balas zuniam, ele gritava para Fortunato espera que eu já vou, mãos ao alto! Depois o Invisível sumia e ele ficava outra vez pequenininho — era medo, e via a preta engolfada no choro, no seu desespero sem fim, que ele não compreendia. Doía dentro do peito. Deu a mão a Helena e os dois ficaram mudos e apavorados.

Vamos lá fora, disse Helena depois de algum tempo. Para a rua mamãe não deixa, disse Dirceu. Não é pra rua não, eu não aguento mais ficar aqui.

Os olhos vermelhos de Luzia, as gengivas sem dentes, murchas. Helena queria respirar, disse. Ela vivia muito, não era mais a mesma de manhã cedo, quando do Cemitério da Praia. Cresço e envelheço, disse. Não cozinhava sonho nenhum, os olhos apagados. Como o mar roía de noite as pedras com o seu sal, tempo e chuva, assim as fibras do corpo de Helena, na noite que ela agora vivia. Era difícil explicar este ponto. Como o trabalho do mar grosso, nas noites de ressaca. Era a lua que chupava para cima as águas do mar. As gengivas de Luzia, grandes coágulos de sangue boiando. Um dia vou contar pras meninas no colégio como foi a perseguição e morte, pensou. Por que é que tinha as palavras todas na cabeça e não sabia usar, quando ia escrever a sua composição? Perseguição e morte. A palavra morte sacudiu-a inteira, estremeceu. Morte e ressurreição. Era de novo o baque, como quando ela crescia. Não, como foi que prenderam Fortunato, como foi que isto se passou na minha casa na Boa Vista, começou a contar. As meninas bobas não viveriam nunca aquilo que ela vivia. Quem sabe que agora ela era diferente, e depois, passado o tempo, seria como as outras meninas, ninguém a distinguiria das outras? Só ela podia viver aquilo. Pensou numa carta ou numa composição. Aquilo não, não saberia nunca escrever. O problema das palavras que trazia na cabeça e se embaralhavam quando era hora de botar no papel. Precisava respirar, disse.

Nenhum dos dois com coragem de dizer ao outro o que pensava. Comentavam apenas o que acontecia lá fora, as providências que a polícia tomara, o que diziam na cidade.

Eu vi um soldado passando na rua com um fuzil embalado no ombro. Ele disse que todo mundo deve ficar em casa, dizia Dirceu. Eu ouvi um soldado conversando com papai, para saber coisas, dizia

Helena. A Fábrica apitou, a Fábrica parou, dizia Dirceu. A balsa não sai, nenhum barco vai pro lado de lá, dizia Helena. Estão falando que vai ter tiro, dizia Dirceu. É, estão falando, dizia Helena. E Tônho, que não apareceu por aqui? dizia Dirceu. Está bêbado, disse Helena.

Os dois pensaram em voltar para perto de Luzia, mas por um instante só — tinham medo. Dirceu começou a pensar de novo no Invisível, na sua guerra, nos tiros, nas lanças, nos leões, em Tarzã, o filho das selvas, em o filho de Tarzã. No macaquinho gozado de Tarzã. Helena simplesmente crescia, o corpo comprido era um tímpano em percussão.

O choro primitivo de Luzia cedera lugar a um sentimento igualmente primitivo. Não soluçava mais, o corpo não mais se sacudia em violentos repuxos, apenas lágrimas mansas. Agora era fácil chorar. Pasmada e tonta, pelejava para juntar o amontoado de trastes soltos na sua cabeça. Queria entender, entrar no imo de uma natureza que a invadia, entender as leis que governam o mundo, a máquina de que agora era uma peça insignificante, a máquina que nenhuma força humana podia parar, desde que acionada. A vida humana não vale nada, qualquer um pode matar, qualquer um pode morrer. Um dia da caça, outro do caçador. A máquina do mundo era complicada demais para ela, o entendimento se tornava difícil. Não voltava os olhos para o céu, mergulhava-os na terra, nas coisas inanimadas que de repente adquiriam vida e feriam ou salvavam, por um processo estranho de simpatia e proximidade. As coisas viviam e feriam. Toda a alma negra, todo o continente africano que repousava fundo no seu peito sofrido, como sepultado, ganhava força, surgia das trevas, para viver em gritos, terrível. E aqueles santos, aquele Deus novo para quem às vezes apelava, não podiam salvá-la. Suas mãos tateavam no escuro: como o primeiro homem ao descobrir o primeiro raio, a primeira morte, o primeiro corpo apodrecendo, a primeira gravidez, a primeira doença, o primeiro fogo, o primeiro sacrifício, o primeiro coração doendo miúdo. A construção desabava e só lhe restavam as mãos e as coisas.

    Luzia ruminava as gengivas vermelhas, engolia o cuspe grosso de lágrimas. Tentava fugir das tenazes que lhe esmagavam o coração, tentava uma reza, tudo muito confuso, tentava o Sagrado Coração de Jesus e a Imaculada Conceição, ora pro nobis. Não lhe valiam muito. Com certeza alguém fizera mal a Fortunato, fizera coisas com as suas roupas. Voltava-se para as ervas, os seus orixás. Ao mesmo tempo prometia rezas e missas para Nossa Senhora do Rosário, tão bonita na estampa que vira há muitos anos. O manto roxo e preto, com brocados de ouro, as dobras do manto, as mãos compridas, os olhos de conta. Me salve Fortunato, minha santa, que eu não sei. Preciso queimar uns fumos. A santa não lhe dizia nada, a Nossa Senhora do Rosário não lhe dizia mais aquelas coisas bonitas do sonho. Ogum às vezes ajudava. Quando pensava nos seus orixás, nas ervas que ela entendia como ninguém, temia ofender a santa, aquela Nossa Senhora da estampa, com seus brocados, a sua realeza pura. Mas Nossa Senhora não lhe valia muito, era santa de branco. Meu Deus que é que eu estou dizendo!

    Esmagada, nem um momento sequer pensava em sair à procura de Fortunato, em apelar para os homens, em pedir de joelhos que não fizessem nada com o seu filho. Talvez, pensou uma hora, se procurasse frei Miguel, tão santo lá na sua igreja, de onde via um mar claro e limpo. Mas que é que frei Miguel podia fazer, senão rezar? Se ele pedisse, talvez os homens atendessem. Não, os homens não atendiam ninguém, os homens eram surdos. Os homens eram peixes. Frei Miguel entendia de santos, do Céu e do Inferno. Era puro, se distanciava para praias distantes, para os longes do céu.

    De vez em quando Luzia limpava o nariz e os olhos no vestido e pensava que não resistiria, ia morrer. Não tinha forças para se levantar da banqueta onde se deixara cair. Tudo esfumado, tudo sem cor, sem cheiro. Só lhe restavam as mãos.

As mãos em cuia, Tônho apanhou um pouco da água limpa do mar. Na Praia dos Padres o mar era quase todo azul, de um azul puro, límpido, da mesma cor brilhante do céu sem nuvens. Olhou a aguinha na palma das mãos, viu bobo a água escapulir por entre os dedos. Pasmo, tonto, confuso. Com medo, os nervos tiniam. O sonho que tivera na cadeia, o delírio, a tremedeira, a notícia de que Fortunato corria perigo, tudo lhe dava um presságio terrível. Cansado e sem forças, na Praia dos Padres, sujo e sedento, era como um náufrago que as ondas tivessem jogado na areia. O mundo rodava sem sentido. Se pudesse, se não tivesse a obrigação de sair à procura de Fortunato, deitaria na areia, precisava dormir. Conhecia bem aquele sono, aquele torpor que começava nos pés, aquela moleza que aos poucos ia tomando conta de todo o corpo. Tornou a encher de água as mãos, levou-as ao rosto. Fechou os olhos, para não magoar com o sal os olhos doídos. Depois mergulhou a cabeça no mar. Olhou a lonjura do mar, onde ele não mais se aventurava. E o coração foi se estreitando, pequenino como uma fagulha.

Por onde andaria Fortunato? Aquela era a terceira praia que procurava. Subia nas pedras, vasculhava as grotas e arrecifes. Estivera antes na Praia dos Meninos e na Praia da Serideira. Em todas repetira o ritual de molhar o rosto, de ver o mar. Não entendia aquele gesto que tinha de repetir sempre. Talvez estivesse ficando louco.

Fortunato não era louco, será que a cidade não compreendia? Só fraco do juízo. A cidade não compreendia, os homens juntos não entendem ninguém. Como ele, Boa Vista tinha medo e sob a pressão do medo vivia. Um louco fugira armado. Tônho se negava a pensar no revólver, não acreditava que Fortunato pudesse atirar. Mas quem pode convencer uma cidade que um revólver não cospe fogo? Tônho via a desconfiança com que o olhavam, era seu amigo. As ruas vazias. De vez em quando um soldado passava apressado, o fuzil a tiracolo. Fortunato está perdido. Não tem remédio, coitado. Que é que eu posso fazer? É muito simples, dizia Amadeu, é preciso achar Fortunato antes dos soldados. Senão eles matam, não tenha dúvida. Mas, de que adianta achar Fortunato? Seremos dois a morrer. Pois morra, desgraçado, dizia Amadeu, vê se sabe ao menos morrer como homem! Tônho pensava em Madalena abandonada, no casco apodrecendo, apodrecendo como uma mulher que carece de homem. Sou um homem, procurou se convencer sem muita fé, um dia vou de novo ao mar largo, o mar cheio de perigos. Nossa Senhora te proteja, dizia Benjamim.

Era um homem sozinho na praia, olhando o mar. Era um homem com medo e abandonado, à procura de outro ainda mais desamparado. Antes não o tivessem soltado, assim seria desculpa. Sem desculpa, precisava agir. Carecia ser homem. Cuspiu na areia, nojo. Há quanto tempo sem comer? Não se lembrava, só sentia a fundura no estômago e uma sede de ressaca. Tentou vomitar, enfiou o dedo na goela, mas o estômago se recusou a devolver o que não tinha. Retorceu-se de dor. Uma vontade incrível de xingar, de xingar o mar, os homens, ele próprio. Todos filhos da puta. O palavrão confortou-o.

Quando a cólica do vômito seco passou, sentiu ainda mais forte a sede. Água não resolveria aquela sede, sabia. Só... não, não podia ser, precisava achar Fortunato, prometera a Benjamim. Mas um gole de cachaça bem que resolvia. Um só, para reanimar. Só de pensar o peito se alargava, sentia mesmo a quentura gostosa queimando a garganta, caindo no estômago vazio. Depois teria coragem. Um só, para dar coragem. Um só. Sabia que não era verdade, depois queria outro gole, e mais outro. A nuvem nos olhos, tudo agora pode acontecer, que não tem importância. Ficaria bêbado, teria coragem, mas não teria cabeça fria nem força. Queria ver o fundo da garrafa. Apalpou o dinheiro que lhe deram, fez as contas, dava bem para umas duas garrafas. De grão em grão, de gole em gole, a galinha enche o papo. De gole em gole até o fundo do casco. Então ninguém mais existiria, nem Fortunato, nem ele próprio, nem o mundo. A névoa e o mundo dançando. A tentação era forte, mas resistiria. Era só não passar em botequim. Tônho não sabia da ordem de fechar os bares. Se soubesse, a sede cresceria e ele não teria mais domínio sobre si, veria o fundo da garrafa.

Tônho xingou de novo o mar. Via-se pequenino e ridículo, mas xingou de novo. Sou um homem, besta. Ajeitou o gorro de meia na cabeça e foi caminhando pela praia. O sol faiscava na areia quente. Ele andava, precisava andar, o peito lhe dizia, fazer alguma coisa, não ficar aí naquela luta ridícula e cretina com o mar, com as suas fraquezas. Mar, eu te conheço, as tuas manhas, as coisas que tu guardas, besta. As pobres coisas do mar, as coisas que o sal corrói, como vai cariando as pedras. Mar como uma mulher de sexo aberto, também com os seus ácidos e cheiros, os seus sais, em que os homens mergulham e não encontram fim. Sexo, caminho sem fim. Mar sem fim, mar de morte, corredor de pregas. Útero. Mulher com o seu cheiro próprio, a sua maresia. Narinas dilatadas cheirando o ar, Tônho caminhava pela praia. Uma grande ternura o invadia. O cheiro da mulher e o cheiro do mar. Os olhos líquidos, e uma lágrima escorregou pela asa do nariz. Lambeu os lábios: o mesmo sal. Assim sozinho na praia deserta, não se envergonhava de chorar. Mar cão, mar puto.

Fortunato. O jeito era procurar Luzia. Como é que ela deve estar? Luzia não gostava dele, iria culpá-lo.

Foi caminhando em direção à Praia das Castanheiras.

Os olhos enfumaçados, Luzia não chorava mais. Uma dor surda, uns arrancos em lágrimas, como vômito seco. Até o desespero cansa. Só restavam as mãos, precisava se mexer. Umas mãos gordas, que tremiam. Por que Tônho não vinha? Os dois juntos talvez pudessem fazer alguma coisa. Mas o quê? Nunca tinham lutado contra tantos, como agora. Das outras vezes, eles queriam prender Fortunato, levá-lo para o hospício. Agora era diferente, seu Godofredo falara em revólver, em balas, em morte, coisas assim. Não podia esquecer o vulto de um soldado pela praia, o fuzil de lado. Vão matar Fortunato, minha Nossa Senhora do Perpétuo Socorro! Ninguém acreditava que Fortunato era bom, todos contra ele. Por que tenho um filho assim? Que foi que eu fiz? Ele era bom, tinha certeza. Via-o como o Menino na estampa de Nossa Senhora do Rosário, brincando com o manto roxo, os ourinhos do brocado. Mas ele estava agora como o Senhor Morto — era um homem — depois que o despregaram da cruz, no colo de sua mãe, o corpo varado, as chagas chorando ainda. Começou a chorar de novo, a morder as costas das mãos. Aqueles santos não lhe valiam de nada, sozinha.

Levantou-se, juntou as roupas de Fortunato, estendeu-as sobre a cama. Fizeram alguma coisa com o meu filho, gente ruim. Não era mau-olhado, mas coisa muito pior. Pegou umas ervas secas, espalhou-as sobre as roupas do filho. Se alguém rasgasse uma daquelas peças de roupa, Fortunato morria. Acendeu uma vela, abriu uma garrafa, bebeu um pouco, cuspiu grosso. Começou a grunhir palavras que só ela e os orixás podiam entender. Bamboleava no meio do quarto, agachando-se e levantando-se, numa dança estranha. Queimou na chama da vela um pouco de pó. O quarto era só fumaça. As mãos adquiriram vida própria, como se não pertencessem àquele corpo gordo e macio. Sons primitivos, desarticulados, lhe saíam da boca, mais grunhidos.

Depois de todo esse rito, Luzia se estendeu no chão, imóvel, os músculos tensos. Quieta e silenciosa, esperava que alguma coisa acontecesse. Afrouxou os músculos, fechou os olhos, esperava. As coisas, no seu silêncio, começavam a falar, e só ela tinha ouvidos para entender.

De cabeça baixa, Tônho ia respondendo às perguntas de Maria. Acanhado, rodava o gorro nas mãos. Ela o olhava com simpatia, procurava ver o que havia naqueles olhos baixos.

Não senhora, não estive com ele não. Quer dizer que não sabe como ele está? Não senhora. Eu quero dizer — ele tem feito coisas esquisitas? As de sempre, dona, ele está bem melhor da cabeça.

Maria se sentia incapaz de conversar com Tônho, parecia que falavam língua diferente, a conversa morosa e difícil. Me desculpe, Tônho, mas você bebeu? Tônho sentiu o rosto vermelho, vermelho e quente. Nem um pingo, dona, disse ele, por tudo quanto é sagrado. Acredito, Tônho, você não está dizendo? É, não bebi mesmo não.

Será que ela pensa que eu bebi? Bem que tinha vontade. Apalpou o dinheiro que os presos lhe deram. Dava para um bom porre, um porre de dois dias.

Quando foi que você o viu pela última vez? Acho que foi ontem, sim senhora. À noite, perguntou ela. Tônho ficou embaraçado. Dona esperta. Não foi à noite não, disse ele. A dona quer saber demais, tinha vergonha de dizer. Também não era da conta dela. Aquele jeito maneiro de perguntar encabulava. Me desculpe, dona, mas a senhora quer mesmo saber, perguntou ele. Maria se arrependeu da pergunta, pensou que Tônho fosse dizer uma bobagem qualquer. Estive preso, disse envergonhado. Ela não soube o que dizer, nem quis perguntar mais nada.

Eu estava querendo falar com dona Luzia, disse ele depois de algum tempo. Coitada, ela está num estado horrível, tenho até medo, disse Maria. É bom a gente falar com ela, disse Tônho. Quando nada ficar quieto de lado, só para ela ver que a gente está ali. Pode ser que com você ela fale, disse Maria, comigo não disse nada. A gente pode tentar, não é dona? disse Tônho.

Os dois foram para o barracão de Luzia. Bateram várias vezes na porta e não tiveram resposta. Luzia, abre, sou eu, dizia ela.

Deitada no chão, Luzia estava como morta. Que lhe importava que fosse Maria, se não lhe trazia Fortunato de volta? Se fosse seu Godofredo, aí é que não abria, de jeito nenhum.

Será que ela teve alguma coisa, perguntou Maria. Essas coisas são assim mesmo, disse ele, a gente não carece de falar, cheio de dor. Uma vez fiquei assim, queria até morrer, não me importava com ninguém, nem com minha mãe, ela ainda estava viva. Pode até cair um raio, que a gente gosta no fundo, nem se importa, até deseja. Eu acho melhor você tentar, disse Maria, talvez ela abra a porta. Eu vou pra dentro. Depois você me diz como foi. É melhor mesmo, dona, disse ele.

Depois que Maria se retirou, Tônho ficou mais à vontade. Bateu na porta, disse mansinho sou eu, Tônho, e esperou. Disse novamente sou eu, Tônho, não tenha medo. Colou o ouvido na porta e ficou escutando. Será que ela estava ali mesmo? Muito tempo depois é que ouviu barulho de gente se mexendo.

A porta se abriu e Tônho viu lá dentro o vulto de Luzia. Não disse nada, foi entrando. Tinha um certo respeito por ela, não queria olhá-la de frente. O quarto escuro, a fumaça, o cheiro de erva queimada. Será que ela estava fazendo reza? Viu no chão a vela apagada. Não tinha dúvida, tentava daquela maneira salvar Fortunato.

Tônho não sabia como começar. Estendeu-lhe a mão e não disse nada, ficou esperando. O melhor era ficar calado. Será que ela vai me xingar? Luzia apertou a mão estendida e começou a chorar. Ele não sabia o que fazer, engolia seco...

Um silêncio pesado caiu entre os dois e nenhum deles se animava a falar. Era melhor não dizer nada.

Muito tempo se passou assim, só o silêncio pesado, a presença das coisas no quarto escuro, a fumaça, o cheiro de preto misturado com cheiro de erva queimada.

Não é melhor a gente abrir um pouco a janela, perguntou ele abafado, mais para dizer alguma coisa. Ela não respondeu, indiferente ao escuro, à fumaça. Tônho abriu a janela e só então pôde respirar direito. Não aguentaria aquele quarto escuro, o sofrimento de carne pisada.

É, disse ele, e não soube continuar. Precisava falar, precisava dizer alguma coisa. A senhora andou mexendo com as suas coisas, perguntou. Andei, elas ajudam, disse Luzia. Isso, ajudam.

De novo o silêncio.

Já andei procurando Fortunato pelas praias, vou ver se posso fazer alguma coisa. Ainda vou procurar mais, a senhora sabe como eu conheço a ilha. Ele deve estar por aqui, não conseguiu passar pro continente. Luzia começou a chorar mais forte. Vou tentar, de todo jeito, falar com o povo, pedir pra que não maltratem ele. Vou atrás dos soldados, eles não descobrem Fortunato, pode estar segura. Eu acho primeiro, dona Luzia.

De novo o silêncio.

Eu vim cá mais pra mostrar que estou do seu lado, que amigo é nestas horas. Vou procurar mais e depois nós dois vamos ver se a gente consegue que frei Miguel nos ajude, o povo tem respeito dele. É bom, a senhora vai ver. Eu acho ele, deixa comigo.

Luzia não disse nada, se entregou ao choro. Ela não estava sozinha.

6
UM COMEÇO DE HOMEM

O JOVEM SOLDADO QUERIA FICAR SOZINHO. Olhou com raiva para o soldado Gil, que lhe deram por companhia. Logo o soldado Gil, que vivia provocando-o. Você tem irmã? Depois o riso canalha. Vontade de lhe dar um murro nas fuças, na boca pegajosa que ria. São bonitas? Filho da puta. Olhou para o soldado Gil.

Você disse alguma coisa, perguntou o soldado mais velho. Nada, estou só pensando, disse Domício. Não paga a pena viver pensando, disse Gil. Se você pensa muito, acaba correndo. Eu não corro, gritou Domício. Deixa de ser besta!

O soldado Gil riu confiante de sua força, de sua experiência. Já estivera em revoluções, já prendera bandidos e ladrões de cavalo. Sabia como era o zunir de balas sobre a cabeça. E aquele fedelho ali dizendo eu não corro. Corria. Se os outros corressem, depende da hora, até ele corria. Mas desse louco do Fortunato eu não corro, acerto logo. Era só ficar atento, olho na mira, quando chegasse a hora. Precisavam procurar mais Fortunato. Receberam a missão de dar uma batida pelas praias, pelos lugares mais desertos, de Boa Vista. Cansado o soldado Gil, a botina apertava-lhe os calos, os pés doíam. Tirou a botina, o pé quente e suado. Com o canivete começou a esgravatar uma unha encravada. Domício olhava silencioso.

Deixa de fazer porcaria, disse Domício depois de algum tempo. Mas está doendo, disse o outro. Domício falava por falar, não tinha o menor interesse no que o outro fizesse ou deixasse de fazer. Queria ficar sozinho. Era sempre assim com ele, quando alguma coisa acontecia. Queria ficar sozinho. Queria pensar depressa, achava que pensando podia resolver os seus problemas. A cabeça do soldado se enchia de problemas, de ideias confusas. Muita coisa vinha acontecendo naquele dia. Era um dia importante na sua vida de soldado, na sua vida de homem mesmo.

Sim, um dia importante. Talvez morresse, talvez matasse pela primeira vez. Como é que um homem se sente depois que mata? Agora era o soldado Deodato que ria para ele, piscando o olho sestroso. É assim, você está quieto. Você sabe como é uma pessoa levar um balaço? Procurou pensar noutra coisa: um frio na espinha, uma volta rápida na barriga. É só um baque, como um choque. Não dói não, na hora pelo menos. Mas é um choque danado. O soldado Deodato era um criminoso desnaturado, diziam. Ainda bem que não o mandaram sair com ele. Era preferível ficar com o safado do Gil, que só pensava em putaria. Aquele riso esquisito, o olho esquerdo piscando. Quem sabe não teria sido melhor se estivesse com Deodato? Era bom na pontaria, podia aprender muitas coisas com ele. Pelo menos estava defendido de uma possível bala de Fortunato. Por que é que não punham aquele doido de uma vez para sempre no hospício? Ainda por cima lhe deram um fuzil 1908. Não confiava naquela porcaria: o fuzil pesava. Tirou-o do ombro, descansou-o, no chão, enquanto, sentado no matinho da Praia do Riacho, o soldado Gil esgravatava a unha encravada. Devia estar descalibrada a porcaria daquele fuzil. Se ao menos pudesse experimentá-lo agora. Se desse um tiro arriscaria levar outro, a cidade inteira estava com medo, a cidade inteira se preparava. Seus próprios companheiros. É chocho o estampido num descampado como a Praia do Riacho? Ficou imaginando. O soldado Gil ficara com um mosquetão, com uma doninha boa de carrego, como ele dizia. Só pensava em mulher, todo o dinheiro do soldo ia para as putas. Não sabia como não quisera ainda visitar o Beco das Mulheres. Domício nunca ia lá. Na verdade era virgem. Ficou vermelho só de pensar no segredo que escondia. Porque contava muitas mentiras, fantasias de adolescente. Não era medo de doença, procurava se convencer. Cancro mole não tinha importância, nem gonorreia, qualquer garrafada cura, mas cancro duro era o diabo, diziam. Tudo desculpa. O medo era de mulher mesmo, nunca seus dedos trêmulos de adolescente tinham tocado em sexo de mulher. Para se distrair do medo, de Fortunato, da bala, começou a pensar em mulher pelada.

Que unha mais desgramada esta, disse o soldado Gil. Mas o jovem soldado queria ficar sozinho, falar sozinho as suas angústias, discutir consigo mesmo as suas ideias, pesar as experiências do dia. Ali estava porém o soldado Gil esgravatando uma unha encravada. Acaba logo com isto, disse, vamos embora. Calma, rapazinho, disse Gil, você não conhece nada. Como dói a desgramada desta unha!

Como vinha vivendo aquele dia. Queria pensar, precisava urgentemente ficar sozinho. Mas temia ficar sozinho, ali desamparado, sujeito a uma bala de Fortunato. Queria pensar naquele momento estranho em que se viu de repente no meio da mata escura. O silvo terrível que varava a mata, que fazia suar frio. Não alcançava explicação para aquilo. Aquelas ausências. Quando uma pessoa fica assim esquecida pode ser um princípio de epilepsia. Lembrou-se de um homem caído, o corpo todo sacolejando, a boca espumava. O medo cresceu. Queria pensar em como de repente ia se sentindo mais velho. Procurava lembrar-se de coisas antigas.

Era uma maneira de se achar, de aprender. Vasculhava a memória. Queria pensar na mãe distante, talvez o seu filho morresse naquele dia. As irmãs. Madalena de olhos fundos e fala mansa, que brincava com ele quando eram meninos. Maria das Dores, a mais velha, séria e responsável. Riu com uma certa tristeza. Melhor se nunca tivesse assentado praça. Era preferível estar com elas, ajudar mãe lá em casa mesmo. O sorriso canalha de Gil. Você tem irmã bonita? O riso canalha.

Você disse alguma coisa, tornou a perguntar o outro.

Não, estava só pensando, respondeu com raiva. O soldado mais velho deu uma gargalhada. Cachorro. Você ainda leva um tiro na boca, desgraçado, pensou. Cuidado, conheço gente que começou assim, disse Gil. Você tem alguma telha de menos?

Silêncio. O mar bravo, com certeza era a ressaca. O soldado Domício viera do sertão das Gerais, não entendia nada de mar. Achava estranha aquela imensidão, aquele despropósito de água. Mas perto do mar se sentia bem, apenas um pouco melancólico e cheio de lembranças. Olhava as ondas engordando e se quebrando em espuma. Se tivesse nascido ali, seria pescador. Nunca estivera em mar largo. Gostava dos pescadores, da vida que levavam. Vida pobre e miserável, livre.

Tudo o que pensava agora era pretexto para não pensar no que precisava, no que urgia pensar. Carecia lembrar, sobretudo lembrar, ver se do poço escuro onde dormiam as lembranças nascia alguma coisa de importante para o seu problema atual. Porque tinha uma intuição, um medo mesmo muito sério de que depois daquela batalha (para ele, novo de praça, com menos de ano, frango d'água, como diziam, era uma guerra, uma batalha a busca em que andava metido — a sorte lançada) sairia um homem, seria outra pessoa. Você ainda cheira a cueiro, tem a bunda suja, era o que diziam os soldados mais velhos. Sairia um homem. Era importante para ele sentir-se homem, afirmar-se. Como uma virgem que antes de se entregar começa a pensar no seu corpo de moça, porque será a última vez a inocência, o descobrimento da carne do homem. Era como alguém que nascesse para um novo dia, como uma flor que se abre. Seria um homem, se conseguisse sair daquele túnel onde se achava. Podia quase sentir a sua metamorfose em homem. De repente seria outro, sabia. Quando matasse. Ou quando ferido.

O soldado Gil olhava-o curioso. Fingia esgravatar a unha encravada. Gozado soldado novo, frango d'água. Ainda vou passar um susto nele. Deixa pra de noite. É preciso ter cuidado, senão quem acaba levando tiro sou eu. Como é que deixam um franguinho desses sair de casa?

Quantos anos você tem, perguntou o soldado Gil. Não é da tua conta, disse Domício. Pode dizer, não estou brincando, é só pra esclarecer umas cismas que eu tenho cá comigo. Domício não queria dizer, não queria se mostrar novo. Dizer a idade era ficar desprotegido. Dezoito, disse depois de algum tempo. Gil não disse nada, ficou pensando em quando ele tinha dezoito anos.

Um outro homem nascia, tinha certeza. Ou um covarde, disse de repente traiçoeira uma voz dentro de Domício. Não sou um covarde, não vou morrer. Fortunato. Posso morrer mas não corro, procurava se convencer. Seria outro homem. A metamorfose. Doía ser homem? Doía. Era como um pequeno touro que não conhecia fêmea, um cavalo fogoso no pasto.

De novo o pensamento de que precisava ficar sozinho.

Não pensava as coisas que queria, não pensava devidamente a sua vida. Para se recompor. Como alguém que precisa ir para casa. Ninguém volta para casa. Novamente a mata, o silvo, Madalena, Maria das Dores, o riso triste da mãe, meu filho, cuidado, não se meta a valentão, que foi assim que seu pai morreu, nas grupiaras, cuidado com a roupa, Madalena, o silvo, a mata escura, o suor frio, o grito. O sargento e o tenente falando bobagens, falando bonito. Pátria, ordem unida. Como essas coisas pareciam inúteis, franzinas diante da grandeza do dia pela frente, da prova por que ia passar, do tiro mesmo, da morte. Ele seria um homem, sabia. Ou um poltrão. Viu rápido como as ondas eram cinzentas e não verdes ou azuis.

Por isso precisava pensar sozinho, longe da cara canalha de Gil.

Vamos andando, disse o soldado mais velho. Carece ainda ir no Morro das Pedras. Vamos, antes que... Não continuou a frase, apanhou o mosquetão, alisou-o bem. É bonitinha, não é, perguntou. É, disse Domício. Pra mim me deram esta porcaria velha. Também, pra que dar um mosquetão tão bonitinho pra você? disse Gil. É desperdiçar.

Por que Gil não ficava quieto? Que interessava aquela conversa, quando tinha coisas importantes para pensar? Será que o outro não necessitava pensar? Seria fraqueza aquela necessidade imperiosa de pensar?

Foram andando. Olhavam para um lado e para o outro. As praias desertas, as ruas de tarde desertas, as casas de janelas fechadas. De vez em quando alguém passava apressado. Nenhuma mulher. Todos com medo do que podia acontecer. Era preciso dar uma busca em regra, esquadrinhar todas as tocas. Atravessaram a Praia das Castanheiras, com suas sombras gostosas.

Vamos sentar um pouco nesta sombra, disse Gil. Não, vamos acabar logo com nossa busca, disse Domício. Pra quê, perguntou Gil. Temos tempo, o homem não foge. O canal está guardado, ninguém passa, as barcas pro continente foram suspensas. É melhor a gente ir logo no Morro das Pedras, disse Domício, de noite lá é pior. Está com medo, perguntou Gil. De novo a pergunta que o inquietava. Sou homem, gritou, os olhos estatelados de ódio. O soldado mais velho riu manso, sem nenhuma provocação.

Domício começou a sentir sede. Quando levou a mão ao cantil foi que viu que se esquecera de enchê-lo. Na primeira casa onde batessem pediria água.

O outro via a aflição de Domício apalpando o cantil vazio. Soldado novo é sempre bobo, leva as coisas a sério demais e se esquece de encher o cantil. Coitado deste franguinho. Pode até morrer hoje. Fortunato tem um bom revólver 38. Olha as penugens que ele quer fazer de bigode. Riu.

O cantil vazio na mão, Domício olhava Gil rir à toa. Como está quente hoje, disse. É, disse Domício.

Domício desabotoou a túnica, limpou o suor do rosto com a palma da mão. Abafava. O céu tinia de luz, as nuvens dançavam leves.

Você quer água, perguntou Gil. Se você me desse um pouco, agradecia, disse Domício. Gil estendeu-lhe o cantil. Com a mão limpou o gargalo e enfiou-o rápido na boca. Os olhos se encheram de lágrimas, a boca queimava, o peito sufocava. Não era água, mas cachaça. O soldado Gil torcia-se de rir da brincadeira. Domício tossia, parece que a cachaça errou o caminho e entrou pelos pulmões. Quando pôde respirar tirou o sabre e avançou para o outro. Deixa de brinquedo, menino, disse Gil sem se mexer. Guarda o canivete, senão você se machuca. Quem brinca com fogo mija na cama.

Domício, o sabre na mão, olhava espantado para a calma do soldado. Não valia a pena mostrar-se homem por uma besteira. Guardou o sabre na bainha. Gil voltou a rir seu riso cretino. Você é sisudo demais, homem, disse ele. A gente não pode nem brincar que você espuma. Não fica bancando pra cima de mim, que eu te mato. Fica sabendo que já matei um, ouviu? Não tira o sábre de novo pra mim, que você vai pro outro mundo brincar de canivete com os anjinhos. Desta vez, passa.

Domício se espantava com a calma com que o outro dizia que já tinha matado, rindo até. Pra que você disse que era água, perguntou. Eu disse? disse Gil. Disse sim. Vá lá, disse Gil. Bebe outro trago que faz bem. Dá coragem. Quando nada pra você segurar o sabre...

O jovem soldado estava cansado, suava. Não quis beber. Me passa pra cá o cantil, disse o outro. Gil bebeu uns três goles. Depois cuspiu. Eta pinga boa! Experimenta, disse Gil, e estendeu-lhe o cantil.

Domício, depois de fazer que não queria, aceitou. Bebeu uns goles. Sentiu-se melhor. Gil contava agora uma história comprida sobre a revolução de 32, quando ele estava do lado do governo. Como eram engraçadinhos os paulistas que morriam de pátria amada, sem saber coitados nem lidar com um fuzil. Alguns morriam de arma travada. E as mulheres, como faziam movimento. Dei ouro pro bem de São Paulo. Gente boa, mas morredeira. Uns homens de chapéu de palhinha gostavam de fazer discurso. Como o pessoal gostava de fazer discurso. Ele nunca soube dizer direito o que era aquela palavra que eles tanto diziam. Que é que era aquilo Constituição?

Enquanto o soldado mais velho contava as suas aventuras na revolução de 32, Domício se distanciava, parecia não ouvir. De vez em quando uma ou outra palavra dita com mais ênfase chamava-o à realidade. Túnel. O outro estivera no túnel. Que túnel era aquele?

Noutra ocasião se interessaria pelas histórias da revolução. Agora queria pensar, queria ficar sozinho. Se ao menos pudesse analisar o que se passava com ele, se pudesse precisar direito as suas sensações. Ele também teria o seu batismo de fogo, agora vivia; mais tarde teria lembranças para contar a um soldado novo como ele, um frango d'água. Desejava que tudo aquilo que ia viver já tivesse passado. Seria um homem, seguro de sua força. Se pudesse, por exemplo, dizer o que tenho não é medo, não sou um menino medroso. Não tinha medo, procurava se analisar. Sem querer, começava a sentir como era uma bala varando o corpo, entranhando na carne. Não doía, disse o outro. Era só um baque surdo, como um choque danado. Corpo fechado. Bentinho. Tinha gente de corpo fechado, diziam. Um baque surdo. Questão de reza braba. Era só um baque surdo. Quando saiu de casa, entre outras coisas, a mãe lhe deu um bentinho. Nas horas de perigo, meu filho, beija o escapulário e reza, reza com muita devoção. Este bentinho é milagrento. Domício, a túnica aberta, tocou disfarçadamente no escapulário de pano que trazia pendurado no pescoço. Não se lembrou de rezar. A mãe distante, com certeza rezando por ele. Os olhos começaram a ficar úmidos. Madalena, Maria das Dores. Elas rezavam por ele. Os olhos fundos de Madalena, a fala mansa. Só aquela lembrança o enchia de uma ternura funda. Pra que preocupar com balas e outras coisas, com Fortunato, se tinha uma mãe distante que rezava por ele todas as noites? E uma irmã como Madalena. Seu agarramento era com ela. O bentinho. O pano bento protegia. Corpo fechado. Um baque surdo. Não há ninguém com corpo fechado, é besteira. Era besteira mesmo? Sem que Gil pudesse ver, beijou escondido o bentinho. A bala varando as carnes não doía, só um baque. O que doía mesmo era faca nua. Uma pernambucana nua. Uma pernambucana nua varando a barriga. Começou a se lembrar da vida no quartel. Como tudo parecia tão distante. No entanto, não tinha nem um ano de praça. No alojamento, as camas enfileiradas. A corneta de manhãzinha. Os toques. Alvorada, rancho, recolher. Os toques da ordem unida. Sentido. Em continência à ban-dei...ra. Tudo tão distante. Agora chegara a sua vez de provar. A primeira noite de guarda, no quarto das duas. Sozinho no escuro, no descampado enorme do quartel. Acompanhava desde longe o toque-toque dos passos na calçada da rua distante. Ouvia tudo. Aqueles ruídos entravam na alma, no sangue. Respirava a noite. Se alguém se aproximasse, gritar alto. Se insistisse, podia atirar sem susto. E se o outro estivesse armado? Fortunato estava armado. Calibre 38. Lembrava-se que estavam de prontidão, os comunistas tinham anunciado qualquer coisa, não sabia se um comício. Não podia pregar os olhos. Era o pior quarto de guarda. Se dormisse, estava perdido. Smith-Wesson. A mesma sensação indefinida de agora. Procurava se convencer de que não era medo, procurava se convencer de que era um homem. Mas quantas vezes não sonhara com a sua prova de fogo, para se mostrar homem. A vida de todo dia, no destacamento, enervava-o.

Pra que é que mandam um menino assim pra polícia, se perguntava o soldado Gil. Ele deve estar se cagando de medo. Prender um doido armado não é pra qualquer um, um menino assim. Vou desmamá-lo, coitado. Vou tomar conta dele, ficar junto dele na hora do pior, vai ser de noite. Dezoito anos, talvez menos. Podia ser seu filho. Estas coisas são boas para fazer um homem. Um homem não se faz na cama, é só o princípio. Ele se engasgou com a pinga. Não está acostumado a beber. A pinga vence a aflição, é bom. Vai ver que não conhece mulher. Vou levá-lo ao Beco um dia destes. Boa ideia. Quem sabe se não podiam passar por lá hoje mesmo, a pretexto de procurar Fortunato? As mulheres hoje estão de folga, não vão ter féria nenhuma. Seus panos e bacias devem estar secando. As calças estendidas no varal, os fundilhos desbotados. Tudo descansando. As mulheres. Margarida, Zuleica, Maura, todas fresquinhas. Pernas abertas, descansando a bunda, tomando vento. Descansando tristes e de mansinho na tarde modorrenta. Vou lá com ele, pedirei a Zuleica pra desmamá-lo, ensinar umas coisas. Mulher sabida a Zuleica. Safada. Tem truques que o diabo lhe ensinou. Ajuda com o corpo. Como mexe em oito. Este menino está perdido. Perdido nada, vai conhecer a vida. Agora conhece é o medo com certeza. Maura, Margarida, Zuleica. Todas fresquinhas, descansando dos homens.

Os dois caminhavam de novo calados, cada qual com os seus pensamentos. Não falavam, não tinham a menor precisão de falar. Domício sentia mais premente a necessidade de ficar sozinho, longe dos olhos dos outros, se analisando.

Queria ficar sozinho, se ao menos pudesse ficar sozinho. Pensar, repensar. Era medo? De noite, seria como da primeira vez na guarda? Uma bala varando a noite, atravessando seu corpo aberto. Se soubesse uma reza, ele a diria bem baixinho, para não acordar o medo. Será que este patife do Gil ri de mim? Preciso mostrar que sou macho. Fortunato podia estar escondido detrás daquele tronco. Olhou disfarçadamente o companheiro. Nós estamos procurando muito pouco, disse. O soldado Gil sorriu superior. É, disse ele, acho besteira o que nós estamos fazendo. Mas como foi o sargento que mandou, deixa pra lá. Você acha que o doidinho ia se esconder nesta praia aberta, neste descampado de areia?

Detrás daquele toco, pensou Domício desviando os olhos, esticando o ouvido para perceber o tiro desde quando ele nascesse. Era só um baque, não doía. Desprotegidos, na praia aberta, eram um ótimo alvo. Não podia errar. Com o polegar alisou o gatilho. Revólver era mais rápido.

De noite é que vai ser duro, disse Gil. Sei como é isto. Quem passar rápido, qualquer movimento perto de mim, é fogo. Não mexe duas vezes. Domício não tinha a menor vontade de conversar. Sentia-se oco, via derrubar-se dentro de si toda uma paciente geometria de heroísmo, construída na infância, nos primeiros dias de quartel. Era gozado, queria ser herói. Besteira. Por que não via que tudo aquilo era besteira? Muito melhor se tivesse ficado em casa com a mãe e as irmãs. Como eram ridículas as suas ideias. O dever, o heroísmo. Bom para aqueles homens que faziam discurso e os meninos que morriam de pátria amada. Não tinha nada daquilo, os homens queriam era só matar. Tão simples matar ou ser morto. Basta acionar o gatilho e pronto: um homem varado — sangue escorrendo, um homem morto. Eu morto, as moscas voejando em torno de mim. Um algodão no nariz.

Não estou pensando como homem, quase disse de repente. Se fico assim, quando nada aconteceu ainda, o que será de mim de noite? É preciso calma, não pensar. Era fazer tudo como quem joga damas, friamente. Pedra por pedra. Finalmente, se Fortunato passasse pela sua frente, qualquer movimento, pum! Homem morto. Quem? Ele. Sem sentir, apalpou o corpo, a túnica suada.

Os dois soldados caminhavam pela praia. Sozinhos, ninguém, na rua, as janelas fechadas. De dentro das casas deviam vê-los. O soldado mais velho, atarracado; o jovem soldado como um frango espigado. Iam mais depressa agora, olhavam para um lado, depois para o outro. Davam a busca.

Como o adolescente que não conhece mulher fantasia em ouro e negro o corpo de uma mulher, assim Domício pensava a sua dura prova, seu nascimento de homem. Sabia que era uma prova decisiva em sua vida aquele dia. Mil vezes sonhara uma mulher e era sempre tudo tão diferente. Às vezes continuava o sonho, tentava sempre ir além. Como agora. Pensava em como seria ele depois de morto. Não conseguia ver direito, não pensava realmente no corpo morto rodeado de moscas, um líquido visguento a escorrer do nariz entupido de algodão: via o corpo estirado como se não fosse ele próprio — via com os olhos dos outros. Olha como está o soldado Domício. Morreu como homem, não correu. Você viu o que ele fez? Nunca vi ninguém tão macho assim. Mas sabia — foi seu próprio corpo, os dias ensinaram — não havia previsão possível para o que ia acontecer. O sonho era grandiloquente, não casava direito com o que acontecia. Como procurar uma mulher que todo o dia se vai fazendo, pacientemente fazendo, cada noite de insônia uma peça da criação. Depois você nunca encontra essa mulher na vida, fica perdido, procurando sempre. A imagem nos olhos, a ânsia no coração. Nenhuma faz direito aquilo que você sonhou: são duras, opacas, sem aura ou luz, como frutas fechadas. Seria um homem, veriam. O destacamento não se envergonharia dele. Na hora seria bem diferente do que ele estava imaginando agora, talvez não tivesse tempo sequer de dar um tiro. Enterrado para sempre no Cemitério da Praia. Será que alguém se lembraria de gravar — morto no cumprimento do dever?

O cumprimento do dever. O tenente Fonseca falava e ele não ouvia direito, as palavras se confundiam. Como era pequeno o tenente Fonseca, o sargento, aqueles soldados todos diante do que ele pensava. Ninguém sabia o que importava aquele momento para ele. Era a sua prova, o seu batismo de fogo. Para ganhar coragem: a sua missão era prender Fortunato. Ele prenderia o homem, mataria se preciso. Um louco armado rondava a ilha, Boa Vista dependia dele. Não, não era Boa Vista, mas Domício que dependia dele. Podia ser um herói. Não tinha herói nenhum, tudo aquilo era besteira. Os heróis sentem medo? Ele correria numa guerra? Procurava se convencer de que não tinha medo, não faria feio. Como um homem se olharia depois que corresse? Como se olharia um cagão? O covarde que os outros viram que era covarde e o covarde sozinho, só ele sabe que é covarde, o covarde sem prova. Essas perguntas todas que ia repetindo sem encontrar resposta, há muito tempo esquecidas, desde que a vida dia a dia do quartel lhe estancara a imaginação, voltavam agora. Acostumara a se achar um homem corajoso, não punha em dúvida se era homem. Agora vinha o medo e não confiava mais nas ideias certinhas de sua coragem. A geometria falhara.

Fortunato. Percebia que o que importava não era Fortunato, não era um doido armado que ele devia prender, era ele próprio que importava. Sairia daquilo tudo um homem? De uma coisa tinha absoluta certeza: seria outro, já se sentia velho, como o dia se envelhecia e encompridava. Era um problema dele, que só ele podia resolver. Se pudesse falar sozinho, se o soldado Gil não estivesse ao seu lado...

Em que é mesmo que pensava o soldado Gil? Ah, não havia daqueles problemas para o soldado Gil. Talvez sentisse medo, mas não cogitava disso. O soldado Gil era forte e atarracado, só cuidava de mulher. Agora, por exemplo, pensava: se eu estivesse no Beco das Mulheres. Margarida, Maura, Zuleica, todas fresquinhas. Eu vou ensinar a este franguinho como é uma mulher mexendo. Garanto como ele nunca dormiu com outra mulher além da mãe dele. Vai ser bom. Olhou o soldado Domício e se sentiu como um pai. Um pai que ensina o filho na vida. Domício absorto, afundado em cismas. Gozada aquela hora em que Domício tirou o sabre e cresceu para ele. Como é que deixavam um menino daqueles entrar para a polícia? Preciso lhe ensinar umas coisas, mais tarde ele vai me agradecer.

Domício, meu nego, nós já andamos demais por estas praias, não acha, perguntou. É, andamos, disse Domício, mas não vamos parar senão fica tarde. Tarde pra quê, perguntou Gil. Ora, pra prender o homem, disse Domício. Nós estamos brincando? Nós agarramos o homem, disse Gil. Eu estou dizendo é que devemos ir a outro lugar. Talvez ele se escondeu no Beco das Mulheres. Você sabe como elas são, não sabe? Gostam de proteger. Disse o soldado Domício ele não está lá não. Você tem certeza, perguntou Gil. Não custa a gente ver. Domício sabia aonde o outro queria chegar. A gente vai lá, conversa com elas, disse o soldado Gil. Nós estamos fazendo tudo errado. Quem é que diz que elas não podem dizer onde ele está? Podem ter visto o homem passar por lá. Você já pensou se nós dois sozinhos agarramos o homem? Não vale a pena, disse Domício, ele não deve estar lá.

Domício procurava se distanciar do soldado Gil. O soldado Gil começou a rir de novo esquisito. Você está com medo é das mulheres ou de Fortunato, perguntou. Deixa de ser besta, disse Domício. Eu, medo de mulher? O soldado Gil se deliciava, rindo. Me diga, disse, não conto pra ninguém... Você já pegou alguma mulher? Domício não sabia o que responder, não podia parecer menino perto daquele soldado. Precisava de uma história. Mas não tinha coragem de inventar uma história para um soldado tão sabido e sanhudo como aquele. Já sei o que você está pensando, disse. Que eu sou virgem. Não sou não, sua besta. Não gosto é de bancar. Pra quê? Olha, pra lhe ser franco, já tive até gonorreia. O soldado Gil desatou a rir que não parava mais. Essa é boa, dizia. Não vejo graça nenhuma, disse Domício. É muito engraçado, dizia o soldado Gil, é mesmo muito gozado. E ria cada vez mais alto, quase perdendo o fôlego.

Domício pensou em tirar novamente o sabre, mas refreou o gesto. Se tirasse o sabre, teria de enterrá-lo na barriga de Gil, não podia guardá-lo novamente na bainha. O jeito era mesmo ir com aquele soldado safado.

O soldado Gil não parava mais de rir. Dizia gonorreia, ah, menino, e dobrava de rir. Não me interessa que você acredite ou não, disse Domício. Não aumenta nem diminui. Depois, ter doença não é vantagem nenhuma. Bem, então quer dizer que você não teve gonorreia? disse o soldado Gil. Tive sim, disse Domício, não chateia!

Domício, enquanto discutia, inventara uma longa história. Faltava-lhe coragem para contá-la. O outro não acreditaria, era certo. Você tem medo de mulher, Domício, perguntou o soldado Gil. Pode dizer, não conto pra ninguém. A primeira vez que eu fui, também tive medo. Pode contar. Eu, medo, perguntou Domício. Se não tem medo, vamos, disse o soldado Gil.

7
O BECO DAS MULHERES

TARDE NO BECO. O CASARÃO FECHADO, no lado das Barcas, com suas janelas enfileiradas, velho, o reboco caindo, as taipas à mostra, era uma mancha silenciosa e prenhe nas sombras da tarde. Em pouco seria noite, uma noite diferente para as mulheres que alimentavam os homens naquele casarão. Uma noite sem homens, como fora a tarde, cheia de preguiça. Tinham que encher o ventre, o ventre delas e o ventre da noite. A noite, meu Deus.

O dia fora uma modorra sem fim. As mulheres conversaram tudo o que tinham de conversar e se permitiram mesmo algumas confidências. Poucas se lembraram de uma vida passada, como foi o primeiro amor, ou a ausência dele, como o corpo se abria como pétalas para os dedos do mundo. Mas não disseram nada.

Era uma vez eu estava perto da praia, estirada feito gato esquentando sol, esticava os músculos num cansaço de não fazer nada, era mais à tarde, as sombras, a preguiça, uma mão de mansinho veio subindo pelos meus joelhos, ai como eu tremia então, qualquer contato me ansiava e eu era toda medo e espera, mais coração batendo surdo, ai medo e espera, os dedos apertando as coxas quentes, dentro de mim tudo era fogo queimando, queria me abrir inteirinha, as mãos perto do úmido de minhas coxas, desfalecia, o mundo era uma névoa quente, dentro de mim, ai dentro de mim que casa enorme caía sem fim, a tarde era quente e a névoa, fechei os olhos e respirei fundo, ai, o mundo se acabava, uma carne entranhava dentro de minha barriga, tudo começava pra mim. Assim pensava Maura.

Pensavam, porque contar a sua vida fazia parte do ofício, certos homens gostavam de saber tudo, de indagar o que elas tinham sido, como foram parar na vida. Contavam, cada vez era uma história que elas iam fazendo. Maura tinha uma história bonita inventada com o amor e carinho de quem cria um bicho de estimação. Zuleica era trágica. Ah, Zuleica era trágica e lacrimosa. Tinha ódio dos homens, jogava a culpa nos homens que a tinham levado para longes terras, menina e moça — contava seu tempo de menina, e tudo era tão bonito e trágico, nas margens de um rio distante, nos barrancos do São Francisco.

Uma vez, beira-rio, os pés metidos n'água, a saia arregaçada, as coxas à mostra, como eu me deliciava com o sol, o silêncio das águas do rio, o barulhinho dos bichinhos voando, ele veio pescador me segurou pelas pernas, eu lhe dava socos incríveis, ele foi subindo, eu lutando, fugia por fugir de sua boca pra mim, me apertava os seios, sungava a minha roupa numa ânsia danada, dei-lhe uma mordida no pescoço, aí vai ele me puxou como uma coisa pelos cabelos, me arrastou pra uma moita beira-rio, aí beira-rio, ai rio correndo até hoje nas minhas noites sem dormir, me despiu, eu já não lutava mais, vermelha, quente, rosa queimando, rosa aberta, ai rio pescador, fizemos, com amor que não me esqueço, fizemos como eu nunca mais fiz, rio.

Margarida era cínica, fazia os homens rirem, dizia que não se lembrava do tempo que era moça, sempre fora puta mesmo. Como lhe doíam no fundo aquelas graças, uma dor tão funda que ela procurava esquecer que era dor, e como ria de noite, quando já todas dormiam. Então ela contava para eles uma história que não era verdade, mas em que ela punha a sua força de convicção: o pai alisando-lhe as pernas, vendo-a nua se banhar. Um dia alguém lhe disse que cara mais triste é esta. Que é que você quer, quer que eu ria sempre? Sou puta. E agora ela ria, e ele também ria, meio sem graça mas ria, precisava rir.

Sem histórias, como é que aqueles homens iam viver?

Todas tinham histórias, os homens queriam.

Mas o dia, o descanso, a quietude e a tarde faziam as mulheres relembrar, voltar à história original, que muitas delas pareciam ter esquecido para viver o tempo que inventaram.

Na grande sala de jantar, em torno de uma mesa velha e comprida, coberta com uma toalha de linóleo cheia de flores pintadas, a dona da pensão e mais três mulheres jogavam cartas. Era um passatempo, o tempo que passa, o dia custava a passar. É a sua vez, dizia uma, e a outra jogava a carta ensebada. É você, dizia a outra para a seguinte, e jogava a carta ensebada. Era difícil passar o tempo, passar o dia, passar a vida. Passatempo. Aquele dia de silêncio e quietação prenhe. Sem homens, aquelas mulheres eram viúvas chorando sem lágrimas, chorando para dentro. Sem amor, sem compaixão. Se velassem um defunto seria a mesma coisa, naturezas mortas.

Embaixo, no porão, porque dona Eponina precisava dos quartos de cima para as que estivessem em condição, não era desumanidade não, até que podia pô-las na rua quando ficavam naquele estado, dizia, bem que ela aconselhava quando não vier o incômodo tome um purgante bem forte, mas só nos dias que devia vir, de água inglesa, que a coisa desce, tinha experiências, dizia, depois a coisa se complicava, precisava de sonda, podia-se até morrer, era uma sangueira danada, conhecia muitos casos de morte. Embaixo, no porão, Dorica esperava a sua vez, foi por vontade própria, não quis aceitar os conselhos maternais de dona Eponina, porque dona Eponina era boa, sabia, apascentava as suas moças, o seu ganha-pão, até, que nem lhe cobrava nada, dava-lhe comida e aquele quarto no porão, porque ela não podia mais nos últimos meses receber homens, foi por vontade própria, disse, queria por toda força ter um filho, um filho só, mesmo que nascesse naquele lodo, que viesse de dentro dela, que ela amamentaria com amor, só dela, porque era absolutamente impossível saber quem tinha sido o pai, só mais tarde talvez, foi por vontade própria, dona Eponina ficou furiosa, chegou a trazer a água inglesa, depois a sonda, mas Dorica se recusou de todo jeito, quero ter um filho, quero botar um homem no mundo, gritava chorando e chorando se ajoelhava aos pés de dona Eponina, deixa, pelo amor que tem em Deus, por Jesus Cristo filho da Santíssima Virgem Maria, dona Eponina deixou, sua alma sua palma, disse, depois colocou a cabeça de Dorica no colo, fez-lhe cafuné, e ambas choraram, dona Eponina tecia o seu manto de amor, dava conselhos, dorme minha filha, dorme de mansinho, foi por vontade própria e agora Dorica começava a sentir as primeiras dores diante dos olhos espantados da Mudinha, sua companheira de porão, deve ser pra hoje de noite, não passará de meia-noite, quando chegar a hora eu grito e então dona Eponina vem me ajudar. Ela não sabia como seria na hora, era a primeira vez que era mãe.

Em cima, na sala:

Vão matar o pobre coitado, tenho certeza, esta cambada não presta, disse Zuleica jogando com raiva a sua carta. É, confirmaram as outras. Vão matar, repetiu Zuleica. Se ele viesse aqui, eu esconderia ele no meu quarto e queria ver quem é que me tomaria o coitado. Dorica não vai ter o filho hoje? Eu também teria o meu filho, que eles querem matar, essa cambada. Vão matar, gritou. Não fica assim não, minha filha, que não adianta, disse dona Eponina. Ela não queria barulho em sua casa, que desejava respeitada. O tenente podia mandá-las embora. Mas ninguém viria aborrecê-las naquele dia de descanso forçado.

É a minha vez, gritou Zuleica. Vão matar, os sacanas! Dona Eponina não gostava daquelas cenas. Para! Zuleica costumava ficar histérica, gritava como louca e dona Eponina tinha que dar nela. Dona Eponina era mulher de respeito, não permitia que as suas moças, como ela dizia, sustentassem homens. Gigolô não, dizia. Não queria escândalo nem exploração. Vão matar, disse Zuleica novamente, gritando. Se você não parar, disse dona Eponina, leva um tapa nas fuças. Dona Eponina sabia manter o respeito, era uma matrona que cuidava das suas moças. É a sua vez, disse dona Eponina para Margarida.

O silêncio voltou a cair em torno da mesa comprida. As mulheres, como era dia de descanso, estavam à vontade, não cuidavam da aparência, porque sabiam que nenhum homem viria procurá-las. Zuleica, Margarida e Maura nem se cuidaram de vestir, estavam de combinação, a cara lavada sem pintura nenhuma, despenteadas. Só dona Eponina mantinha a dignidade, com um vestido vermelho e mesmo um colar de pérolas falsas. Dona Eponina era gorda, mulata clara, com um buço cheio debaixo do nariz achatado. Vestia-se todo dia como se fosse a uma festa. Era o seu fraco, onde aplicava a renda da pensão. Outro fraco era pedir nas lojas que mandassem levar sapatos em casa para ela experimentar. Gostava de se arrumar, como gostava de perfume. Comprava enormes vidros de cheiro, e toda a casa recendia quando ela saía do banho. Não gostava que as moças caíssem no desmazelo, era pior para elas. Dona Eponina cuidava da sua fazenda. Naquele dia permitira algumas liberdades.

O nome dele é Fortunato, disse de repente Zuleica. Gozado, não é? Minha filha, não fica assim não, disse dona Eponina. Pra quê? Você não pode fazer nada. Já temos muitos aborrecimentos pra pensar nos outros. É melhor esquecer o caso e jogar. Amanhã será um dia normal, graças a Deus. Que dia mais esticado! Vamos, fica boazinha. No jantar nós vamos beber um pouco de vinho, Margarida de noite toca violão. Tudo passa, você vai ver.

Passa, disse Zuleica olhando para a janela aberta, um céu distante. Passa, passatempo, passaboi, passaboiada. Que tal se a gente bebesse um pouco daquela cachacinha de coco, convidou dona Eponina. Dona Eponina, os olhos quase em lágrimas, mostrava-se liberal. Foi ao quarto e voltou com uma licoreira verde e alguns cálices. Dona Eponina era feia, gorda e sentimental.

Depois da cachaça de coco, as mulheres eram outras. Não que fossem alegres: eram outras. A conversa começou a ficar picante e dona Eponina dava risadas gostosas. Dona Eponina tinha outro fraco: quando bebia gostava de casos obscenos, onde entrassem bichos, ou de homens que não conseguiam a ereção. De vez em quando uma dizia para a outra é a sua vez, joga. Ou então, me passa a licoreira.

Nos quartos algumas mulheres dormiam. Dona Eponina foi buscá-las, era uma impiedade não participarem daquela alegria. No porão, de tempos em tempos, Dorica se contorcia em dores. Deus queira que não passe de hoje, dizia dona Eponina.

As outras mulheres vieram. A licoreira verde se esvaziava. O baralho ensebado foi posto de lado. As mulheres riam, e dona Eponina era feito uma galinha gorda, ria. Coçava as penas, e ria, gorda. Maura, que estivera o tempo todo calada, resolveu dizer uma coisa muito bonita. Dona Eponina, a senhora é uma espécie de mãe da gente. Dona Eponina não aguentou e caiu num choro emocionante. Que foi que você disse, perguntou Estela, que não prestava muita atenção. Eu falei só que ela era uma espécie de mãe da gente. Estela achou Maura de muita delicadeza. Tinha os olhos cheios de lágrimas. Minhas filhas, vocês ainda me matam de comoção, disse dona Eponina. Maura alisou a mão gorda de dona Eponina. Esperem um pouco, minhas filhas, que eu vou lá dentro buscar mais bebida.

Margarida contou uma história muito engraçada. Foi quando os dois médicos da Saúde Pública vieram examinar as mulheres. Iam dar carteiras para as mulheres. Naquele dia elas também não receberam ninguém. Em fila, apenas de combinação, aguardavam a vez do exame. Os médicos mandavam arregaçar a roupa, olhavam cuidadosamente o sexo das mulheres, faziam perguntas, tocavam com o dedo. Zuleica fez cena. Tudo muito engraçado. Elas se lembravam bem. As mulheres riam daquele dia de exame, da cara dos médicos. Margarida imitava a cara dos médicos, o pudor das companheiras. Como foi mesmo que ele disse, perguntava dona Eponina, não se contendo. Foi assim, o gordinho me disse quantos abortos a senhora já fez? Imagine, a "senhora". Minha filha, não repita não, que eu morro de dor de tanto rir, disse dona Eponina.

Zuleica ria sem vontade. Pensava em Fortunato, mas não tinha coragem de dizer. Vamos chamar a Mudinha, propôs Estela. Ela merece beber um pouco, coitada. Dona Eponina ficou em dúvida se devia consentir ou não. Era empregada, precisavam manter o respeito. Enfim, como era um dia especial, vá lá. Chamem a Filó, concordou.

Filó ou Mudinha era uma empregada da casa. Pequena e muda, meio pancada, parecia uma menina de quinze anos, embora tivesse a cara enrugadinha. Não tinha idade certa, ela mesma não sabia direito. O peito chato, ausência de seios. Quando ficava animada ou nervosa, fazia gestos apressados no seu tricô imaginário. As mulheres riam. Você conhece homem, Mudinha? Os dedos rápidos se confundiam todos e ela só sabia rir. Tricotava. Ria. Que Mudinha não era virgem, todos sabiam. Ria e tricotava. Que homem teria coragem de pegar Mudinha?

Está ficando escuro, perguntou de repente Zuleica. Ninguém respondeu. Os risos cessaram e os cálices se encheram. Era só o que faltava Zuleica querer estragar aquele dia de descanso, aquelas férias forçadas! Zuleica, a trágica. Não, ainda falta muito pra escurecer de todo, respondeu ela mesma. Vai ser uma noite terrível. Minha filha, se você está assim, é melhor ir pro quarto, disse dona Eponina. Por que não vai fazer um pouco de companhia à Dorica? Pra que complicar a vida dos outros com estas tristuras? Bebe um pouquinho mais, vamos, bebe. Zuleica bebeu e começou a rir um riso estranho, pior que choro engolido. Filó, você hoje é gente, aproveita, dizia. E ria histérica. Zuleica era trágica. Filó não entendia nada do que se passava com aquelas mulheres. O jeito era rir. Riu fininho. Um sagui desdentado.

Agora as mulheres riam da Mudinha, de seus cacos de dentes. Foi então que chegaram os dois soldados.

Maria olhava espantada para o tenente Fonseca. Que é que queria aquele homem? Era esquisito o modo como a olhava, desagradável. Falava pernóstico e ciciado, puxando os esses. Por que não procurara Godofredo? A senhora pode me informar melhor, disse o tenente Fonseca. As mulheres têm mais capacidade de observação, um certo tino... (procurou a palavra) uma certa intuição, digamos. Não estou entendendo, disse Maria, explique-se, por favor. O senhor há de compreender, estou muito nervosa hoje com tudo isto que aconteceu, não sei de nada. Onde é que se metera Godofredo?

Como era bonita. Que olhos, que brilho. Era difícil, ele nunca teria uma mulher assim. O jeito de falar, de descansar a mão sobre a cadeira. O mundo dançava, ganhava uma luz prateada, doce. O brilho das mãos, a carne branca, a delicadeza dos gestos, brancos e delicados. Quanto dinheiro, quantas gerações para fazer uma mulher assim. Não, eu nunca teria uma maria assim. As marias que tenho moram no Beco. Estas são minhas, são de todos, minhas e de ninguém. Como ela me olha. Será que percebe o que estou pensando, que estou alisando os seus cabelos, que sinto em mim o cheiro do seu corpo de flores? Não, ela teria repugnância de mim, da minha rudeza, da sujeira que sou. Os lábios de Maria eram grossos e salientes, tremiam. Apertar uma mulher assim, esmagá-la. Seria fácil. É fácil matar um homem. Tudo tão frio, tão meticuloso. Era só ir aos poucos, apertando aos poucos. Não, o melhor era beijá-la, sujá-la, lamber a sua baba. Os seios empinados. Que é que ela fazia para ter os seios assim, depois que três filhos os chuparam? E o marido?

Maria estranhava o silêncio do tenente. O melhor era despachá-lo, estava demorando demais. Onde é que se metera Godofredo? Eu sozinha com este homem. Ele estava mentindo com certeza, não queria saber de nada, queria era conversar, ter aquela oportunidade única de conversar sozinho com ela. Começou a ligar fatos, para ver se descobria o que aquele homem desejava.

Sim, não tinha dúvida, era ele! Aqueles olhos, sim, eram os mesmos olhos! Uns olhos amarelos e cínicos, ávidos. Os olhos espantados, terríveis, que a fitaram um dia no escuro: mas estava à paisana... Não, é ele mesmo, meu Deus, não tem dúvida. Começou a sentir um frio na espinha, um tremor nas pernas. Ela estava desamparada, sozinha. Era preciso manter distância, ganhar tempo, iludi-lo. Pensou em sorrir, em encantá-lo, superior. Os músculos do rosto se recusaram e um esgar doloroso ficou no lugar do riso. Será que ele tinha notado? Com certeza esperou que Godofredo saísse.

Quem sabe se não tinha chamado Godofredo à delegacia? Era possível, tudo era possível num homem daquela espécie. Luzia estava no quarto, inútil. Não, meu Deus, Luzia tinha saído com Tônho. Os meninos no quarto trancados. Ela estava sozinha entregue àqueles olhos amarelos, ao sabor daqueles lábios pegajentos, imundos.

Era melhor o senhor voltar outra hora, quando o meu marido estiver aqui, disse com dificuldade. Ele percebia a sua dificuldade, que ela estava com medo?

Não podia perder aquela oportunidade, a única oportunidade de sua vida. Quantas noites perdera rondando a sua casa, como um cão na noite? Mesmo que as luzes estivessem apagadas, ele permanecia, não podia afastar-se, preso pelo quebranto misterioso de saber que ela estava àquela hora naquela casa, naquele quarto, dormindo. Dormindo com outro, que a tinha nos braços, de camisola de seda e renda.

O tenente Fonseca não disse nada, fingia que observava a casa, os móveis, as portas e janelas.

Não podia perder aquela oportunidade. Era ali que ela vivia, que dançava os seus passos, os seus gestos de pluma, as mãos brancas e leves. Sabia onde ficava o quarto, que rondara, que guardara como um bloco de trevas onde palpitava o seu coração. Aquela mulher era parte do seu sangue, aquele corpo mil vezes sonhado, tateado nas noites sem fim de sua insônia, de sua frustração, nas noites do seu desespero. O corpo de prata na noite prenhe de lua. Como um cão ele rondava, escondido nas sombras do jardim. Uma noite (sabia tudo o que se passava naquela casa, quem entrava e quem saía) não resistiu e pulou a gradinha do jardim. A casa toda escura, quieta. Só aquele quarto iluminado, o quarto de Maria.

Ela tinha vontade de gritar, aquele homem precisava sair. Por que não falava, por que não agredia logo? Começou a raciocinar rápido uma maneira de escapar, de fugir daquelas mãos, quando se estendessem para apanhá-la. Podia derrubar uma cadeira, jogar um vaso nele. Em último caso, mordê-lo, arranhá-lo até sangrar. Não, tudo inútil e ridículo, reconhecia a própria fraqueza. Os músculos nem mais a obedeciam. Era ele, meu Deus, valei-me! Era ele aquela noite!

    Na casa quieta e escura, um quarto iluminado por uma luz velada de abajur. Ela devia estar se preparando para dormir, penteando os cabelos brilhantes, se tratando. Pisava os canteiros, não se importava com coisa alguma. Precisava vê-la, quando nada. Não sabia precisamente o que ia fazer, caminhava. A janela aberta, o convite à loucura. A janela acesa, o quarto dançando no ar, intocável. As mãos trêmulas e desajeitadas já pegavam o corpo de Maria, os seios luminosos de Maria, os seios como duas laranjas limas numa noite de lua cheia, prateados na laranjeira, intocáveis. Os pés pisavam as flores e a grama iluminada pela luz da janela. Maria, de camisola azul de seda, o decote fundo, os braços nus. Os braços que poderia quebrar ou beijar em lágrimas. Sentia o coração na garganta. Maria sozinha, de camisola, exatamente como tinha sonhado no seu delírio aflito, na solidão do quarto pobre e abandonado. E o marido? pensou num instante. Onde está o marido? Num instante também o esqueceu, arrastado pelo corpo de Maria. Nada importava, só ela, enquanto lhe restassem forças.

    Maria, sem se voltar da penteadeira, de costas para a janela, sentiu de repente uma presença estranha, um misterioso e surdo aviso no peito. Alguém na janela. Voltou-se rápida e instintivamente se afastou e viu. Viu um homem na janela, os olhos estatelados (aqueles olhos amarelos que a perseguiam nos pesadelos, depois; aqueles lábios rasgados, aquelas maçãs de rosto salientes e duras, brilhantes, que ela deixava tocá-la, meu Deus, em sonho, inerme, mas deixava). Agora não se lembrava mais de nada, só do grito que a custo conseguiu juntar com toda a sua alma na garganta, do grito que chamou o marido no banheiro. Godofredo tinha vindo correndo, apavorado. Que foi? Que não foi? Não, devia ser alucinação, era alucinação, não havia ninguém no quarto, tinha dito Godofredo. Realmente, não havia ninguém no quarto. Godofredo ainda chegou à janela. Não havia ninguém no jardim. Tudo noite silenciosa — só o mar batendo, as flores molhadas do brilho da noite de lua. Ela ficou em dúvida, quis ir ao jardim, para ver se encontrava flores e grama pisada, sinal do seu fantasma. Godofredo não permitiu, disse que era alucinação e nada mais. Teve que tomar seconal para dormir. No dia seguinte, não se lembrava mais como era a cara do homem, só partes — como os olhos amarelos e estatelados, a boca pegajenta — que ela juntava com os seres noturnos dos pesadelos.

Agora não tinha a menor dúvida: era o mesmo homem. O tenente Fonseca era o Homem da Noite, como ela o chamava com medo. Ninguém para salvá-la. Se gritasse, como da outra vez, quando a presença era irreal e fantasma, ninguém viria socorrê-la. Queria falar e não sabia o que dizer.

Tenente, o que sei, disse depois de um esforço que a empalideceu, o que sei é que Fortunato fugiu com o revólver e está com ele por aí!

Fortunato? Ah, sim, depois. Ele já tinha tomado providências, distribuindo seus homens, era questão de horas, não tinha pressa. De noite, ele mesmo iria dar uma batida com um soldado, conforme tinha programado. Fortunato, tinha graça pensar nele agora. Ela sabe o que estou pensando, sabe que estamos pensando a mesma coisa. Será que se lembra de mim daquela noite? Não sei. Não, ela agora se lembra, no princípio talvez não. Se lembra, vejo pelos seus olhos, pela sua voz, está se lembrando. Se não estivesse, por que tanto pavor, por que de repente Fortunato?

A senhora viu, perguntou ele rindo o mesmo riso pegajento. Vi... quer dizer, o meu marido viu. Não sei, já lhe disse para perguntar a ele. Não sei de nada.

O tenente ria vitorioso. Como ela era pequenina e frágil, embaraçada e sozinha diante dele. Levantou-se de onde estava, aproximou-se dela. Aguçou o nariz para lhe sentir o cheiro, perturbou-se. Uma vez ao menos na vida teria uma mulher como aquela. O seu nome é Maria, perguntou ele baixinho, quase no seu ouvido. Hein?

Disse ela, os olhos doendo, a garganta entupida. Eu perguntei se você se chama Maria, disse. Ela sentiu o chão sumir, a vista turva, cuidou desmaiar. Não tinha mais alma para responder. Maria, disse ele manso, gostando, gozando o simples nome de Maria.

Perdida. Pensou desmaiar, resistiu. Não sabia como era desmaiar, tinha medo de ficar desfalecida diante daquele homem. Meu Deus, minha Nossa Senhora, valei-me! Morro, meu Deus! Que é que o senhor quer de mim? Gritou por ela uma nova alma.

O tenente se assustou. Não, ainda não será agora. Nada, disse ele, estou apenas dizendo o seu nome. Maria, Maria. É preciso ser muito mulher para se chamar assim e não ser qualquer. Você não é qualquer, Maria. Eu lhe acompanho há muito tempo, Maria. Você está debaixo da minha mira não sabe há quanto tempo. Não vou atirar não, Maria, não seria capaz de lhe fazer nenhuma ruindade. Pra ser sincero, só lhe quero bem, Maria.

Se ela risse talvez desarmasse o homem. E depois? Tinha medo de rir, de dar uma gargalhada. Na verdade, não tinha força nem alma. Se você quiser, Maria, continuava ele, posso até servir de cachorro seu... Sou um coitado, você não sabe, que só quer... Não prosseguiu porque viu que perdia terreno, que ela podia rir e não seria sua. Se ela risse, era capaz de matá-la, simplesmente matá--la. Ele não podia se humilhar assim. Era bastante a vida miserável e humilhante que levava, a sua vida solitária e desamparada, a sua vida de ódio. Voltou a rir soberano. Era dono, legítimo senhor e possuidor. Ria.

Se me quisesse bem como diz, tentou ela arisca, fêmea, iria embora. Nunca, disse ele. Você não sabe como sonhei este momento. Parece que foi Deus que armou Fortunato, pra que eu viesse aqui. Paralisada, ela não sabia o que fazer. O tenente se aproximou mais, respirando forte e apressado.

Maria não conseguiu se desvencilhar dos braços que a prendiam. Esperneava, batia os braços no ar, tentando empurrar a cara que se esfregava na sua. No rosto, os lábios pegajentos. Apertou os seus lábios entre os dentes, para se livrar do beijo na boca. Sufocava. Conseguiu agarrar as orelhas do tenente. Mesmo assim ele continuava. Ela lhe cravou as unhas nas orelhas. Diante da dor mais violenta, ele recuou. Maria conseguiu fugir pelo corredor e trancar-se no quarto.

As mulheres já estavam um pouco altas quando chegou o tenente. Riam à toa, riam da Mudinha, riam da própria vida que levavam. Até Zuleica se entregava ao riso. Filó parecia um ratinho, rindo com os cacos de dentes. Confraternização geral das mulheres, dia de paz.

Tenente, que foi que lhe aconteceu, perguntou dona Eponina, não contendo o riso. As mulheres todas começaram a rir a um só tempo. Ah, o tenente, que engraçado o tenente. Você quer o tenente só pra você, Filó?

O tenente Fonseca não disse nada, com putas não se humilhava. Aquele era o seu lugar, reconhecia com ódio. Mulheres de corpo prateado não foram feitas para ele. Estas são as minhas fêmeas, com elas faço tudo, pago, são a minha caça sossegada.

Algum gato, perguntou uma delas rindo. Não repita, disse ele, que leva um murro nas fuças e tranco esta porcaria de bordel!

Dona Eponina, zelosa do seu meio de vida, do seu ganha-pão, das suas moças, recuou logo. Seu tenente, estamos brincando, não vê não? Ora, tinha graça, eu querer magoar um amigo nosso, não é Margarida, perguntou ela procurando apoio. Tenente, meu amor, venha cá, disse Margarida. Vem pros braços da tua neguinha.

O tenente riu. Esta era a sua caça, esta a sua morada. Queria levar até o fundo da alma a sua humilhação. Riu, deliciando o meu amor, venha cá, de Margarida. Ele podia palmilhar sem susto aquele corpo, conhecia-o bem, como conhecia as linhas de sua mão. As orelhas doíam, os olhos doíam, a alma doía humilhada. Maria, se você quiser, posso até servir de cachorro seu, disse ele. Devia lhe ter dado na cara. Sentia-se um porco, tinha nojo de todas as falas que dissera. Você não sabe como sonhei este momento. Um cachorro, sim, era um cachorro porco que se rebaixava por uma mulher de coturno tão alto, soberba. Devia ter resolvido de vez tudo, com um tiro. Meu amor, venha cá. A minha neguinha. Esta era a voz que ele devia escutar sempre. Margarida, que gozava gritando, que sabia fingida quando dizia me espera um pouco, neguinho, mas não o humilhava.

Filó, vai já pra dentro trazer uma cerveja fresquinha pro seu tenente, disse dona Eponina reparando que Filó estava abusando da liberdade. Não, não quero cerveja, disse o tenente. Me dá um pouco desta cachaça. Puxa, que festança!

Quem é a noiva? Não vão me dizer que a Mudinha vai se casar?

As mulheres acharam muita graça na graça do tenente. Maura, no princípio tão alegre, inventando histórias tão lindas, agora cismava, os olhos perdidos no vazio.

A pensão hoje está inteirinha militar, disse dona Eponina. O tenente não entendeu. Militar, como? Quer dizer, soldados, disse dona Eponina. Zuleica olhou tão furiosamente para dona Eponina, que ela teve medo. Vieram praças aqui hoje, perguntou o tenente. Não, disse dona Eponina, era Zuleica que estava brincando de soldado. O senhor precisava ver que gozado. Ordinário, marche, esquerda batalhão, direita, volver, disse cantando. Dona Eponina, meio bêbada, botou na cabeça o boné do tenente e começou a marchar. As mulheres riam.

O tenente Fonseca achou graça. Dona Eponina cantando e marchando. Vocês hoje estão à vontade: cachaça, combinação, barriguinha fresca, bundinha limpa...

O tenente sentou-se numa cadeira. Margarida veio sentar-lhe no colo. Tudo tão bom, sem briga, sem dizer só lhe quero bem, Maria, naquela penumbra de fim de tarde, nas sombras da pensão do Beco. Enquanto passava as mãos nas coxas de Margarida, ia esquecendo as dores, se rebaixando, ganhava alma, era de novo um homem. Cismava docemente.

Os olhos perdidos no vazio, Maura também cismava, ausente da festa. Pensava agora numa história tão linda que lhe tinha acontecido, que não precisara de inventar com o carinho de quem cria um bichinho de lã. Maura era sentimental e triste, seria triste e bonita a vida inteira, inventando e vivendo histórias. O soldado se chamava Domício e era novinho, talvez uns dois ou três anos mais novo do que ela. No quarto, ele quis fingir que sabia, mas, viu logo, não sabia. Como tinha as mãos frias e vacilantes. Como falava de homem e era de repente um menininho para ela. Era uma vez eu estava perto da praia, como um gato no sol, à tardinha, as sombras, os dedos na coxa, o coração batendo surdo, ai medo e espera, ai medo, as mãos perto do úmido das coxas, o mundo se acabava e tudo recomeçava pra mim. De repente ele era um menininho para ela, vestido de soldado. Ela lhe beijou os olhos, depois deitou a cabeça no seu peito nu de adolescente. Ele era príncipe, um menininho príncipe, só dela. Nunca devia esquecê-la, com tanto carinho ela fez, com o seu carinho de criar bichos e histórias. Ela nunca o esqueceria, jurava por Deus, por mais que vivesse, mesmo quando fosse parar um dia na Santa Casa. Sentiu lágrimas nos olhos, não queria pensar em coisas tristes. Queria coisas tristonhas e bonitas, como era de seu feitio. Depois passou de leve os dedos nos lábios de Domício, beijou-lhe as mãos. Fazia carinhos tão de ternura sem fim que ela nunca fizera para homem nenhum, só para ele inventados naquele momento. Ele se fingia de homem puteiro mas era um menininho. Nunca vira mulher, sabia, tinha certeza. Então, não lhe ouvia aqueles batidos do coração no peito? Depois Domício começou a falar, a falar depressa, contando coisas atropeladamente, ela não entendia, não queria entender, só queria ouvir a música daquela voz, a mansidão daqueles dedos. Falou para ela de um medo, se confessou; falou de uma mata escura em que andara metido naquele dia, quando ouvira um silvo muito de matar. Sim, me aperta, dizia ela. Ele falava na mata e no silvo. Que aquele dia era importante, o mais importante de sua vida, disse ele. Porque você me conheceu, perguntou ela. Também, disse ele já sem medo. Você seria capaz de me amar, mas amar mesmo com o coração, perguntou ela com os olhos cheios de lágrimas. Ainda é cedo, disse Domício. Mas nem um pouquinho de amor não sente agora, perguntou ela. Meu bem, eu sinto, pra lhe ser franco, disse ele. Então me beija forte, disse ela. Beijaram-se. Depois começaram a fazer outras coisas bonitas, ternuras que ele jamais tinha sonhado. Meu bem, vamos fazer de novo, pediu ela. Ela riu do seu menininho. Vamos, disse ele. Fizeram. Tudo tão assim, como é que podia agora ficar ouvindo gracinhas do tenente, de dona Eponina, safadezas de Margarida. Queria ser fiel ao seu amor para sempre. Pra sempre, repetiu. Aquele lugar estava sujando o seu mais puro amor. Resolveu ir para o quarto, deitar-se de bruços na cama larga e agora vazia e sonhar e chorar, e sonhar porque era triste e feliz.

8
A NAVE DE DEUS

TODO DIA ALGUÉM CRUCIFICA ALGUÉM, DISSE frei Miguel dirigindo-se à pia batismal. Não, crucificamos alguém, todo dia. Ainda não era a forma correta. Crucificamos Cristo. Procurava a frase certa com que iniciaria o sermão de domingo. Não era possível que tudo aquilo não fizesse sentido para aquela gente. Ou não fazia mesmo, ele é que procurava ver um sentido nas coisas, ordená-las segundo uma perspectiva lógica, criar uma metafísica para o absurdo da vida de cada um? Alguém crucifica. Alguém, todos.

Enervava-se: a dificuldade de lidar com as palavras, de dizer com palavras o drama. O drama de Cristo e o drama dos homens. A fusão no sangue místico. Em cada sacrifício humano toda a humanidade se sacrifica e se redime. Morte e redenção. Agonia.

Frei Miguel se achava confuso, não conseguia pensar direito. Uma semente crescia dentro dele. Como o grão de mostarda de que fala o Senhor. A solidão, o isolamento em que se mantinha no Morro dos Padres, onde parecia não chegar, senão esmaecido, o rumor dos homens, dos gritos que ecoavam de lado a lado, ilha e continente, dera-lhe o hábito severo da meditação. Eu não estou preparado para esse tipo de meditação, não tenho armadura suficiente, nem segurança, para lidar com ideias perigosas, estou vazio. Várias vezes caíra em pensamentos perigosos — eram pequeninas sementes espalhadas sobre a terra — com que não sabia lidar e se angustiava. Sentia que a sua fé perigava. Meu Deus, dizia, dai-me a humildade da prece. Que eu não queira entender: para que não fique sozinho, para que não pense, para que não cometa os atos todos que um dia acabarei praticando. O pior pecado não era o da carne, como supunham os leigos e ingênuos, mas a tentação do espírito. Mesmo Ele foi tentado. O maior pecado, o desespero. Tudo acabarei fazendo, disse. Muitas vezes se surpreendia em caminhos difíceis e não sabia que rumo seguir. Tudo escuro e nevoento, nenhuma luz, nenhuma voz orientava a sua barca em mar alto.

A igreja numa penumbra pesada. Apenas no altar-mor duas velas acesas. Pela porta central via o céu cinza e chumbo: a primeira estrela surgia, um ponto perdido. Num instante, quando menos notasse, seria noite. A noite que cobriria Boa Vista ainda o deixaria mais só. Tinha medo naqueles dias, se sentia diferente. Por que fui me aventurar neste mar largo, na minha pequena barca desguarnecida? Agora estou só e abandonado.

Só. O peito doendo, sentia que em pouco, se alguma força misteriosa e divina não o salvasse, o coração não seria mais a morada de Deus, mas uma casa vazia. Só e vazio. *Ut quid dereliquisti me?*[1]

Na igreja silenciosa e vazia os passos de frei Miguel soavam mansos e lentos. Era mais uma sombra vagando que se fundia na sombra escura da nave. Pisava as tábuas largas com números gravados, que assinalavam os mortos, quando ainda enterravam na igreja e não existia o Cemitério da Praia. É melhor assim, que os mortos fiquem perto do mar, de frente para o mar em que eles entranham. Não sabia por que se dirigia para a pia batismal. Ainda de manhã, quando oficiara um batizado (João é o nome do menino, disse o pai), ali estivera parado muito tempo, o olhar suspenso como se mirasse longes paragens. E ainda nada acontecera. Não conseguia fixar a atenção no que fazia, as pessoas esperando. João é o nome do menino, disse o pai. A semente. João. Chamado por aquela voz simples, voltava à realidade em torno, vinha das trevas. Despejou a água na cabeça do menino. Súbito, aquele gesto que já fizera centenas de vezes, quase maquinalmente, assumia para ele um significado novo, que agora tentava pensar. As pernas bambas, um suor frio na testa, cuidou que perderia os sentidos. A mão trêmula, apoiou-se na pedra da pia para não cair. Alguma coisa, padre, perguntou a mãe. Não, uma simples tonteira, não é nada,

---

1 *Do latim, "Por que me abandonaste?". Presente no livro de Salmos, capítulo 22, versículo 1, no Antigo Testamento da Bíblia. (N. E.)*

continuemos. Sentiu a dureza, o frio da pedra sob os dedos. Algo de palpável, uma realidade fria e dura que o salvava.

Diante da capela lateral, em frente à pia, se ajoelhou, persignou-se. Senhor, por quanto tempo ainda farei estes gestos? Meu Deus, não me abandone, que eu busco uma salvação impossível. Tentou dizer, mas o pensamento voava em sonhos, em fantasias absurdas, o coração seco e miúdo. Dentro dele, parecia sair de seu próprio corpo a voz que a Santa ouvira um dia: não te digo o que fiz a Judas, para que não abuses de minha misericórdia. Se ao menos soubesse o que foi feito de Judas. Muitas vezes especulara sobre o destino de Judas, que no seu sentimento amargurado lhe parecia o seu próprio destino. A pena eterna ou o perdão. *Ut quid.* Afinal Judas fora o instrumento da Redenção. Se tivesse a certeza do perdão de Judas, poderia tomar um caminho.

A pia de pedra, a água. *Dereliquisti me.* Era difícil distinguir os objetos na quase escuridão da nave. Já é noite, disse frei Miguel. Sabia que à noite a angústia seria maior. Tocou a água com as pontas dos dedos. As coisas eram tristes e frias, um muro entre ele e o mundo. Mergulhou as mãos na água, sentiu um arrepio subir pelo braço, correr todo o corpo. O coração sozinho, a natureza dos sonhos. A visão, o mundo percebido em sonho. O homem é pequeno demais para um coração tão grande, tão povoado de visões. A angústia crescia. Se apavorava. Era um ser minúsculo, uma embarcação vogando num mar inquieto. Por que fui por este caminho, se era tão mais seguro seguir o caminho da prece, que o Superior lhe indicara. A união com Deus, consigo mesmo, mergulhar em Deus escondido no seu peito e assim se ligar aos homens, criatura de Deus. Louvar as coisas de Deus, os frutos da terra, as coisas do mar, reconhecer o sofrimento e exaltá-lo, para se salvar.

Algo rompia dentro de si e os pensamentos perigosos, grãos de mostarda, que tentava afastar do espírito, eram agora poderosos demais para abandoná-lo. É tarde, disse, a prece não mais me salvará. Em que ponto se partiu a corrente? Lembrava-se de que procurou um dia o Superior, na Capital, e lhe disse as suas dúvidas. Não siga por este caminho, meu filho, você não está armado para este combate. No fim encontrará apenas uma casa vazia, povoada de lembranças, onde não mais poderá habitar. Não seguira o conselho do Superior. Ou fora abandonado? *Ut quid dereliquisti me*? Repetiu a frase constante em seu espírito. *Ut quid*.

Molhou a testa, lavou as mãos num gesto medido. Que faço, meu Deus? Este gesto é antigo. Selou-se a condenação. O sangue regou a terra. Tudo consumado, a redenção.

Frei Miguel afastou-se da pia. Por quanto tempo ainda serei capaz de praticar os atos litúrgicos? Se ao menos soubesse o que foi feito de Judas. *Ut quid*, Judas? As heresias, as ideias que contrariavam a doutrina da Igreja. Sentiu que chegava a um fim qualquer, um novo caminho de pedras se abria à sua frente. Teria coragem para percorrê-lo? Perdera a fé, sabia. O estranho é que o povo agora o procurava mais, para conselhos, para uma orientação. Frei Miguel tinha então um fino sorriso nos lábios. Se soubessem o que se passava com ele. Um santo, diziam.

Ainda de manhã descera à cidade, fora ao Largo da Câmara, às Barcas, percorrera os pontos mais extremos de Boa Vista, pudera observar o respeito de que era cercado. Cumprimentavam-no e ele respondia apenas com um leve gesto. Certamente pensavam que ali ia um homem que encontrara a paz e o caminho da santidade. Se soubessem de toda a verdade, talvez lhe voltassem o rosto ou o apedrejassem, pensava.

Chegou até a porta da igreja. Olhou a noite que se fazia sobre o mar, as ondas que subiam em espuma nas pedras. A igreja fora bem posta no topo daquele morro. Um lugar tranquilo e isolado. Dali podia ver todo o horizonte marítimo, onde o mar acabava. Gostava de ficar sentado na amurada de pedra, a ver os barcos pequeninos que saíam para a pesca, uma casca de noz no mar sem fim. Gostava daqueles homens, e muitas vezes desceu para ver as barcas que chegavam da pesca.

A visão do mar, o rumorejar das ondas, lhe deram uma relativa paz, e os pensamentos que o angustiavam cediam lugar a um estranho silêncio, a uma límpida claridade. Quanto tempo durará este silêncio, sem que venham atormentar-me os pensamentos angustiantes? Olhou de novo o mar, esticou os olhos para alcançar sobre as ondas distantes a última claridade.

As luzes da cidade acendiam-se. Os homens vivem lá embaixo, uma vida fervilha aos meus pés. São como bichinhos a se moverem, como pequenas formigas em correição carregando pedaços de folhas.

O mar está violento hoje, não sairá nenhuma barca, disse. Hoje, mesmo que o mar estivesse bom, não sairia nenhuma barca. Soubera de tudo logo de tarde. Seu Caldas, o sacristão, viera lhe dizer. Mas como, homem, me explique, pediu-lhe. Roubou um revólver, disse seu Caldas. Na cidade não se fala noutra coisa, todo mundo está assustado. Os soldados batem de casa em casa, procuram pela ilha toda. O tenente deu ordem de pegar o homem, morto ou vivo.

Através da narrativa picada de seu Caldas, começava a tomar conhecimento da história de Fortunato. Lembrava-se dele, lembrava-se da primeira vez que o surpreendera rondando a igreja, os olhos espantados diante do altar da Virgem. Parecia-lhe inofensivo, um jeito de menino que não cresce no corpo adulto. Tinha pena de criaturas assim. Havia nelas uma inocência estrangulada, um sinal de Deus. Era como um pássaro ferido em pleno voo.

Confesso que tenho medo de que venha se esconder aqui em cima, continuava seu Caldas. Seria bom, disse frei Miguel, assim poderíamos fazer alguma coisa por ele, salvá-lo talvez. Frei Miguel via naquele fato um significado misterioso, como uma mensagem de Deus para ele. Não estava abandonado. Era uma oportunidade de sair do círculo fechado, das angústias e dúvidas que o enclausuravam. Poderia mostrar o seu amor, salvar Fortunato. Mas como, que poderia fazer contra a sanha daqueles homens que se sentiam ameaçados? Seria uma prova de que, embora Deus tivesse morrido em seu coração, ainda vivia lá fora, a sua própria salvação ainda seria possível.

Que é que o senhor acha que pode fazer por ele, perguntou seu Caldas. Não sei, a gente veria. Mas você tem certeza de que ele roubou um revólver? Não é questão de certeza, frei Miguel — o dono do revólver viu, deu parte na polícia. Fortunato está com a arma por aí.

Sim, aquelas luzes acesas lá embaixo, mortiças, iluminavam os homens. Homens fechados em casas, sozinhos com os seus temores. Talvez não pudesse mesmo fazer nada, pequeno diante do mundo, como um marisco nas fragas que o mar batia. O mar crescia, e a luz da lua e das estrelas servia para acentuar o negrume do mar, aquela imensidão de águas encrespadas.

Todo dia se crucifica alguém, diria no seu sermão de amanhã. Os homens não entenderiam. Não com palavras, os homens não entendem através de palavras. Era inútil tentar explicar àqueles homens o mistério da redenção.

Tônho amparava Luzia na subida do Morro dos Padres. Vinham de longe para ver frei Miguel. Tônho acreditava que frei Miguel podia fazer alguma coisa por eles. Não era tão sábio, tão santo? Não sabia direito o que ia pedir a frei Miguel. Confiava no frei e achava que a sua simples presença podia animar Luzia. A velha se apoiava no seu braço, caminhando ofegante. Há muito que não dizia uma palavra, ruminando as gengivas num silêncio pesado.

No princípio, quando saíram os dois pela ilha, ela ainda perguntava, tentava explicar o seu sofrimento, e chorava. Tônho procurava acalmá-la. Nós achamos ele. A senhora podia ficar em casa que eu procurava. Não adianta ficar assim, nós dois não valemos nada. Nas Barcas, o soldado impediu-os de continuar. É bom voltar pra casa, disse, tem ordem pra não deixar passar ninguém. Mas eu quero meu filho, conseguiu dizer Luzia. Ele não passou pro continente, disse o soldado, por isto estou aqui plantado. É melhor voltar pra casa, o tenente não quer que fique gente na rua, vai atrapalhar. Mas Luzia teimava em acompanhá-lo. Agora iam à procura de frei Miguel. Tônho achava que frei Miguel, quando nada, podia amansar um pouco o sofrimento de Luzia.

Está cansada, perguntou. Luzia não respondeu. Vamos parar um pouco, esta subida é danada de forte. Sentaram numa pedra na beira do caminho que levava à igreja. A escuridão era grande, mal podia distinguir o caminho. A senhora vai ver, frei Miguel dá um jeito. Luzia parecia não notar que Tônho falava com ela. Afundada na dor, nada mais tinha importância. De que adiantava frei Miguel? O que podia ser feito com rezas, ela própria já fizera trancada no quarto. Seguia Tônho mais por seguir, porque não podia parar, porque sentia que precisava fazer alguma coisa. Era impotente diante da máquina do mundo, que ela não entendia. Por que aquilo com ela, por que aquilo com Fortunato, se ele era bom, se não era capaz de fazer mal a ninguém? De vez em quando lhe vinha à cabeça a imagem de Nossa Senhora do Rosário. A estampa colorida, os brocados de ouro, as vestes de pregas, os olhos que pareciam dizer alguma coisa para ela. Não, não diziam mais nada como antigamente, não lhe diziam aquelas coisas bonitas do sonho. A santa talvez entendesse, não tivera ela também o coração trespassado de dor e sofrimento por um filho que os homens mataram? O espírito ia ligando as coisas, comparando. Não, ela não podia se comparar com a Santa Virgem Mãe de Deus. Por que não, a dor não era a mesma? Temia ter ofendido a santa por ter recorrido aos orixás, às rezas que ela sabia, quando estava desamparada e só lhe restavam as mãos. A Senhora compreende, disse na sua reza muda, também é mãe, já teve as suas dores. Que é que eu estou fazendo, meu Deus, comparando a minha dor com a dor de Nossa Senhora do Rosário? De vez em quando cuidava que ia ouvir de novo o que a santa lhe dizia em sonho. Mas nada, era só o silêncio do coração doendo. Prometia rezas e missas, batia no peito, tentava a Ave Maria.

Tônho acompanhava o sofrimento de Luzia. Ele também queria fazer alguma coisa para salvar Fortunato. Desde que saíra da cadeia vinha tentando tudo que estava ao seu alcance. Os lugares onde costumava ir com Fortunato foram todos percorridos. Não achava sinal dele em parte alguma. E se Fortunato tivesse caído das pedras no mar? E se tivesse se ferido com a arma? Não achava explicação. Chegou a ir até junto de sua barca, para ver se Fortunato ali estava. Madalena continuava vazia, sozinha. Às vezes tinha vontade de beber alguma coisa para vencer a angústia miúda no peito, que não o deixava pensar direito. Talvez um gole resolvesse, aplacava a dor espalhada dentro das costelas. Teria mais força e coragem. Mas não podia fazer aquilo hoje, quando tudo dependia dele. Prometera aos presos, a Amadeu, a Benjamim, que ficara rezando. Gente boa aquela. Não o conheciam direito e no entanto como o ajudaram. Lembrava-se dos olhos duros de Amadeu, da força aguda que havia nos seus olhos. Que homem mais esquisito. Que é que ele tinha feito? Por que estava ali? Tinha medo daqueles olhos duros, não conseguia esquecê-los.

Voltou-se de novo para Luzia, que respirava ofegante e cansada. Uma ternura imensa o invadia. Procurou se lembrar de como era a própria mãe. Ela lavando roupa no riacho. Não podia esquecer. Os olhos da mãe como eram doces e bonitos. Ele era pequeno, a primeira lembrança. Ela era moça, tinha uns cabelos negros e compridos, um andar macio. Por onde ela andava parecia deixar um cheiro gostoso, que ele nunca conseguira esquecer. A mãe não ligava muito para ele, deixava-o muitas vezes abandonado e saía a andar pela ilha. Mesmo assim se lembrava com emoção daqueles últimos momentos, daqueles olhos imensos, dos cabelos compridos e pretos, do andar como música. Depois foi aquela noite em que o pai acordou-o aos gritos. Onde está tua mãe? Aquela porca, onde é que se meteu? Não entendia as coisas direito. Por que o pai xingava a mãe daquele jeito? Onde é que estava a mãe? Ele também não sabia. Os seus olhos assustados fitavam os olhos enfurecidos do pai. O mesmo olhar de Amadeu. A dor era outra. Esperaram que a mãe voltasse, a noite inteira junto ao fogo. Ele menino, o pai grande no seu ódio, escuro, a gritar, a dizer nomes. Tônho chorava, via o pai dizer aquelas coisas, mas não conseguia ter ódio da mãe. Por onde ela andava? A noite inteira esperaram inutilmente. Um momento cuidou ver uma lágrima nos olhos do pai. Ela não voltou, nem naquela noite nem nas outras que se seguiram: fugiu da ilha com outro homem.

Tônho olhava Luzia. De leve, com medo de que acordasse, como se estivesse dormindo, alisou a mão de Luzia. No escuro não podia ver os olhos agradecidos de Luzia, os olhos machucados de lágrima. Como resposta, Luzia lhe segurou a mão, levou-a aos lábios. Tônho sentiu todo o corpo tremer. Ela era moça, lavava roupa no riacho, ele brincando num cesto de vime, ela de andar macio, ela de cabelos pretos e compridos. Não aguentava aquelas coisas.

Vamos, disse, está ficando tarde. Luzia se levantou com dificuldade. É só mais aquela curva e chegamos. Luzia começou a chorar de novo baixinho. Não chora, disse Tônho.

Frei Miguel se ajoelhou diante do crucifixo em cima da grande cômoda da sacristia. Seu Caldas preparava as hóstias para a missa do dia seguinte. Hoje na reza é capaz de não vir ninguém, disse seu Caldas. Frei Miguel olhou-o e não disse nada. Seu Caldas não estava acostumado com a igreja assim tão vazia o dia inteiro. À tarde vinham sempre umas mulheres que ficavam rezando junto aos altares menores ou à espera de confissão. Nem reza haveria, certamente. Em todo caso, era bom acender as velas dos altares.

Ajoelhado diante do crucifixo, frei Miguel não rezava. Olhava apenas o corpo martirizado da imagem, o corpo nu e ferido querendo se desprender da cruz. Parecia compreender melhor as coisas, ver melhor o seu caminho. O que tivesse de ser, seria. Faça--se a vossa vontade, Senhor.

Daí a pouco seu Caldas voltou. Tem duas pessoas que querem falar com o senhor, disse. Quem é, perguntou frei Miguel.

Agora que uma decisão se formara em seu espírito e se mostrava mais calmo, não queria enfrentar aquela gente. Que lhe poupassem o sofrimento. Mas não podia dizer nada a seu Caldas. O melhor seria atendê-las, ver o que queriam, o que desejavam dele, e despachá-las. Mande entrar, disse depois de um longo silêncio.

Frei Miguel continuou ajoelhado diante do crucifixo, de costas para a porta que dava para a capela-mor. Não viu quando os dois entraram, sentiu-lhes apenas a presença. Mas não se voltou.

Embaraçado, Tônho rolava o gorro nas mãos. Vamos esperar um pouco, disse baixinho. Não resistiu muito tempo, o silêncio incomodava-o. Fez barulho com os pés, puxou um pigarro. Frei Miguel voltou-se para eles.

Se o senhor está ocupado, nós esperamos, disse Tônho desajeitado. Não temos pressa, pode acabar sua reza. Já acabei, sentem-se, disse frei Miguel erguendo-se e apontando o banco comprido de madeira.

Os dois permaneceram de pé. Sabia que, se não se assentasse, eles também não se assentariam. Por isso se assentou. Que é que querem de mim, perguntou. A senhora aguenta falar? disse Tônho. Luzia não respondeu, não estava em condições de falar e não sabia o que dizer. Nós estamos aqui pra ver se o senhor pode fazer alguma coisa pela gente, começou Tônho. O que estiver no meu alcance e nas minhas forças, disse frei Miguel. Nós achamos que está, pode ajudar a gente. O filho dela, não sei se o senhor sabe... Tônho tinha dificuldade de se exprimir. Ouvi dizer, disse frei Miguel procurando colocar Tônho à vontade, continue. Pois é, ele fugiu de casa. Está aqui mesmo pela ilha. Agora os soldados estão atrás dele, pra pegar ele de qualquer jeito. A soldadesca pode até matar.

De que o acusam, perguntou frei Miguel. As suas palavras ganhavam um outro sentido, densas. É que ele, disse Tônho, tirou um revolver, dizem. Eu não acredito, mas seu Godofredo, que é um homem de respeito, diz que tirou, até deu parte na polícia. Não queria ficar com o remorso nas costas, foi o que ele disse aqui pra ela. O senhor sabe, ele tem medo de Fortunato com um revólver na mão, do que pode acontecer. Não sei se o senhor sabe, mas ele às vezes é meio fraco do juízo, varia um pouco, mas é só isto. Não acho que ele vai fazer o que estão dizendo. Não sei o que querem de mim, disse frei Miguel. O que posso fazer? Na minha posição, o que posso fazer é aconselhar e rezar. Rezar sempre ajuda, disse Tônho voltando-se para Luzia, que agora nem mais chorava, a cabeça baixa. Nós queremos um pouquinho mais, um ajutório de mais sustança. A gente está abusando, mas que é que pobre pode fazer? Diz que o senhor é santo, que ouvem muito o senhor. Não sou santo, cortou rápido frei Miguel. O senhor pode dizer que não, mas o povo acha que é. Tem efeito. A gente queria que o senhor procurasse o tenente, e dizer pra ele que Fortunato é só meio fraco do juízo, não é de fazer mal. Isto eu posso fazer, pedir ao tenente que o trate bem. Mas é só isso. Não acredito que me ouça, sei como é essa gente. Se o senhor pedir mesmo, eles fazem, disse Tônho. Podia até dizer pra ele recolher a soldadesca que a gente vai procurar ele. Frei Miguel tinha vontade de rir da ingenuidade daquele homem. E a responsabilidade do tenente, sabendo que Fortunato estava armado? Ele mesmo não tinha certeza do que podia acontecer. E se atirar em alguém, perguntou frei Miguel. Eu garanto pro senhor que ele não sabe mexer com uma arma de fogo. Mas é perigoso, disse frei Miguel. Depois, disse Tônho, nós achamos ele, pode deixar com a gente. O senhor bem podia ir com a gente. Fazer o quê, perguntou frei Miguel. Catar Fortunato, disse Tônho. Frei Miguel procurou sorrir. Eu não posso fazer isso, não é minha função. Sou um padre. A ordem e a segurança da cidade não são comigo, mas com o tenente.

    Luzia se ajoelhou diante de frei Miguel, tomou-lhe a mão. Ele teve medo que ela lhe beijasse a mão. Me ajude, santo, disse sufocada. Pelo amor que tem à Santa Virgem Maria, me ajude. Frei Miguel tremia. Era demais para ele. Levante-se, minha filha, disse com dificuldade. Vou ajudá-la, tenha calma. Apenas procuro ver o que posso fazer. O que este homem quer, eu não posso.

Depois de acalmá-la, frei Miguel disse podem ir que eu vou procurar o tenente, ver se consigo alguma coisa. Tenham fé em Deus, disse, a voz trêmula.

Os dois se afastaram. Quando chegou à porta, Tônho se voltou. Reze por nós, frei Miguel, disse; rezarei, disse frei Miguel. E se tiver forças, por mim, disse baixinho, sem que eles pudessem ouvir.

II
AS ONDAS EM MAR ALTO

FEZ-SE NOITE, SENHOR. UMA NOITE DENSA e pesada, contrariamente ao que era de esperar de uma manhã tão limpa. Não que toda a terra fosse coberta de sombras e nevoeiros (o céu se mostrava claro e pontilhado de estrelas, e até lua havia), mas pela sanha que trigava o coração dos homens que nesta parte do mundo alargam o Império e a Fé. Se me foi feita mercê de sua audiência, Senhor, e esta história que vou compondo para maior glória do Reino nestas terras antes encobertas, por ronceira muita vez se perde em baixios e calmarias ou não acompanha o passo do risco que tracei de princípio, que tudo é necessário para grande entendimento da relação que venho fazendo da lastimosa viagem da barca dos homens, se ouvido me foi dado, Vossa Alteza terá visto o zelo e comedimento com que trato as coisas que falam dos perigos a que se expõem os soldados e o comum das gentes que cuidam da maior largueza do Império e do maior poder da Fé.

Se dei muito aviso dos fatos miúdos e grandes que sucedem nas terras do Reino, é para que alguma coisa possa ser feita de futuro para conjurar novos perigos e servir de bom exemplo a todos, para os homens muito temerem os castigos de Deus e se encomendarem continuamente a Nosso Senhor Jesus Cristo e a Nossa Senhora Santíssima Virgem. E por derradeiro, se algum merecimento Vossa Alteza achar nesta relação que vou ordenando, faça-me a mercê, não para mim que tudo confio na magnanimidade de Vossa Alteza, de um acrescentamento na tença de meu filho Fernão Vaz Dourado, moço de muitas virtudes e bom risco de cartas marítimas, a serviço do Reino.

Fez-se noite e com ela as coisas encobertas pela luz do dia ganharam vulto. A aflição e o padecimento faziam morada no coração dos homens. Os que não podiam sair para jogar ou praticar coisas amenas ficaram presos em suas casas, cuidando de passar o tempo, ocupando as mãos nervosas. As mulheres eram as mais aflitas e as crianças, que pela inocência não percebiam o que se passava, mas tinham um conhecimento mais agudo porque feito de sonhos e temores, as crianças tinham os olhos acesos e certamente custariam a dormir, até que esquecessem.

No começo da noite alguns homens armados se apresentaram ao tenente na Casa da Câmara. Estavam preocupados com o caminho que tomava a busca de Fortunato, temiam, diziam eles, pela sorte de suas famílias, entregues à sanha de um louco solto na ilha, armado de um revólver. Qualquer coisa podia acontecer, diziam, ninguém estava seguro, mesmo em suas casas. O tenente não gostava de discutir as providências que tomava e apenas disse tudo isto está sendo feito conforme as instruções e o regulamento, podem confiar em mim. Então Boa Vista não confiava nele, a sorte de Boa Vista não estava em suas mãos? Não preciso de muita gente, disse, os meus homens estão batendo toda a ilha, confio neles. Mas está demorando, disse um deles, e tem risco de vida. O senhor quer assumir o comando da operação, perguntou o tenente com um riso irônico. Não é isto, disse o homem, queremos colaborar. O tenente sorriu vitorioso, confiavam no seu comando, na sua força, na sua decisão, na sua inteligência. Se querem colaborar, vamos por partes. O sargento Bandeira, obedecendo as minhas ordens, me relatou o que vem acontecendo na ilha. Tudo está conforme o previsto, não precisam ter medo. O que nos assusta é a demora, insistiu o homem. O senhor acha, disse o tenente, que a coisa se arrasta porque tenho prazer nisto? Uma prisão desta natureza tem muitos riscos, não posso dar ordem pros homens irem atirando a esmo nas sombras, porque pode ferir algum inocente.

A segurança da população, visto? Depois, o senhor sabe onde está o homem, perguntou o tenente. O homem não disse nada. É o que dá, pensou, colocarem um cretino como este no comando do destacamento.

O tenente Fonseca olhou um por um os homens que o cercavam. Eram sérios e sisudos. Homens de posse, pensou o tenente. Homens que têm o que eu não tenho. Parou o olhar em Godofredo. O senhor sabe melhor do que eu, disse se dirigindo a Godofredo, que o homem é perigoso, tenho que fazer as coisas com cuidado. Será que ele sabe? Maria, com certeza, não lhe disse nada. O tenente mirou fundo os olhos de Godofredo. Nenhuma sombra, nenhuma desconfiança, nenhuma prevenção. Não sabia de nada. Suspirou aliviado. Não tinha medo dele. Mas assim é melhor. Por que Maria não contou ao marido o que se passou de tarde em sua casa? Estava intrigado. Quem cala consente. Que mulher mais esquisita. Por que o agrediu então? Passou as mãos nas orelhas machucadas. Gata braba de unhas afiadas. Um ponto de esperança começou a brotar no coração do tenente. Não devia desistir. Ainda podia ser dele. Mas como? Àquela hora ela devia estar na sala, cercada pelos filhos. Maria na sala. Nas narinas o cheiro quente do corpo de Maria, o coração batendo medroso de encontro ao seu peito. O coração de um coelho assustado. Se me quisesse bem como diz, falou ela, falou arisca. Ainda tinha esperança. Ele não sabe de nada, concluiu alegre o tenente.

O que devemos fazer, perguntaram os homens. Não sei, se precisar de reforço, peço no destacamento de Ubiraquera, que é perto. Podemos ajudar, disse o homem que falava pelos outros. Já tinha pensado nisto, disse o tenente. Mas de que maneira? No que for preciso, disse o homem. Em montar guarda, em dar busca, em perseguir o homem. Estamos armados. Os senhores não estão acostumados a este gênero de negócio, disse o tenente se fazendo de rogado. Sabemos atirar, muitos aqui são caçadores.

Mas não se trata disso, tenente. Temos responsabilidade, também estamos dispostos a tudo. O que não é possível é esta ameaça durar mais um dia. O homem não saiu da ilha, disse o tenente, isto é certo. Pior, disse o homem, se ele tivesse fugido, não estávamos ameaçados. Não passa de hoje, disse o tenente, garanto.

Depois de alguns instantes o tenente se decidiu. Está bem, os senhores vão ajudar. Não preciso de todos, uns dez homens bastam. Os senhores esperam até o sargento chegar, que ele vai instruí-los. Voltou-se de novo para Godofredo. O senhor também vai? Não, disse Godofredo, não me agrada esse gênero de coisas. Por que, perguntou irônico o tenente, medo? Não merecia uma mulher como ela. É preciso ser muito mulher para se chamar Maria e não ser qualquer, foi o que disse ele. O senhor está duvidando de minha coragem, perguntou com raiva Godofredo. Será que ele sabe? Não, não é possível. Tenho razões para não ir, disse Godofredo. Estou brincando, disse o tenente. Aliás o senhor agiu muito bem em denunciar logo a ocorrência. Fortunato mora em sua casa, o senhor tem toda razão. O tenente agora ria nervoso. Colocou a mão no ombro de Godofredo e disse aprecio os homens de bem. Quando foi que ele imaginou intimidade com aqueles homens que antes rejeitavam o seu convívio. Era o tenente Fonseca, de quem todos dependiam, o responsável pela ordem e pela lei. O tenente sorriu feliz. Já vem o sargento, disse.

O mar era grande e grosso. As ondas invadiam as praias, quebravam em estrondos nas pedras, lambiam em espuma as rochas. Ninguém sairia aquela noite para a pesca, nenhuma embarcação resistiria à fúria do mar. Há muito Boa Vista não via um mar assim, uma noite assim tão cheia de medos e sobressaltos. Os pescadores fecharam-se em suas casas, como indiferentes ao que se passava na cidade. Sabiam, por experiência, que aquilo não era com eles, e de uma certa maneira se sentiam solidários com Fortunato. Não era companheiro de Tônho, um pescador como eles, que temporariamente estava afastado do ofício do mar? Por experiência própria conheciam o medo que se mostrara aberto nos olhos de Tônho: disse medo, tinham medo, pois do contrário não seriam donos dos braços e dos movimentos, quando o mar era grosso e a tempestade vinha. Dominavam-se e eram firmes e frios, duros e secos; mas no fundo do coração a pequena semente germinava, e então sozinhos podiam entender Tônho. Os operários da Fábrica pareciam também indiferentes ao pesadelo que se fazia histeria na cidade. Lamentavam certamente os botequins fechados, que eram a ordinária recreação daquela gente aos sábados. Mas em todos, nos olhos, nos gestos, nos silêncios pesados, fervilhava uma ansiedade miúda. Já prenderam o homem, perguntavam; não, diziam. Varará a noite? Talvez, vamos esperar. Esperavam.

A noite parecia mais noite no mar grosso e na parte velha da cidade. Na entrada da Ilha de Boa Vista, o silêncio das lajes sujas dos restos de peixe e dos homens era quebrado de tempos em tempos pelos passos do soldado que montava guarda àquele braço de mar de fácil travessia. Mesmo com a maré alta, não retiraram o homem. Por ali ninguém passaria. O Largo da Câmara era mais um lago onde boiavam as luzes amarelas dos postes. E no silêncio, o silêncio do chafariz parado, uma ilha solitária. De vez em quando um cão latia e o seu latido se espraiava na solidão da noite, até encontrar o latido de outro cão num quintal distante. De vez em quando, passos de soldados que passavam ou vinham dar notícia ao tenente, em vigília na Casa da Câmara, o seu quartel-general, como ele dizia desde manhã.

A Casa da Câmara era, por assim dizer, o coração da cidade. Um coração escuro e pesado, que batia as suas horas. O telhado escuro e negro de chuva e tempo encobria um silêncio feito de montanha. E a Casa da Câmara era mais lúgubre que de ordinário. Os sobrados prenhes — o reboco caído, feridas abertas, os ossos secos das taipas — guardavam o mesmo silêncio fechado, a mesma escuridão da Casa da Câmara, do Largo vazio, dos becos que dali saíam, do Mercado e da Capela. Na fachada enorme da Casa da Câmara, apenas uma janela iluminada onde se recortava às vezes a silhueta do tenente. Nas janelas de baixo, guarnecidas de grades, as luzes vermelhas e fracas dos presos. Ali também havia uma vigília densa, povoada de angústia, como na sala da delegacia, no Beco das Mulheres, na pensão de dona Eponina, no quarto de Dorica. Um mistério se fazia presença, crescia para cumprir o seu destino, e morrer para renascer das cinzas, e de novo viver o grito e morrer. A vida brotava de invisíveis condutos, havia morte e ressurreição, a vida continuava. Como no céu o espocar de mundos distantes e desconhecidos. A noite engrossara o sangue daquela gente.

Gostaria de compor a crônica que o chafariz ordenava, Senhor. No Largo da Câmara, ali bem junto da praia praina chan, Senhor, onde plantaram um padrão de vitória com as armas do Reino. Vossa Alteza haveria certamente de gostar de uma descrição espichada e miúda do chafariz, que mostra como a arte do Reino encontrou aqui continuadores de engenho. É curioso de ver como os mestiços e naturais da terra têm destreza em talhar e polir a pedra, que por ser mole ou por outro pretexto chamam de sabão. O nosso escrivão-mor, que está incumbido de tudo dar notícia, contará mais comprida e miudamente a história do chafariz com as armas do Reino, Senhor. Tudo para maior glória do Império e da Fé.

Das gentes já contamos e dos bichos como das plantas e de como a cidade foi se arruando conforme o gosto dos povoadores, em relações que enviamos pelas muitas naus e galeões que aqui encostam e vão depois em demanda das Índias enfrentando os perigos desses mares enganosos. Os arquivos do Reino estão cheios dessas crônicas e memórias, assim desta parte do Império como das terras que foram achando os que fizeram a carreira das Índias. Ainda agora, para compor a minha história, em que falo manso como de meu natural e feitio, recorri a muitos desses relatos para ver a melhor maneira de agradar e não aborrecer Vossa Alteza e os homens de escrita a seu serviço. Os sucessos e vitórias que servem para edificação, os desastres e naufrágios da crônica trágico-marítima. As relações dos diferentes naufrágios: do galeão grande São João, comido perto da Terra do Natal, da nau Conceição nos baixos de Pero dos Banhos, da nau que levava Jorge de Albuquerque Coelho e de muitas naus, Águia e Garça, Santiago, Chagas, Santa Maria da Barca, São Bento, Esperança, São Paulo, Santo Alberto. Seria muito de nomear, Senhor, aquele sorvedouro de vidas.

Veio o sargento e deu notícia ao tenente de como as coisas andavam. Era questão de horas e pegavam o homem. Já foi visto em algum lugar e as notícias correm, disse o sargento. O sargento reuniu os homens que queriam ajudar na busca de Fortunato. Deu instruções e a senha, a fim de que não atirassem uns nos outros e não colocassem a cidade em maior perigo.

Para qualquer coisa que precisar, estou em casa, disse Godofredo ao tenente. Vai com Deus, disse o tenente quando Godofredo já descia a escada.

Quando andei por entre os cafres, Senhor, vi coisas muito de espantar, como agora vou vendo, anotando e dando aviso. Animais feros e homens de sanha encoberta: onças, abadas, tigres, búfalos bravos e elefantes. Dos elefantes, o padre Manuel Barrada, na descrição que fez da cidade de Columbo, dá notícia abundante. De como a fêmea dos elefantes, que é bicho comum naqueles sítios, procede quando há de parir. As fêmeas ordinariamente são mais pequenas e muito sofrem quando estão em ponto de botar para fora os seus elefantezinhos. Depois de dois anos de conceber, pois tanto a natureza capricha em formar este animal no ventre de sua mãe, começa a aliá fêmea a dar grandes urros e a se revirar e corcovar tanto que o seu casco duro mais parece um mar enfurecido, de tantas pregas e ondas. Grande é o medo que dá nas gentes esses urros que varam as noites de Columbo. As outras aliás fêmeas, em ouvindo esses urros, correm em demanda da outra que está sofrendo, para ver o que podem fazer com aquele grande padecimento. Com padecimento podem pouco, mas para defesa da cria podem muito, pois em parindo a fêmea, as outras lhe escondem o filho porque o não mate com o sentimento das dores que lhe causou. Se é verdade o que afirma a gente daquela terra lá, como diz o padre Manuel Barrada, um mistério se faz na natureza, pois as outras fêmeas não só partejam como servem de ama de leite por três ou quatro dias ao elefantezinho — na sua piedade, de repente, até leite vem a estas aliás. Acabados estes dias, entregam a cria à mãe para que ela o acabe de criar. Esquecida das dores, dizem, é de ver e espantar o carinho com que envolve com a sua tromba aquele bichinho feio e enrugado.

Junto ao Mercado e à Capela, o silêncio era ferido de tempos em tempos pelos ruídos dos bichos noturnos e pelo rumor forte do mar. No Passo aberto no muro, onde a Madona encontrava o seu Filho ferido, mãos furtivas acenderam velas devotas para a Virgem Maria, como acontecia sempre quando alguma barca estava em perigo no mar.

....

agora ele olhava as estrelas e via como estavam distantes, o céu às vezes parecia alto às vezes parecia baixo, as estrelas eram gordas e molhadas ou duras e finas como uma dorzinha, aí levou a mão à perna e apalpou, o São Jorge galopava no seu cavalo, as estrelas faiscavam, eram como gritinhos, como grilos na noite, as aranhas se arrastavam peludas, não é bom ficar olhando muito tempo para as estrelas, faz mal, dizia a mãe, por isso não olhava muito tempo seguido para as estrelas quando era menino, alguma coisa podia acontecer com ele, foi Tônho que lhe tirou essa cisma, de primeiro tinha medo, a mãe sabia muitas coisas, mexia com muitas rezas, costurava perna quebrada, usava simpatia, por que não podia saber uma porção de coisas sobre as estrelas no céu e as estrelas dentro da gente? Tônho, onde é que estava Tônho que não o levava de novo na Madalena para o meio do mar? olha o céu de estrelas, pode olhar, não tenha medo não, pode olhar o tempo que quiser, elas não fazem mal, só podem fazer bem, a perna latejava quente, algum osso partido, dizem que dava gangrena, roxo estourado, não podia mexer com ela, eu estou aqui do seu lado, olha aquela grandona que lindeza, tornou a apalpar a perna, foi quando saltou a poça de mar nas pedras para atingir o escondidinho bem alto, a grota que as ondas cavaram, foi onda mesmo? Tônho diz que foi, muito tempo antes de Jesus nascer, disse Tônho, ninguém se lembraria de procurá-lo na grota como ele chamava, só ele é que sabia, Tônho também sabia, bem que podia se lembrar de vir buscá-lo, antes de Jesus nascer, por que é que Tônho dizia aquilo, se ele não sabia quando Jesus tinha nascido, só que tem muito tempo, não podia se mexer muito por causa da perna e do pouco cômodo que o buraco na pedra dava, se mexesse muito podia cair, as ondas violentas subiam lambendo as pedras até bem perto dele, com umas ondas assim, com um tempo assim Tônho não podia vir pelo mar com a Madalena para buscá-lo, tinha mesmo de vir a pé trepando nas pedras por onde ele viera, olhando as estrelas, as estrelas grandonas eram as mais bonitas, escolha uma para você, disse Tônho, uma estrela no mar faz companhia, ele agora estava no mar, escolheu uma bem bonita que chamava de minha madrinha, mas não dizia a ninguém não, nem mesmo a Tônho, era só dentro dele que dizia minha madrinha, procurou a madrinha no céu para ver se esquecia um pouco a perna doendo e latejando, ai que medo meu Deus, que medo que teve porque não encontrou a sua madrinha, dizem que quando dá gangrena a perna inchando preta não demora muito mata logo, logo hoje ela o abandonava a sua madrinha, quando mais precisava que Tônho viesse ligeiro, será que Tônho também o abandonaria? às vezes a sua madrinha fazia assim e ele precisava sair correndo para se esconder até que Tônho viesse e gritasse Fortunato, esticou o ouvido para ver se gritaram Fortunato, Fortunato, gritou seu Godofredo da janela e ele saiu correndo porque teve medo, medo de seu Godofredo, seu Godofredo devia saber o que ele tinha feito, agora os soldados estavam atrás dele, viu um correndo na praia embalado, atrás dele, com os seus fuzis, com as suas espadas, com a sua espada de São Jorge na lua branca, a lança, era uma força esquisita aquela que as pessoas tinham de descobrir nos olhos o que ele tinha feito de mal, não vê o caso da Almerinda? como é que descobriram? foi seu Godofredo, era sempre seu Godofredo, não tinham jeito de descobrir, tão bem-feito fez, mas descobriram, sempre descobriam, mesmo sem os urubus teriam descoberto, tinha certeza de que foi olhando para ele que descobriram.............................

O revólver em cima da mesa, negro e brilhante, a boca voltada para a janela, a massa de mira aguda. As balas fora da caixa, de pé, enfileiradas como um pelotão ordenado em dia de formatura, pareciam mais um brinquedo de criança, soldadinhos de chumbo. O seu pelotão, a sua companhia no 3º R.I. Longe aquele tempo, tão mais longe do que o ressoar distante do mar que agora ouvia. O mar da parte velha de Boa Vista, aquele mar escuro e sujo, aquele mar sem a claridade, os sons finos, as luzes todas das manhãs na Praia das Castanheiras. O maiô vermelho dançando, o corpo de mulher estendido. Aquele mar sem a pureza do céu, as ondas lavando as pedras, os sons alados no Morro dos Padres, onde fora se plantar a igreja. Frei Miguel, aquele padre maluco. O mar sujo e negro das Barcas, as manchas de óleo, as chupas de laranja, o suor daqueles homens imundos. O mar da Praia das Castanheiras e o mar das Barcas: o mar de Maria e o mar das mulheres do Beco, o seu mar. Um mar como a minha alma, disse o tenente com ódio, cuspiu no chão. Nojo.

    A túnica no encosto da cadeira. No corpo a camiseta de malha, o peito cabeludo. Na mesa, ao lado do revólver, defronte ao pelotão de balas, o cálice pela metade. É o terceiro, disse o tenente tamborilando os dedos no tampo da mesa. Quantos aguentaria até cair escornado? Não posso cair, tenho de ficar atento por causa desse maluco solto na cidade com um revólver Smith-Wesson, calibre 38. Por que diabo tantos homens, um sargento tão sanhudo, tão lanudo, a gaforinha besuntada de toucinho, tão herói da pátria, não traziam logo preso aquele doido? Onde se metera aquele maluco? Não atravessou pro continente, garantiu o sargento. Então está na ilha. Por que não o acham, não cravam logo o seu corpo de balas? Daquele pelo menos ficava livre. Não ficava livre de nada, não ficava livre de ninguém, tinha a alma prisioneira. Prisioneira na Casa da Câmara, prisioneira na parte velha de Boa Vista, no Beco. Se lhe trouxessem a notícia da prisão ou da morte de Fortunato, poderia ao menos acabar aquela garrafa pela metade, ficar inteiramente bêbado. Que se danem, disse, a voz rouca na garganta. Esticou a mão até a garrafa. Não, agora ainda não. Deu um piparote na cabeça de um soldado, a bala foi cair longe. Morto em combate, disse rindo. Poderia destruir todo o pelotão, soldado por soldado, até acabar as balas. Poderia sair para o Largo, disparar a esmo o seu revólver, destruir os fantasmas de Boa Vista. Poderia cravar de balas o corpo de Maria, o corpo luminoso que o atormentava, que o angustiava. Depois se abaixar, pegar nos braços o corpo morto, levá-lo para as areias da Praia das Castanheiras ou para as pedras distantes. Ela não me quer, tem certamente nojo de mim. Poderia destruí-la, ensanguentá-la, pisá-la. Ou beijar ternamente o corpo morto, morrer com ele no mar. Posso até servir de cachorro seu, foi o que disse. Ridículo, tinha ódio. As mulheres de dona Eponina, as mulheres conforme o seu feitio, as putas que apascentavam a alma enfurecida, a alma querendo lodo. Foram feitas para mim, disse. Não aquela Maria diáfana, leve como a fumaça, que seus dedos nunca conseguiriam segurar, ela consentindo. O cheiro quente de Maria, o cheiro que incendiava a alma sozinha.

    O olhar de Godofredo. O que dizia o olhar de Godofredo, o que se passava dentro da alma daquele homem? Nada, absolutamente nada. Maria não lhe contara nada, não lhe dissera nada do que se passou de tarde. Se ela não disse nada, ainda tem uma esperança para mim, gritou o coração aflito do tenente. Uma esperança naquela noite comprida, naquela noite que se alongaria sem fim. Para que aquilo tudo, para que aquela busca? Que lhe interessava Fortunato, se a alma agora chorava a mulher de ouro da Praia das Castanheiras? Que dizia o olhar de Godofredo? Não sabia de nada. O jeito que as mulheres têm para esconder. As gatas dissimuladas. Para mentir, para prometer com os olhos carinhos impossíveis.

    O tenente virou o cálice de um só galeio. O travo na garganta, a onda se abrindo no peito. Necessitava encher aquele vazio, aquele buraco enorme como uma boca insaciável. Ficaria bêbado, se continuasse assim. Ainda precisava dar mais uma volta pela cidade, ver como iam as coisas. Gostaria de ter a dureza, a determinação sanhuda do sargento Bandeira. O sargento Bandeira praticamente comandava a busca, ele próprio estava à frente do destacamento, dos homens armados que se prontificaram a defender Boa Vista. Mas as ordens são minhas, o comando é meu, disse procurando se convencer. Onde estava Floriano Peixoto, o Marechal de Ferro? Quem for brasileiro. O herói da manhã? Ninguém é herói coisa nenhuma. O marechal virara fumaça, ficou apenas o tenente Fonseca, o tenente Fonseca que cismava na noite longa, sonhava coisas impossíveis, ruminava a sua grande dor. A cidade dependia dele, a sorte de Boa Vista estava nas mãos de seus soldados. Deu uma gargalhada. A gargalhada acordou por um momento o corpo pesado e escuro da Casa da Câmara, ressuscitou os seus fantasmas. A Casa da Câmara vivia o seu silêncio, densas as suas sombras. A madeira do assoalho estalou, as paredes altas ganharam vida, a porta bateu. Como na sua infância as histórias de casas mal-assombradas, onde a qualquer hora da noite havia uma porta batendo. O pulso da Casa da Câmara, o coração mesmo latejava no escuro. Precisava assassinar aquele coração de trevas, destruir aquela casa que o enlouquecia.

    Levantou-se, foi até a porta do corredor. Nada, apenas o silêncio das lajes do piso, da escada de pedra, os degraus gastos. Não, não estou bêbado, poderia ficar, disse. Pegou a garrafa de cachaça, chegou até a janela. A noite estrelada, a lua alta. Respirou o ar leve da noite, parecia querer botar dentro do peito angustiado toda a noite de estrelas. Com um gesto brusco jogou fora a garrafa. A garrafa foi se espatifar nas pedras do Largo e o barulho dos estilhaços ecoou na noite, no Largo silencioso e abandonado. Esperou que surgisse alguém, alguma janela do sobrado defronte se abrisse. A cidade dormia um sono pesado, a sua noite mal-assombrada. O coração de Boa Vista pulsava como o coração de uma mulher dormindo, como o respirar de uma mulher dormindo. As luzes boiavam, eram manchas esbranquiçadas no mar coalhado do Largo. O silêncio do Largo, que se partira por um instante com o estilhaçar da garrafa, voltou a boiar. O chafariz apascentava águas inexistentes.

    Depois um cão uivou para a noite num quintal. Ninguém responderia ao apelo daquele cão. Apoiado no peitoril da janela, o tenente olhava as luzes que subiam pelas encostas no Morro dos Padres. Cuidou ouvir passos no beco que ia dar na pensão das mulheres. Não veio ninguém, eram apenas os ruídos da noite que assaltavam o coração.

    Não, a cidade não dormia, as luzes acesas de algumas casas diziam que Boa Vista vivia a sua história, o seu pesadelo, o seu medo. Uma cidade ameaçada. Fortunato e o revólver. Alguém podia morrer a qualquer momento. E eu aqui, disse o tenente. Já dei as ordens, planejei tudo, agora é esperar. Mais tarde, se não tiver notícias, sairei de novo, vou dar cabo de uma vez com esta aflição.

Súbito, um estampido quebrou de novo o silêncio de Boa Vista. Fora longe. É tiro certamente, disse o tenente apurando o ouvido. Será que alguém descobrira Fortunato? Ou Fortunato que acertara em alguém? Esperou outros tiros, o silêncio alagou ainda mais a cidade estagnada. Ali esperou muito tempo, os ouvidos atentos. Nada, apenas de tempos em tempos, piriricas na superfície limpa de um lago, os pobres ruídos da noite. Os telhados negros das casas, onde deitava a noite silenciosa.

O sino da matriz deu a primeira pancada, que se esticou o mais que pôde na noite coagulada. Uma, duas, três, foi contando o tenente as batidas do sino. Dez horas, disse. É cedo, pensei que fosse mais. Que dia comprido, que noite longa. É este silêncio, a cidade que parou. A cidade que parou por minha ordem, pensou o tenente com uma ponta de alegria. Mais tarde, junto uns três praças e vou pessoalmente catar esse maluco. O silêncio de agonia no peito cedeu a outras vozes e o tenente voltava a ser o tenente Joaquim Fonseca, de novo destemido. De novo o peito de ferro do marechal Floriano Peixoto se enfunou. Receberia os ingleses à bala. A pátria cantava as suas canções, era de novo da pátria amada fiel soldado. Na túnica sobre a cadeira rebrilhava a glória, fulgia a vitória. Vesti-la, sair sozinho em busca de Fortunato. Não, é melhor esperar, quando o sargento se der por vencido. Então o marechal se mostraria em todo o seu esplendor.

Voltou para junto da mesa. Com um gesto largo de mão jogou longe os soldados do pelotão de balas que pacientemente armara para passar o tempo. Soldados de uma figa, pelotão de merda, disse. Vou ensinar esta cambada a fazer guerra. De minhas mãos não saem covardes, mas homens. O tenente cantava a sua vitória.

Os primeiros efeitos da bebida. Jogara fora a garrafa, não havia mais o perigo de ficar inteiramente bêbado. Era só a sensação boa, o peito largo e forte, o coração animoso. Vencera a angústia. Era um homem recomposto.

Tinha graça frei Miguel, disse se lembrando. O homem era engraçado. Saíra não fazia muito tempo. Tentara convencê-lo. Procurava se lembrar da cara do padre. Algo de estranho nos olhos, o rosto contraído. Frei Miguel falava pausado, solene. Que é que pretendia frei Miguel? Parecia falar de outra coisa, de um fato grave e terrível de que toda a humanidade dependesse. Esses padres são uns malucos. Um louco rouba um revólver, está solto pela ilha, toda a cidade ameaçada. E que é que lhe propunha frei Miguel? Não, frei Miguel não lhe propunha nada de concreto, nada de viável. Ele bem que gostaria de achar uma saída. Falava coisas estranhas, que o tenente não entendia direito. Era ingênuo ou louco aquele frade? Depois o tom de sua fala, às vezes o uso da segunda pessoa do plural. Era mesmo segunda pessoa do plural? É vós, disse. Não sou nenhum ignorante, tenho minhas letras, disse o tenente respondendo a um interlocutor invisível. Tornai-o vós e julgai-o segundo a vossa lei, disse frei Miguel, mas poupai o sacrifício. Deve ser bom saber falar assim. Não, decididamente um maluco. Como é que iam julgá-lo, se nem ao menos sabiam onde estava? O problema de julgar era outro. Era lá com o juiz, quando ele voltasse. O problema dele tenente era prender o homem, trazê-lo para a cadeia, vivo ou morto. Vivo. Era demais aquela tensão, aquele nervosismo na cidade. Morto. O melhor era acabar de vez com aquilo tudo. Os soldados que fizessem como bem entendessem.

O tenente sorria levemente, lembrando-se de frei Miguel. Qual, maluco! Miolo virado. Falara em culpa. Que culpa era aquela de que falava frei Miguel? Decididamente, tem parafuso de menos. No fundo gostava de frei Miguel. Sabia de sua bondade, da fama de santo que corria entre a gente pobre e miúda. Tudo bom, tudo perfeito. Quando morrer vai pro céu, ele acredita. Tudo bom, mas ele lá na sua igreja e o tenente na Casa da Câmara. Aqui quem decide sou eu, disse. Não era uma autoridade? O tenente Joaquim Fonseca era a autoridade máxima, naquele dia, em Boa Vista. Era sobretudo a autoridade.

    Caminhava a passos largos da mesa à janela, da janela à porta, da porta à mesa, da mesa à janela. Não passa de hoje, não pode passar de hoje. Por que diabo o sargento não voltava logo trazendo Fortunato preso? Ou morto, disse. O sargento demorava, fazia-se esperar. Por que não lhe trazia mais notícias? Aquele sargento estava abusando. A gaforinha besuntada do sargento, a cara larga do sargento. Filho da puta, quer passar por cima de mim. Fiz mal, quem devia ter ido para a rua, à frente dos homens, era eu. Esfregou o peito cabeludo debaixo da camiseta de malha. Estava um pouco tonto, mas precisava de mais. Pra que jogara fora a garrafa? O melhor era esquecer a garrafa, pensar em outras coisas.

    Fora compreensivo com frei Miguel, mostrara-se mesmo bondoso. Mas que é que ele podia fazer? Que queria dele aquele frade? A minha lei é uma, a sua é outra, padre, disse.

    Não posso agir segundo a sua lei, nem o senhor segundo a minha. Frei Miguel devia ter ficado bem impressionado com ele, com a sua inteligência, com a sua compreensão das coisas, com a sua segurança. Falou bem, falou firme. Boa Vista tinha uma autoridade competente, podia dormir tranquila. Frei Miguel certamente comentaria com os outros. Eu fazia pouco daquele tenente, mas é danado de decidido e inteligente. Sorriu satisfeito, por um momento estava satisfeito consigo mesmo.

    De que o acusam, perguntou frei Miguel. De que o acusam? O senhor não sabe? Não mora na cidade? Eu compreendo. O senhor certamente estava lá na sua igreja, recolhido às suas meditações, ao seu diálogo com Deus. Frei Miguel falara em vós, mas ele também fora soberbo. Que palavras usou, como estava inspirado. Merecia um destino melhor do que servir em Boa Vista. E eu que fazia um mau juízo daquele tenente. Frei Miguel não podia deixar de ter ficado bem impressionado. Tinha suas leituras, tinha as suas letras, como dizia. Na sua mesinha de cabeceira, dois livros: *Os miseráveis*, de Victor Hugo, e *Valor*, de Wagner. De noite lia sempre um pouquinho antes de dormir. Um dia ainda vou lá na igreja conversar melhor com frei Miguel. Precisava de relações, não podia viver assim sozinho no meio daquela gente estreita de Boa Vista.

De que o acusam? tornou frei Miguel. Não vejo culpa nesse homem. Não há provas de que... O tenente não podia deixar de sorrir. Não há provas? O senhor não acha provas a palavra de um homem de bem, o dono do revólver? Viu Fortunato roubar e saltar a janela. Está aí no livro. Se quiser, pode ver. Não era isso o que eu queria dizer, disse frei Miguel. Está bem, ele roubou o revólver. Mas o senhor não pode dizer, tenente, que ele vai matar alguém com esse revólver. O senhor tem certeza, perguntou irônico o tenente. Conhece Fortunato? Já viu um Smith-Wesson calibre 38? Não, o senhor é um homem de religião, frei Miguel, não entende bem dessas coisas. Entendo os homens, conheço o coração dos homens, procurou timidamente frei Miguel interrompê-lo. O senhor conhece o coração de Fortunato? Sabe dos antecedentes, das vezes que tivemos de prendê-lo porque ele ficou inteiramente virado da cabeça? O senhor não sabe, compreendo que procura salvá-lo. O senhor é bom, julga os outros pela sua bondade. Mas o homem não merece, frei Miguel, é danado de perigoso. Não sei se já ouviu falar na história da cabra, que contam dele, de uma judiaria horrorosa. Sem a menor precisão. Não, não sei dessas coisas, disse frei Miguel. Nem quero mesmo saber. Procuro uma maneira de salvá-lo, ver o que posso fazer. Que é que o senhor pode fazer, padre, perguntou o tenente sondando o olhar de frei Miguel. O homem não tinha nenhuma certeza. O seu problema é o das almas, o meu é o dos homens, disse o tenente quase vitorioso. Percebeu um breve sorriso nos lábios de frei Miguel. Que é que aquele frade estava pensando? O problema dos homens é meu também, disse frei Miguel. Está bem, o senhor cuida de Fortunato. Mas quem é que cuida da cidade, da tranquilidade ameaçada, dos perigos que todos afrontam? O senhor tem certeza de que ele não fará nada com aquele revólver? Eu não tenho. Depois, a responsabilidade é minha. Não posso fazer nada, já dei as ordens, não posso voltar atrás. O homem é perigoso, o homem é louco, padre. Tem um revólver, o senhor sabe lá o que é isso? Depois, ninguém mais consegue parar essa movimentação toda. O senhor já pensou na minha responsabilidade? Que quer que eu faça? Que pare a busca?

Frei Miguel não sabia o que responder, pensava. Não posso, continuou o tenente. Tenho obrigação de dar caça a esse doido, senão a cidade não dorme. Depois de algum tempo, frei Miguel tomou ânimo. Se o senhor me desse tempo, tenente, eu poderia tentar convencer Fortunato a se entregar. O tenente teve vontade de rir na cara de frei Miguel. O senhor sabe onde está o homem, perguntou. Se sabe, nós vamos apanhá-lo. Não sei onde ele está, disse frei Miguel, mas procurarei pela ilha. O tenente não conseguia conter o riso. Essa é boa, padre. Um destacamento completo e mais alguns homens armados estão procurando o homem o dia inteiro e não acham. É o senhor que vai achar? Usarei de outros meios, disse frei Miguel sem muita convicção. Que meios, frei Miguel? E a cidade não pode esperar mais. É demais, não pode passar desta noite de jeito nenhum. Eu fico desmoralizado, pode morrer alguém. Ninguém aguenta mais isto, a cidade está parada, ninguém faz nada senão pensar no perigo deste louco solto com um revólver.

Frei Miguel olhava em silêncio para ele. Que é que se passava na cabeça daquele padre? São todos uns malucos. Não, aquele frade não tinha certeza de coisa nenhuma. Viera apenas inquietá-lo, talvez cumprir uma obrigação. Pediram para ele e ele veio. Era esquisito o olhar de frei Miguel. Olhava-o bem no fundo dos olhos e ao mesmo tempo parecia não vê-lo. Os olhos de frei Miguel estavam ali, pregados nele, e era como se estivessem bem longe ou em parte nenhuma. O homem ficara em dúvida, deixara-se vencer pelas suas palavras, cuidou o tenente.

Se o juiz estivesse na cidade, disse frei Miguel quebrando o silêncio, os olhos agora inteiramente em cima do tenente. O tenente sentiu-se ferido no seu amor-próprio. Não está, disse com impaciência. Se estivesse, de pouco valia. Quem julga é ele, mas quem prende sou eu. Depois, o doutor Altamirando conhece o seu lugar, sabe até onde ele manda. Se respeita e me respeita. Nunca tivemos nenhuma desavença. E se ele estivesse aqui, eu agiria do mesmo modo. Ele está fora mas a família está aqui, passando a mesma aflição de toda gente.

Frei Miguel calou-se de vez. Passada a irritação que lhe dera quando o frade mencionou o juiz, o tenente voltava ao seu natural, entre atrevido e superior. Padre, não me leve a mal, mas é melhor o senhor cuidar do seu rebanho de almas. Pra que se mete nisso? É melhor ir lá pra sua igreja e se cuidar, que até o senhor corre perigo. Fica andando aí pelas ruas, uma bala extraviada... Frei Miguel continuava mudo, olhando para ele. O tenente sentiu-se inquieto diante daquele olhar agudo e distante, que parecia fitá-lo fundamente e ao mesmo tempo voar para longes mundos. Por que frei Miguel não ia embora? Boa noite, disse o tenente com impaciência. Só então frei Miguel voltava ao seu natural, perdia aquele olhar distante e agudo. Boa noite, disse o frade sem lhe estender a mão.

Tinha graça frei Miguel, disse outra vez o tenente. O sino da matriz tornou a bater, mas ele não contou as suas pancadas. A cabeça um pouco zonza, olhou de novo os seus soldados estendidos no chão, o pelotão de balas. Foi até a janela, tornou a encher o peito de luar. Nas pedras, os cacos da garrafa, o brilho pálido da noite. O luar e as estrelas no céu, onde o tenente procurava identificar as constelações.

....

porque escondera o corpo de Almerinda muito bem escondido numa touceira de capim que ficava debaixo da última castanheira da praia, onde às vezes costumava se sentar para mijar escondido, foi Tônho que disse não mija assim não, que é mulher que mija assim, ele reparou que mulher mija é mesmo agachado, não tem jeito de mijar em pé, uma vez viu uma velha de saia comprida e de xale na cabeça, uma velha que não usa mais, mijar em pé, só que ela puxava um pouco a saia para a frente, mas de qualquer maneira tinha de agachar um pouco como uma égua também tem de agachar um pouco para mijar, por isso ia sempre para trás da touceira de capim junto da castanheira, era melhor mijar agachado escondido, não conseguia mijar em pé, primeiro porque Tônho não via e não podia dizer mulher é que mija assim, depois porque era mesmo melhor escondido, não gostava que os outros vissem o seu pinto, só mesmo perto de Almerinda é que conseguia mostrar o pinto, uma vez chegou a esfregar no focinho de Almerinda, gostou e então passou a gostar ainda mais de Almerinda porque ela até que parecia gostar também, pois deu uma lambida e berrou gaguejando, era assim que ela fazia quando gostava de alguma coisa, assim ele também gostou e passou a fazer sempre assim escondido detrás da touceira de capim, para onde levava Almerinda, ficavam muito tempo escondidos sem que ninguém visse, sentiu o cheiro de Almerinda, aquele cheiro forte de mato pisado, a baba que ela ruminava, o quentume que tinha debaixo do pelo macio quando ele passava a mão de cima para baixo e duro espetado quando passava a mão ao contrário, enquanto catava carrapato e carrapicho no pelo de Almerinda ou então só carrapato, ou então só carrapicho quando andava fugida de casa, ia para os matos, Almerinda era danada, não gostava de ficar presa amarrada junto à cancela do quintal onde a mãe tinha mania de prendê-la, como se prende uma cabra quando está com as tetas cheias e é bom tirar leite, só que Almerinda nunca deu leite, quando ia dar ele não deixou, como ele também não gostava de ver Almerinda presa detrás da cancela, tinha pena, ela berrava triste, tinha uns olhos grandes e molhados de tristeza e então ele chorava escondido, mas o que havia de fazer se a mãe dizia está bem, deixa ela solta no quintal, vem alguém e esquece a cancela aberta e vai ela foge e pode não voltar nunca mais, ela não voltar nunca mais fazia-o chorar muito, porque às vezes era muito arisca, quando fugia, uma vez passou uma noite inteira fora de casa, foi numa noite assim que a coisa deve ter acontecido, quando deixaram a cancela do quintal aberta, ela arisca fugiu e ele não sabia onde tinha se metido, era às vezes muito arisca, custava a se acostumar com as pessoas, com ele não, deixava-o até mexer no seu cachimbo, ele descobriu quando ela apareceu com o cachimbo um pouco mais inchado, também sabia descobrir as coisas, não era só seu Godofredo, seu Godofredo tinha aquela força esquisita de descobrir as coisas nos seus olhos....................

A janela aberta, o céu muito longe, as estrelas piscando a sua luzinha. O barulho do mar marulhando. O mar ia e vinha, não parava nunca. O mar podia parar um pouquinho, pra gente dar uma respirada, pensou Helena. Fechou os olhos para não ver o mundo das estrelas, os milhares de mundos que se criavam a cada instante, como lhe ensinaram, in-ces-san-te-men-te, disse devagarinho, sílaba por sílaba, gastando a palavra difícil que aprendera, tão abstrata, e que naquele momento ganhava uma vida tão real. Incessantemente como o mar ia e vinha, ondas enoveladas, melhor, encaracoladas, comprimiu as pálpebras e ficou concentrada, toda ela dentro aberta como uma grande concha, um enorme caramujo cheio de labirintos, para o mar noturno.

Um mar grosso e bravo, um mar de ressaca, um mar enfurecido. Hoje está tudo assim, disse baixinho para que os irmãos não ouvissem e viessem lhe perguntar qualquer bobagem. Eles são crianças, disse de repente crescida, de repente espichada, ah, bem mais velha (quanto tempo se passara naquele dia), não sofrem tanto as coisas, não são assim como eu que tenho dentro de mim uma grande concha, onde tudo ecoa, onde tudo fica batendo para sempre como essas ondas que não param, ah podiam parar ao menos um pouquinho pra gente dar uma respirada, como o dia de hoje podia de repente dar uma parada, para que todo mundo, a mãe, o pai, Luzia, Fortunato, os soldados ficassem quietos, só respirando um pouquinho assim mudos como uma folha de papel em branco no meio de um livro de gravuras, para que tudo de novo se criasse no fôlego, depois podia recomeçar, era só uma paradinha. Oh, como a gente não para num dia assim. Ui, Jesus, gritou para dentro se sentindo espichada como uma corda de violão. Trlim, ela poderia se partir e ninguém ficaria sabendo o que tinha se passado dentro dela.

Aquele mar que ouvia criava dentro dela um mundo de sonho e fantasia. Um mundo que ela não poderia mais deter, como nunca ninguém poderia parar aquele dia para que todos respirassem tranquilos. Tudo tinha de ir até o seu fim, como a onda tinha de vir até a praia, para então de novo voltar. O sonho que Helena agora vivia era o sonho que aquele barulho de mar criara. O mar está cantando dentro de mim. Era um corpo enorme espichado na areia. Ela nuinha na praia deserta, as pernas disformes, às vezes tão compridas que quase atingiam as ondas. Parecia uma mulher, uma mãe dos homens com o ventre voltado para o céu de estrelas, mas era ela mesma. Os pelos crescidinhos, não eram mais aquela sombra no sexo de antigamente. Os seios brotavam, às vezes doíam, como dois limões que cabiam na mão de um menino. Não sentia nenhuma vergonha de estar assim nua, só tinha medo de que alguém a surpreendesse e então aí meu Deus estaria perdida. Como quando estava no banheiro e ficava longo tempo mergulhada prestando curiosa atenção nos pelinhos que cresciam na coisa entreaberta, vendo os peitinhos duros e brilhantes, e de repente o pai batia na porta, está demorando muito, ele gritava, e ela dava um pulo assustada como se a porta estivesse aberta e o pai pudesse ver o que ela estava fazendo e pensando. Tinha muitos desses momentos, como agora aquele corpo de mulher gigante mas estranhamente ainda de uma certa maneira menina, exposto ao céu de estrelas (uma nuvem escureceu o céu e ela começou a ter um grande medo), de onde de repente podia baixar agudo um enorme pássaro e lhe bicar o ventre. Tinha muitos desses momentos em que sem saber estava entregue ao poder das trevas e vivia na escuridão, sentia dolorosa a culpa e queria voltar para o mundo dos pais, todo feito de claridade. Peregrina, ia do negrume à luz, da luz à mais úmida escuridão.

Aquele ventre exposto a todos os perigos começava a crescer, as veiazinhas nas virilhas se azulavam, se esticavam e ela estava de súbito gerando um menino como uma terra encharcada onde uma semente inchava dolorosa, dilacerando a carne. Como foi parar ali aquela semente, como crescia ali aquele menino? Não, ninguém nem de leve tocara nela e no entanto o ventre se avolumava, e ela era mãe de vários meninos que vinham lhe chupar os peitinhos doloridos. Ela era mãe de Fortunato, era Fortunato que crescia dentro dela feito aquele barulho de mar.

Meu Deus, estou sonhando, não posso estar acordada. Mesmo em sonho é pecado ter ideias assim? O coração batia forte. Na escuridão do quarto os olhos de Helena faiscavam um medo cujas raízes varavam a alma. Meu Deus, me ajude, disse baixinho, me faça alguma coisa pra eu acordar, se estou dormindo. Quero ser boa, não quero ter sonhos assim. Olhava apavorada o corpo espichado na praia, o ventre como uma grande onda prenhe no mar. O vulto de Fortunato crescia e ela teria de amamentá-lo nos seios miúdos. Sentia dor e suava, a camisola úmida colada no corpo.

Helena, ouviu alguém chamando. Helena, repetiu mais alto Dirceu, você está dormindo? Ai, meu Deus, estou salva, não morri, não estou dormindo. A voz do irmão no escuro chamava-a de novo à vida comum, ao mundo da luz. Teve vontade de beijar aquele irmão que vivia brigando com ela. Meu irmãozinho querido, disse sem que ele pudesse ouvir. Helena, você não está me ouvindo, perguntou Dirceu aflito. Ouvia tudo perfeitamente bem, só que estava querendo deliciar mais um pouco o instante de luz em que ela voltava para a vida. Que é, Dirceu? disse. É que eu pensei que você já estava dormindo, disse ele. Eu não consigo dormir, já tentei, o sono não pega. Você não está com medo, assim no escuro, depois de tudo que aconteceu?

Helena ficou um momento calada. Devia dizer-lhe que também tinha medo? Não, eu não tenho medo, disse ela forte. Então por que você não dorme, perguntou Dirceu. À toa, estou pensando, gosto de pensar no escuro. Mentira, você também está com medo, disse Dirceu. Disse Helena um pouquinho só.

Ficaram quietos algum tempo: Helena pensando no medo daquele irmão tão bonzinho que a tirara da aflição do corpo na areia; Dirceu querendo que a irmã falasse qualquer coisa, para que o medo fosse embora. Será que a gente não podia acender a luz, perguntou ele; se a gente acender, mamãe vem logo e manda apagar de novo, disse Helena. Mas é bom ela vir, não é, perguntou ele. Não, mamãe está nervosa hoje. É melhor a gente ficar quieto e tentar dormir. Mas eu não consigo dormir, disse Dirceu meio choroso.

Na outra cama Margarida dormia. De vez em quando se remexia, num sono agitado. Ela pelo menos dorme, disse Helena.

Dormiu logo, estava pregada, disse Dirceu. Vamos acender a luz, Helena, vamos? Helena não disse nada, também gostaria de acender a luz, mas temia que a mãe viesse e acabasse dando pancada. Não, a gente fica conversando, é melhor; aí você dorme. Conversar sobre o quê, perguntou ele. Sobre nada, só pra falar. Sobre alguma estrelinha mais brilhante no céu, disse ela. Não adianta, disse ele, conversa de estrela é chata. Eu também estou com medo da janela aberta. Ara, você também tem medo de tudo, disse ela fingindo irritação.

Dirceu ficou um instante mudo, os olhos no início das lágrimas. Vamos então contar história, disse Helena. Eu conto uma, você conta outra. Eu não me lembro de nenhuma boa, disse ele. Inventa, disse ela, faz como eu. Hoje de manhã eu inventei uma história muito linda dum menino doente que amava uma estrela. História de estrela é chata, mas conta, disse ele. Não, disse ela, a história é linda e triste, e se eu contar você não dorme. Se é triste, não conta, disse ele, inventa outra. Disse Helena agora é difícil inventar. Então vamos falar bobagem, disse Dirceu. Uma vez uma velha muito gorda estava na igreja rezando e deu um pum tão alto e fedorento... Que história mais boba e porca, disse Helena. Nós não vamos conversar bobagem? disse ele. Eu não disse que ia conversar bobagem com menino, disse, perguntou Helena. Se você ficou calada é porque queria conversar bobagem, disse ele. É melhor você virar pro lado e dormir, disse Helena.

No escuro o silêncio pesava. Dirceu começou a pensar em Fortunato. Não, não queria pensar em Fortunato, se pensasse em Fortunato aí é que não conseguia dormir. Praia das Meninas, Praia das Castanheiras, Praia do Riacho, Praia da Capelinha, Praia dos Padres, começou ele a enumerar as praias para ver se não pensava em Fortunato, nos soldados correndo atrás de Fortunato.

Você ouviu um tiro, perguntou Dirceu. Não ouvi tiro nenhum, disse ela. Assim também não, Helena era chata, pensou ele. Não disse nada porque receava que a irmã ficasse com raiva dele e aí aguentaria sozinho o medo. Se ao menos ela estivesse mais perto dele. Helena, disse, deixa eu dormir com você? Helena ficou em dúvida, era uma mocinha. Bem gostaria que o irmão ficasse ao seu lado, assim talvez pudessem dormir. A mãe é que podia não gostar, ela já era uma mocinha. Deixa, pediu ele choroso. Então vem, disse Helena.

Assim, um junto do outro, era melhor. Virado pro lado esquerdo eu não posso dormir, porque o coração bate muito, disse Dirceu. Você também é assim? Todo mundo é assim, bobo, disse ela abraçando-o com ternura. Será que eles pegaram Fortunato, perguntou ele súbito. Acho que não, disse ela, não ouvi nada. Você está ouvindo os passos do papai na sala, perguntou ele. Estou, disse ela, ele também está nervoso. Escuta como ele anda, disse Dirceu. Ficaram um pouco em silêncio, ouvindo as passadas do pai na sala. Será que eles vão matar Fortunato, perguntou Dirceu. Ah, Dirceu, não fica assim não, senão aí é que a gente não dorme mesmo.

Helena sentia no ombro a respiração quente do irmão. Me dá a mão, disse. Assim é melhor. Escuta como o meu coração bate. Dirceu colou o ouvido no peito de Helena e ficou muito tempo ouvindo o tuquetuquear do coração. Gozado coração, não é? disse Helena. É gozado, disse Dirceu sorrindo.

Amanhã tudo seria claro e diferente, o tempo teria passado, a vida estaria de novo no seu lugar e aquele longo dia, aquela noite sem fim se tornaria numa coisa tão antiga, que eles fariam tudo para esquecer. Seriam outros: ela voltaria a ser a Helena que crescia e cujo corpo ia a pequenos sofrimentos tomando o feitio de mulher; ele, do seu galeão, olharia com o óculo de navegador os piratas do Golfo do México e praticaria intermináveis assuntos com o imediato.

Helena apertou bem forte no peito a cabeça do irmão. Um cheiro quente e gostoso nos cabelos de Dirceu. Ele também sabia ser bom e terno. Sentia mergulhar fundo no corpo o calor daquela ternura.

Assim ficaram mudos e contritos. Helena disse alguma coisa bem baixinho e não obteve resposta. Dirceu dormia, a respiração agora era diferente. Helena passou-lhe de leve a mão nos cabelos, no rosto, nos lábios. Beijou ternamente os seus olhos com um amor tão fundo, era como se ele fosse o seu filho que já tivesse nascido.

....

quando o olhava mais demorado e ele tinha feito mesmo alguma coisa, como foi o caso de Almerinda, como foi o caso quando achou aquelas moedinhas de ouro, foi você que roubou as moedas de ouro, disse seu Godofredo, mas ele não tinha roubado, achara mesmo, ia entregar, disse, queria só ficar um pouco de tempo com elas fazendo um barulhinho pesado no bolso, era uma força esquisita que as pessoas tinham de ver nos seus olhos que tinha feito alguma, seu Godofredo principalmente, porque sempre gritava Fortunato, Fortunato, gritou seu Godofredo depois que pulou a janela, ele pulou a janela e saiu correndo porque seu Godofredo gritou Fortunato, se gritou Fortunato foi porque já descobrira de longe o que ele tinha feito, senão não gritava, gritou, por isso sabia, viu com certeza a gaveta da cômoda mexida, não queria mexer em nada, estava só procurando uma caixinha vazia para guardar as aranhas peludas, os palpos e patas que sobraram da luta, que guardara com cuidado para depois mostrar a Tônho, para ver se Tônho entendia e lhe explicava então tudo direito como tinha sido, Tônho entendia daquelas coisas, foi ele que lhe ensinou aquelas coisas todas do mar com Madalena, quando ainda saíam pro mar e ele disse pode olhar o céu estrelado, não tem medo não, elas não fazem mal, não fizera por mal, só queria uma caixinha para guardar as aranhas, para que Tônho entendesse tudo, e se entendesse tudo talvez mudasse e pudesse sair com ele novamente mais Madalena para mar alto, onde olhariam as estrelas e pescariam uma porção de peixes, por isso mexera nos guardados de dona Maria, como os guardados cheiravam, como eram macios aqueles panos, tão macios que gostava de passá-los de mansinho no rosto, de cheirar o cheiro que tinham as calças, então com os fundilhos, alguns já puídos de tanto lavar no lugar do mijo, era mulher, devia mijar agachado, não, dona Maria não mijava agachado mas sentada na privada de louça, ele gostaria muito de usar uma privada de louça limpinha, devia ser bem bom, usava mesmo era aquele caixote de madeira com uma rodela furada na tampa que cobria a fossa no fundo do quintal, onde ele e a mãe faziam as suas coisas quando estavam apertados, não podiam usar a privada branca dos brancos, era a coisa que ele tinha mais vontade na vida, muito limpa, não deixava aquele cheiro quente de bosta amontoada na fossa, as moscas gordas varejeiras zumbindo, só um cheiro fininho e picante de mijo que caía do vaso, um cheiro fininho e doce foi o que sentiu gostoso quando esfregou a calça macia de dona Maria na cara, no nariz, ficou cheirando muito tempo, os olhos fechados gostando..........

Quando de manhã olhava as ondas, acompanhava-as longe engrossando, o rolo de espumas que faziam. O mar verde, as ondas já fortes. Sua alma era outra, o dia era outro. Havia então muita luz, uma poeira de luz e cores, e tudo dançava um ritmo novo, o dia nascia, ela mesma nascia na manhã tão distante agora. Não parecia o mesmo dia, e o dia era o mesmo. A noite daquele dia que se anunciara tão calmo. Mamãe, nós vamos ao Cemitério da Praia. Parecia coisa antiga, tão intensamente vivera aquele dia. Como se podia medir o tempo, se tudo crescia tão vertiginosamente dentro dela, um mundo que não mais podia parar? Era outra, não podia ser a mesma que de manhã olhara o mar crescendo, as cores novas dançando. A mesma que se olhara no espelho ajeitando o chapéu de palha na cabeça. Ainda era bonita, pensara então. Godofredo olhara-a com olhos gordos e aflitos. Você está jovial, disse ele. Godofredo querendo fazer coisas. Logo de manhã. Ela era fria com ele. Fazer, tornar a fazer, e ela absolutamente fria, sem movimentos, sem gozo. Os passos de Godofredo no assoalho. As ondas que iam e vinham. O mar sem fim, as ondas incessantes. A cor do mar dependia das partículas em suspensão. O olhar do professor de geografia nas suas coxas quentes de menina. Ondas e marés, sangue e lua. O corpo vibrava quente. Não era fria. A luta, a fala misteriosa do professor, a linguagem que só ela podia entender, porque sentia, na verdade sentia nas coxas o olhar do professor. Ninguém estava vendo, abria um pouco as pernas, ele via um pouco mais, e a voz era quente, falava de ondas e marés, era só para ela que falava, muitas vezes tinha a impressão de que ia desfalecer. Só para ela. Só para ela o homem da casa de disco colocava na vitrola a canção acorda minha beleza, descerra a janela tua. Todo dia quando ia esperar o bonde para ir ao colégio. O homem ficava olhando-a de longe, no fundo da loja. Era ela chegar e pronto, vinha o disco: acorda minha beleza, descerra a janela tua. O olhar do homem da loja era o mesmo do professor, a mesma fala na música e nas ondas e marés, nas partículas em suspensão. Uma colegial de boina azul que excitava homens maduros. Agora era uma mulher. Godofredo ficara inquieto e apesar de sabê-la fria, quis fazer com ela, ali mesmo na sala. Tinha nojo de Godofredo. Nojo e ódio, sabia agora com toda certeza, depois de tudo que acontecera. De tudo que aconteceu hoje, disse. Havia alguma coisa estranha em Godofredo. Alguma coisa que ela sabia terrível. Mas o que foi mesmo que aconteceu? Não sabia direito, mas tinha dentro de si a certeza de que alguma coisa terrível tinha acontecido. Ele não conseguia fitá-la. Godofredo caminhava de um lado ao outro da sala. Os passos de Godofredo no assoalho martelavam dentro dela. De um lado ao outro, inquieto. Tudo agora de noite era diferente. O mar batia mais forte, não era o mesmo mar de quando de manhã olhava as ondas engrossando, os rolos de espuma. No entanto era o mesmo mar, amanhã seria de novo claro e cheio de luz. Amanhã não serei a mesma, alguma coisa se partiu hoje em minha vida, definitivamente, sem remédio. Teria que tomar um novo rumo.

Quando de manhã olhava Fortunato brincando no jardim, via-o de longe entretido com alguma coisa. Bicho certamente. Formigas, aranhas, besouros. Devia ser uma daquelas brigas de aranha de que Dirceu tanto gostava. As crianças estavam dormindo, ainda há pouco fora vê-las no quarto. Fortunato e as aranhas fedorentas que Dirceu guardava em caixas vazias de sabonete. Fortunato, a fortuna não deixa durar muito. Por onde andaria Fortunato? Meu Deus, será que vão matar Fortunato? Porque tenho a certeza de que vão matá-lo, disse. Não será preso, como das outras vezes. O revólver de Godofredo. Fortunato brincando no jardim. A fortuna não deixa durar muito. Linda Inês, posta em sossego. A poesia é a única razão de ser de minha vida, disse ela, procurando sorrir da colegial que lia versos pela primeira vez. Esperava o bonde com os livros debaixo do braço. A loja de discos. Fingia ler os versos da linda Inês na antologia. Acorda minha beleza, descerra a janela tua. Era irresistível, desviava os olhos do livro para os fundos da loja. O homem imóvel, imperturbável. Uma vez viu no rosto do homem um sorriso brando e malicioso, ficou vermelha, o coração batia forte, voltou rápido os olhos para as páginas do livro. Como o bonde custava a chegar. Mas gostava, estranhamente gostava daquele medo e daquela espera. As partículas em suspensão, a cor do mar. As ondas que quebravam violentas. Que maré forte, nunca vi assim. Ninguém hoje se aventurará ao mar.

Ficou ouvindo o marulhar forte do mar. Esticou o ouvido e esperou inutilmente as pancadas do relógio da igreja. Os passos de Godofredo. Alguma coisa se passa com ele. Há muito tempo que o relógio batera as horas. O marulhar do mar de noite. Era bom dormir ouvindo o mar. Hoje não dormiria, tinha certeza. Vão matar Fortunato. Não conseguirei dormir depois do que se passou hoje comigo. Para ser sincero, só lhe quero bem, Maria. Maria, Maria, dizia ele. É preciso ser muito mulher para se chamar assim e não ser qualquer. Godofredo não sabia de nada, não contou nada a Godofredo. Para quê, se tinha nojo e ódio de Godofredo? Se ela... Não, não queria continuar. Ele merecia.

Os passos de Godofredo no assoalho. Para lá e para cá, de um lado para outro, enervantes. Para a frente e para trás, para trás e para a frente. Como uma aranha que procura o seu caminho. Uma aranha peluda que escondia a sua força? Não, ele não tinha força, o que havia nele era um mistério. As mãos peludas do tenente. Um mistério, disse ela. O mar cheio de mistérios. Descoberto o mistério, desvendado o último véu, nada restaria. Um trapo, uma casquinha de noz na banheira. O que mantinha Godofredo era o seu silêncio? Os passos no assoalho. O silêncio, só o marulhar do mar. O silêncio quebrado apenas pelos passos de Godofredo. Agora só os passos no assoalho. Se apurava mais o ouvido e se concentrava no mundo de fora da casa, ouvia o barulho das ondas. O barulho do mar grosso, maré forte. Nenhum barco se arriscaria àquele mar. Se Fortunato estivesse escondido nas pedras, talvez Tônho pudesse salvá-lo com a sua barca. Tônho teria coragem de ir àquele mar? Nem vê, Tônho não tinha coragem nem ao menos de ir por um mar mansinho de meninos brincando. As crianças estão dormindo, já vi. Como é que menino consegue dormir num dia assim. E eles gostam de Fortunato. O nome da barca de Tônho é Madalena, disse Dirceu. Tônho não era mais homem para Madalena, Tônho não sairia com um mar assim. Como é que as crianças, Helena sobretudo, que era tão sensível, podiam dormir assim, depois de um dia assim? Dia longo, noite sem fim. As pancadas do sino da igreja custavam. Como a noite rolava lenta e angustiante.

As horas eram lentas e custavam. Que dia, meu Deus, disse súbito num fundo suspiro. Não conseguia recompor todo o seu dia, tão longo. Procurava pensar nuns pontos definidos naquele dia sem fim e ao mesmo tempo não queria pensar. Havia momentos fortes demais para a sua alma. Quando assim, tudo parecia sonho, tudo parecia não ter acontecido e ela vogava sonâmbula. Não, não aconteceu, não pode ter acontecido, ele não ousaria. Um delírio certamente causado pelas emoções fortes que lhe dera a fuga de Fortunato. O modo como a olhava, a fala ciciada. Maria, Maria, disse ele. O medo de que a tocasse. A fala horrível, o pior eram os olhos. A fala do professor era assim — as marés, a cor do mar, as partículas em suspensão; o homem imóvel na loja de disco, acorda minha beleza, descerra a janela tua —, os olhos do homem eram assim. Mas não ousavam além da música das marés e partículas em suspensão. Uns olhos que a marcavam, deixavam fundos sinais no corpo, lhe varavam a alma. E o silêncio grosso detrás daqueles olhos. Não sabia o que ele podia fazer. Era melhor o senhor voltar outra hora, quando o meu marido estiver em casa, disse ela? Não se lembrava bem, não podia ter acontecido. Certamente esperara Godofredo sair. Estava sozinha com aquele tenente, perdida, meu Deus. Os olhos faiscando, as mãos peludas e grossas. Não podia escapar, ele a subjugaria. Que gosto teria. Não, não quero pensar nisto, meu Deus. O mesmo pensamento impreciso, confuso, contraditório, que lhe vinha de uma região desconhecida como um pequenino ponto de dor, uma semente que poderia germinar. Como podia ter pensamentos assim? Era como quando estava no beira-sono, dorme-não-dorme, e vinham fantasias eróticas, visões estranhas, um desejo de ser lambida, esmagada, torturada. Uns braços que a imobilizavam. A angústia deitando raízes sangrentas. A angústia que estranhamente também a protegia, impedindo que ela fosse mais longe, afundasse nas suas visões, frente a desejos que não podia conter. Uma aranha se mexia para a frente e para trás, para trás e para a frente, peluda, asquerosa. O Homem da Noite, os olhos largos e abertos, os olhos de um amarelo sujo, a boca rasgada e grossa, os lábios que ele lambia aflito. Só dormiu com seconal. Mas de dia não tinha sido sonho. Tudo dançava na cabeça. Não pode ter acontecido, foi uma visão doentia, devo estar doente. Tenho febre? disse ela levando a mão à testa. Há pessoas que têm febre nervosa. Conheci uma. Dizem até que há queda de cabelo. Conheci uma mulher que perdeu os cabelos depois de uma febre demorada de quarenta graus, disse levando a mão à cabeleira escura e fofa, ondeada. De manhã no espelho ajeitando o chapéu de palha na cabeça. Os cabelos caíam sobre a testa, mansos e brilhantes. Ele disse que ela estava jovial. Tenho os cabelos brilhantes, os meus cabelos são bonitos. Se mataria, se perdesse os cabelos. Seria a ruína, a morte prematura.

Tenente, o que sei, repetiu de repente, é que Fortunato fugiu com um revólver por aí. A boca pegajenta, os olhos amarelos estatelados. Se gritasse, ninguém viria socorrê-la. Devia estar na Casa da Câmara. A Casa da Câmara metia medo, os presos encardidos detrás das grades, pálidos, sofridos. O tenente na túnica cáqui amarela, muito lavada. Um homem forte realmente, forte e poderoso. Uma aranha que escondia força. Godofredo era sórdido, como pôde amá-lo? Godofredo Cardoso de Barros, disse tentando rir. O riso não saiu, mais uma expressão de dor. Forte e bruto, um primitivo, disse procurando se recompor. Os brutos que pisavam as flores do jardim. Godofredo, veja se encontra marcas na grama, tenho certeza que não foi alucinação, vi o homem aí mesmo na janela. Tome um seconal, você está nervosa, disse Godofredo. Godofredo mais uma vez mentira, a grama marcada, as flores pisadas. Godofredo teve foi medo de sair e encontrar alguém. As flores que tanto amava quando compostas com cuidado numa jarra. Godofredo parado na porta de sua casa, ela mocinha, o coração batendo porque era a primeira vez que vinha visitá-la.

Godofredo desajeitado com o ramo de flores. Ah, trouxera flores para ela. Godofredo parado na porta, com um buquê na mão sem saber o que fazer. Como eu era boba, meu Deus, como eu chorava de noite me lembrando das flores, como eu chorava de noite cantando baixinho acorda minha beleza, descerra a janela tua, porque sabia que o disco era só para mim. Sou culpada de tudo, por que não vi claro da primeira vez? Boba e romântica. Não dorme quem tem amores, dizia uma parte do disco, o teu postigo cerrado. Não dormia pensando nas flores de Godofredo. Godofredo era ridículo, ridículo com aquelas flores. Tinha ódio de tê-lo amado um dia. As flores pisadas no jardim. Era um bruto, um primitivo, o tenente. A túnica cáqui, o peito forte, os braços duros, as mãos peludas, os dedos como tenazes. Nos braços as marcas dos dedos, tão fortemente a segurara. Que gosto teria, começou de novo a pensar perigosamente. Como de noite a envolvia a fala trêmula: a cor do mar é verde ou azul conforme as partículas em suspensão, e o disco tocava languidamente, como um cansaço, minha beleza, e ela se deixava envolver numa onda quente que a umedecia. A grama marcada, as flores pisadas. O corpo do tenente cobrindo-a toda, sufocando-a. Nunca lhe traria flores. Aquelas mãos não sabiam segurar um ramo de flores, mas porque fortes e duras. Só para ela.

 Os passos de Godofredo no assoalho cresciam de intensidade, doíam nos ouvidos. Encostada à janela que dava para o mar, os olhos fechados, minúscula mas toda ressonância, podia ouvir Godofredo caminhar de um lado ao outro da sala. Que homem este com que vivo, meu Deus, disse pensando desmaiar. Os passos cresciam, o barulho de ensurdecer. Como tambores que batessem uma dança selvagem numa mata fechada e escura. Mãos negras num ritmo apressado, os tambores de enlouquecer.

 Pare, gritou ela, pare pelo amor de Deus!

 Godofredo estacou como acordado por um tiro dentro da noite. Um tiro que ainda ecoava na memória, um tiro que povoava as noites de insônia, um tiro que era o som constante dos seus pesadelos. Os olhos espantados, vinha de um sonho profundo, de negras escuridões, de funduras abissais. Quem o chamara, quem gritara para ele?

Vendo a palidez de Godofredo, o rosto lívido, os olhos de um pavor tão forte que ele parecia fora de si, Maria teve medo do que estava acontecendo. O mesmo medo ancestral de quando viu o homem no quarto. Aquelas figuras, sombras fundidas, verdade e pesadelo, realidade e imaginação.

Godofredo, gritou de novo, tinha medo de que ele não pudesse reconhecê-la.

Ele a olhou por um instante como se ela não estivesse ali, como se visse uma figura estranha, como se nunca a tivesse visto. Dentro da escuridão do seu peito, a figura comum de Godofredo, que ele compusera durante toda a vida, procurava emergir para a luz, numa luta desesperada. E ele naquele instante, porque foi apenas um momento que a sua consciência falseou, um momento em que lhe sumiu o degrau da escada, buscou forças submersas, que temia fugissem, para voltar a ser o que era. E num instante tudo se recompunha milagrosamente: voltava a si, voltava a ser Godofredo Cardoso de Barros.

Godofredo Cardoso de Barros olhou a mulher e viu que ela era a sua mulher, a companheira de muitos anos, a sua Maria, a Maria com quem ele, bem ou mal, sempre soubera lidar.

Que é? disse procurando ser calmo. Por que esse grito, por que essa histeria toda?

Maria também voltava a ser segura de si. Não pode parar de andar? disse. Essa andação me exaspera.

Ele a olhou durante alguns instantes em silêncio. Tinha vontade de humilhá-la, mostrar que era superior. Se você está incomodada, disse, vá para o quarto, porque na minha casa faço o que eu quero.

Maria ficou surpresa, não esperava reação tão brusca do marido. Mas ela também tinha as suas armas e sabia como usá-las. Não vou, disse, por enquanto a casa também é minha. Não precisa gritar, disse ele. Quer acordar os meninos? Não basta o que aconteceu hoje? Não, disse ela, não basta. Vai haver muito mais, você nem pode imaginar. Godofredo se espantou da força súbita que Maria demonstrava. Que é que ela pensava fazer, que decisão teria tomado de repente? A firmeza com que ela lhe respondera, o tom de ameaça que usou deixavam-no confuso. Toda a certeza, toda a segurança parecia ruir. Pensou em sair, deixá-la sozinha, sem uma palavra sequer. E depois, como conseguiria voltar, colocar nos eixos o mundo a que estava acostumado? A sua casa, Maria e os filhos lhe davam uma certa estabilidade, um equiltório, sem o qual talvez não pudesse viver. Era onde ele reinava, os alicerces onde erguera a construção de sua vida, onde era mais do que em qualquer outro lugar Godofredo Cardoso de Barros.

Você não me engana, Godofredo, disse ela como uma gata de dorso recurvado, tensa, acuada mas pronta para o ataque. Não me engana, nunca me enganou. Até agora fiquei calada, engoli tudo, comi o pão que o diabo amassou. Vi sua fraqueza, que você procura vestir de força, a sua perversidade. Sei o que há atrás de você, conheço o seu bebedouro. De hoje em diante, sou outra, meu filho, uma que você não conhece, uma que eu escondi muito tempo. Não, não tente me impedir de falar, porque você vai ouvir tudo. Grito, nada me impedirá de gritar. Acordo os meninos, sei, acordarei todo o mundo, mas você ouvirá. Hoje aconteceu muita coisa. Comigo e com você. Não sei o que se passou com você, alguma coisa se passou. Posso supor, pelo que conheço de você. Não somos mais os mesmos. Você e eu. Comigo também houve coisas de que você nem suspeita. Saberá um dia o que houve e o que ainda vai haver. Quero ter o prazer de lançar tudo na sua cara, para humilhá-lo, para que todo mundo veja, para que você mesmo veja quem você é.

Godofredo estava lívido. Não esperava aquilo de Maria. Não tinha motivo, ao menos aparentemente. Será que ela tinha percebido, será que demonstrara alguma coisa? Não, não vira, ela não sabia de nada. Se soubesse, na fúria em que estava, lançaria tudo na sua cara, e ele então estaria perdido. Está falando para que eu diga alguma coisa, para que me traia. Não direi nada, porque tudo, o mundo de fora, a vida desencadeada não depende mais de mim. Serei esmagado, nem eu mesmo poderei mais me olhar. Tinha que deter a mulher, mesmo que tivesse de ameaçá-la, de usar violência, senão estaria perdido, trapo de homem.

Pare, gritou procurando assustá-la. Nem mais uma palavra! Quis continuar, mas esperou a reação de Maria. Ela ficou calada, quieta e dura, olhando-o bem no fundo dos olhos. Ele não sabia que aquele bichinho pudesse ter tanta força. Maria se encolhera na espera, bicho, fera, felino pronto para o pulo. Godofredo foi se aproximando dela, lentamente. Não, gritou ela quando ele estava mais próximo. Não se atreva! Não vou fazer nada, disse ele. Nada do que está pensando. Podia bater-lhe, matá-la até! Experimente, gritou ela criando alma nova, levante a mão para mim. Porque sabia que ele não seria capaz de nada. Mas eu não sou disso, disse ele, não é assim que as coisas se resolvem. Que você não é disso eu sei, disse ela. Agora quero que você me bata, disse ela. Vamos, é tão fácil bater numa mulher!

Godofredo teve vontade de surrá-la, dar-lhe até que ela caísse de joelhos. Podia matá-la, era tão fácil. Mas alguma coisa dentro dele o conteve. Não, não podia, talvez ela soubesse. Recuou em tempo, procurando ganhar força. Precisava dizer alguma coisa que lhe tirasse o ímpeto, que a diminuísse, para que ele ganhasse corpo, triunfasse. Você não está bem, disse meio seguro, alguma coisa de anormal se passa com você. Foi esse doido que alterou tudo, que a deixou fora de si. Sei o que é isso, você precisa de tratamento. Por hoje, tome um seconal e vá dormir.

Seconal, disse ela rindo. Se-co-nal! Ah, toda a minha vida tem sido seconal. Nada, nenhum problema tem solução, tudo é seconal! Seconal! Seconal! Quando um homem entrou de noite no meu quarto e me viu nua, foi seconal, nada aconteceu. Tome um seconal que isso passa. Seconal porque você tinha medo de sair e encontrá-lo. Seconal! Seconal! Até que eu fique anestesiada, até que eu morra, para que não possa perceber tudo, para que não possa ver quem você é!

Godofredo foi se afastando em direção à porta. Vou sair, não suporto mais estas cenas, disse. Saia, gritou ela enquanto ele batia a porta. Saia de uma vez! Da janela ainda pôde dizer: Vá atrás de Fortunato, leve um revólver para matá-lo!

(As lágrimas cessaram, os soluços morreram no peito. Tudo era silêncio dentro dela, água parada. Lá fora o mar ainda continuava o seu ritmo incessante, onda após onda, em estrondo. As estrelas brilhavam no céu longe. Ouvia tudo em silêncio. Quando o sino da matriz deu a primeira pancada, ela começou a contar como se contasse as lágrimas que lhe caíam dos olhos: uma, duas, três, quatro — os sons se esticavam no ar. Dez horas, disse ela.)

....

gostando muito daquela macieza de seda na pele que fazia imaginar uma porção de coisas, uma porção de coisas ele fantasiava então ficava muito nervoso, com medo, o coração tuquetuqueava forte, como agora sentia o coração batendo demais dentro do peito, onde a dor continuava forte, apalpou a perna, foi quando saltou a poça, latejava quente, podia de repente começar a inchar, não parar nunca mais, gangrena, uma vez viu Tônho falar quando Chico Corvina se machucou no mar e ficou com a perna muito inchada, talvez precisasse até cortar, senão o roxo da gangrena tomava conta do corpo inteirinho e ele morria, antes de morrer começava a feder, podia morrer fedendo, pelo fedor viria uma porção de urubus, ficavam boiando em roda em torno dele, se Tônho não chegasse a tempo de salvá-lo, porque Tônho não vinha logo com a barca Madalena pelo mar, pelo mar não podia, não podia ser com Madalena, só a pé subindo pelas pedras, o mar estava muito brabo, ainda agora via como trepava violento, como estrondava de encontro às pedras, como fazia um lençol de espuma grossa, pelo mar não podia, mas pelas pedras podia vir buscá-lo, Tônho não podia deixar de vir buscá-lo, não o abandonaria assim de repente, olhou a estrela sua madrinha, estava muito brilhante no céu, limpou as lágrimas, quis sorrir porque ela estava lá muito brilhante, a seda brilhava, era macia, uma gostosura de maciez, ficou muito tempo esfregando as calças de dona Maria na cara, no nariz, cheirando cheiro bom e fundo nos fundilhos muito lavados de tanto mijo, ela mesma lavava porque eram de seda fina, estendia na corda do banheiro de louça branca, os brancos sabiam ter coisas boas e brancas, limpinhas, deviam ter mesmo a alma limpa e boa, deviam saber tudo de sujo que se passa com a gente, sempre sabiam o que ele tinha feito de ruim, descobriam sempre nos seus olhos, era uma força esquisita muito grande que tinha seu Godofredo de ver nos olhos, Fortunato, gritava, Fortunato, gritou seu Godofredo, então saiu correndo, seu Godofredo tinha descoberto tudo, a gaveta da cômoda aberta, as roupas mexidas, a aflição foi tanta quando viu a maçaneta de louça branca da porta se mexer, estou perdido, pensou rápido o seu faro, tinha mesmo de fugir, imagina se seu Godofredo o visse ali mexendo nos guardados, nas roupas de baixo de dona Maria, saberia logo pelos olhos que ele tinha estado cheirando as calças de seda de dona Maria ....

Rente às paredes e aos muros, uma sombra deslizava. Ora rápida, ora devagar. Parava. As ruas vazias, as casas fechadas. Continuava sem rumo. O vazio das ruas, as luzes espaçadas, o silêncio que tornava as coisas mais duras, mais cerradas: um mundo à espera. Assim devia ser o mundo sem os homens, um grande silêncio, uma campânula de vidro, uma caixa de ressonância à espera do primeiro grito, da primeira voz, da primeira fala. Um grito de dor e sofrimento; uma fala cheia do mistério de cada um, que nada dizia; a voz que o homem diariamente sepulta dentro de si, para só mais tarde ouvir.

Frei Miguel não sabia para onde ir, deslizava como uma sombra pelas ruas desertas. Na verdade não prestava muita atenção a coisa alguma: as casas fechadas, as ruas vazias, as luzes boiando amarelas na escuridão. Para a igreja não iria, não podia ir para lá agora. Precisava pensar, pôr em ordem o seu mundo interior, olhar firmemente até entender a construção que desabara. Nada parecia ter restado de pé, pedras sobre pedras.

A Casa da Câmara ficara para trás, o tenente ficara para trás. Tudo se distanciava. Como um barco que avança pelo mar adentro, e a terra vai sumindo ao longe, a cidade apenas uma faixa branca, depois um ponto de luz, depois mais nada. Aquilo tudo era apenas lembrança, uma lembrança de névoas dentro dele. As coisas e os seres sumiam, restava um homem sozinho, realmente sozinho.

Só uma vez o mundo de fora pareceu acordá-lo. Quando olhou no muro alto um dos Passos da Paixão. O nicho que guardava a figura do Filho que encontrava a Mãe, as piedosas mulheres. Não corte os cabelos, meu filho. Não pode, meu filho, só deve usar branco. Uma promessa que fiz, quando você nasceu, e eu estive às portas da morte. Os olhos da mãe, brilhantes de lágrimas, quando ele recebeu as ordens. Agora você rezará por mim, tenho certeza de que uma pessoa rezará por mim com todas as forças do coração. Ela cumpriu o seu destino, ele seguia o seu caminho de pedras. De repente, tudo o que estava longe, tudo o que ficara para trás voltava. As vozes altas, ensurdecedoras nos ouvidos. O tenente falava. Luzia: me ajude, santo. O pescador:

se o senhor pedir. De que adiantava falar, de que adiantava pedir? Não o atendiam. O tenente parecia rir dele. Eram como pedras.

Se ao menos soubesse. Estaria salvo. Um caminho, precisava de um caminho, uma luz qualquer, mesmo uma luz maldita naquela escuridão em que se embrenhava. Não te digo o que fiz, para que não abuses de minha misericórdia. Por que não dizia, se era fácil perceber, pelo mistério, que ele tinha sido salvo, que encontrara a vida eterna? O único que fora autêntico, o único que tivera a coragem de um gesto, o único que levara o remorso até o desespero. A morte pelas próprias mãos. As moedas que lhe deram, recusaram depois. Estava sozinho, não encontrara ninguém. Junto dos outros não podia ir. Os que lhe deram as moedas não lhe aceitavam o convívio, tinham nojo. Como podia perceber, se não havia sinais visíveis, que um deus vivia entre eles, entre gente imunda como eles, que era um deles? Vendera, só podia vender, seu destino era vender para provar. Seguira aquele homem de fala fácil e olhar inflamado, na sua peregrinação sobre a terra, mas não tinha nenhuma certeza, nenhuma fé. Todo dia alguém crucifica alguém. Dera o primeiro passo para que ficasse provado. Deus tinha necessidade de homens como ele. Como eu. Não, não é a mesma coisa, não vendi ninguém, não entreguei ninguém. Falei o melhor que pude, o tenente não me ouviu.

Um silêncio terrível vibrou dentro de frei Miguel. Amparou-se no muro, para não cair. O ouvido zunia. Alguma coisa se partiu dentro dele.

Depois de longo tempo, quando retomou a integridade que parecia perder, foi que pôde continuar a sua marcha sem rumo. Para a igreja não podia ir, ainda não podia ir. Lá moravam os seus fantasmas. Os olhos da mãe no escuro, as lágrimas descendo pelo rosto. Ela morrera, ele não conseguia mais rezar por ela. Toda a noite, com pequenas variações, em sonho, a cena se repetia. Reze por mim com toda a força do seu coração.

Não posso rezar mais por ela, não posso mais rezar nem por mim. Não posso mais rezar.

  Se ao menos soubesse o que foi feito de Judas, continuava. Tudo mais fácil. A salvação seria possível, mesmo que cometesse todos os crimes, todos os pecados. Um santo, era o que diziam. Não sabiam como andava o seu coração. Um santo que devorava no deserto as próprias entranhas. Não eram gafanhotos, era a sua própria carne. O recolhimento era pior, não estava preparado para aquela viagem. Foi o que disse o Superior. Não tens armadura suficiente. Ninguém está preparado. Meu Deus, por quê? Reze por mim. Com todo o coração. No deserto, o santo via bichos horríveis. O delírio no deserto, a visão no deserto é pior que a visão entre os homens? O santo e os gafanhotos. Ele comia as próprias entranhas. O santo acreditava, o santo tinha fé. Era mais fácil. Quinze mil santos. A Idade Média e os seus quinze mil santos. Mais fácil. Seria mais fácil se soubesse o que foi feito de Judas. Não te digo. Como tinham visões, como viam facilmente Deus e o Diabo, o Diabo sobretudo, sob mil formas. Os bichos, as lesmas, os seres andróginos. Gafanhotos. Comiam mel e gafanhotos. Para que não abuses. Não via nada, não tinha visões, tudo se passava no grande vazio dentro dele. Se ao menos soubesse. Não te digo o que fiz, para que não abuses. Um deixou a mão queimar na chama da vela, enquanto alisava com unguento as pernas de uma mulher, para que assim dividisse o seu amor a Deus e o seu amor aos homens. Os bichos. Os mil disfarces. Em que figura lhes falarei bem? O auto de Gil Vicente, as leituras obrigatórias na clausura. Para que não abuses de minha misericórdia. O demônio escolhia a sua roupagem.

  E se a figura que escolheu para lhe falar foi a de Fortunato? Não, estou louco, tiro ilações sem sentido, absurdas. Por que havia de escolher a figura de Fortunato para provocá-lo, para prová-lo? Fizera tudo o que estava ao seu alcance, conforme prometera a Luzia e ao pescador. Que mais podia fazer? O tenente resistira, chegou a vislumbrar um riso malicioso na cara do tenente. Queriam matar alguém. Que matassem. Que lhe importava agora que matassem Fortunato? Que lhe importava a morte de um homem, se ele nada podia, se não estava nas suas forças, fazer para impedi-lo. Pilatos oferecera o perdão a um, eles escolheram. Como podiam saber, como Judas podia saber que aquele homem miserável era Deus? Judas não tinha fé, apenas seguia aquele homem. Vendeu. Pilatos lavou as mãos. De manhã, ele também lavara as mãos na pia batismal. Era isso, ah, era isso. Não sabia por que, mas retirara rápido as mãos da pia. E se tudo aquilo fosse uma provação, se Fortunato tivesse vindo ao mundo para prová-lo, para que as suas dúvidas, para que a sua vida submersa viesse à tona? E se Fortunato, o revólver, o tenente, Luzia, o pescador, tudo isso fosse apenas uma visão? Os santos comiam gafanhotos, viam bichos horríveis, seres andróginos. Não sou santo, disse. O povo acha que é, disse o pescador. Não, eles existiam, tinham uma existência dura, cortante, que feria, palpável. Podiam matar, podiam morrer. Que lhe importava? Não fora ele que armara Fortunato, não fora ele que armara os homens. Os homens matam e morrem, é esse o destino dos homens. Cada um pode matar o outro. Cada homem pode destruir o próximo. É o destino do homem, a sua liberdade. Não armei ninguém, não dei armas a ninguém, disse alto a alguém invisível. Os homens se protegem, têm o direito de se proteger. O tenente está certo. Os homens não podem ser livres. Você não está preparado, meu filho, disse o Superior. Fortunato está certo. Certos todos.

O erro está em mim, a culpa está em mim, disse. Se ao menos soubesse, não teria medo, não sofreria a angústia que agora sentia. Tudo mais fácil. Judas não tinha fé. Portanto, não tinha culpa. A culpa existe, é inútil tentar esquecê-la. Quando quis devolver o dinheiro que lhe deram para que indicasse, entre muitos, qual o que buscavam, quando recusaram o dinheiro de volta, nasceu a fé para Judas. O remorso e a fé. Ainda pode chegar a minha vez, disse. Não agora, agora não sinto nada, estou vazio. Deus abandonou o mundo. Há muito. Os homens agora agem por conta própria. Foi uma fé tão forte, tão dura, tão aguda, um banho tão cáustico para a sua alma, que Judas sucumbiu. Não podia resistir, era forte demais para ele, um homem miserável. Antes era um homem que se dizia Deus, que estava ao seu lado. Ele não acreditava realmente, não tinha fé. Agora, depois de tudo consumado, tinha fé. Com fé e sem o seu Deus, não podia mais viver. Não tinha outro caminho senão destruir-se. Não, não me matarei, disse, levarei até o fim de meus dias, até a última gota esta bebida. Ele tinha fé, nem isso mais eu tenho. Ilusão, nunca tive. Se Deus abandonou o mundo, como podia viver dentro dele? Deus nunca esteve dentro de mim, disse.

Judas estava salvo, agora tinha certeza. Não podia ser de outro modo. Salvo, na vida eterna. Amém.

A salvação pelo amor. Lembrava-se de seu primeiro sermão, depois que recebera as ordens. A mãe, os olhos molhados de lágrimas. Reze só para mim, com todo o coração. A ajuda que podemos dar ao próximo é através do amor. Frei Miguel começou a rir, a rir alto e estranho à medida que lhe voltavam as palavras do seu antigo sermão. Como dizia tolices, como dizia coisas absurdas, sem sentido. O corpo místico. Não podia entrar na cabeça nem no coração de ninguém. Retórica, tudo o que aprendera. Nada nascia de sua alma.

Ninguém, disse. Ninguém pode salvar ninguém. Só podemos salvar a nós mesmos, como salvamos a nossa pele. A ajuda é o amor, dizia antigamente no sermão. Riu. Estava vazio de amor. Vazio de Deus. Sozinho.

Riu alto. A gargalhada se perdeu no fim da rua vazia. Agora podia subir de novo o Morro dos Padres.

Ria, e sem que notasse, lágrimas corriam pelo rosto. De repente, uma palavra brotava em seu espírito, porque não sabia pensar sem palavras, desde sempre lhe ensinaram a buscar um nome para as coisas.

Agora subia o morro, em direção à igreja.

Uma palavra. Tem um nome, disse. A-pos-ta-sia.

Do alto do morro, no adro da igreja, olhou o mar encapelado que subia pelas pedras — já começava a poder olhar as coisas, o mar, o mundo.

E disse, enquanto abria a porta da igreja, Deus não existe, tudo mentira.

Quando entrou na nave escura era como se entrasse numa casa vazia, abandonada. Nada ali lhe pertencia. Como a concha não pertence mais à ostra depois de arrancada. Apostasia.

Agora é partir, disse. Partir para as trevas, em busca da luz.

....

foi tanta a aflição que saiu correndo e saltou o muro, ficou vagando desatinado pela cidade, de vez em quando tinha de se esconder por causa dos soldados que estavam atrás dele, só podiam estar atrás dele, seu Godofredo contara tudo, agora estavam de novo atrás dele, para levá-lo preso depois de bater, da última vez bateram muito, foi levado amarrado para a casa de loucos lá longe na outra cidade, não queria nunca mais ir para aquela casa grande de grades, onde tinha uma porção de gente aflita vestida de macacão azul, as mulheres usavam camisolão, andavam desgrenhadas esquentando sol pelo pátio, tinha uma que lhe dava tanta aflição porque não parava nunca de falar, falava tanto que a boca até espumava uma espuma grossa como a baba que escorria dos beiços de Almerinda, uma baba verde de capim, não ficava nem mais capim no jardim do pátio de laje da casa grande de loucos, de tanto que o Cabeça de Ovo andava sem parar, outro furioso que dava gritos e gargalhadas e sacudia as grades, aquele eles nunca deixaram descer pro pátio onde ficavam amontoados, de vez em quando tinha brigas, era muito perigoso, dizia a mulher que ficava fazendo crochê mas sem linha, o que lhe dava muita aflição, aliás tudo lhe dava aflição, então também começava a andar em roda e não podia mais parar, aquela dor não parava mais no peito, em tempo de rebentar, andava fazendo rodas grandes e rodas pequenas, um guarda que tomava conta ficava olhando de longe, uns guardas eram bons, outros eram ruins, tinha um que perdia a paciência e batia, mas batia quando se estava sozinho, não na enfermaria onde uma porção de camas enfileiradas, onde dormiam, certas noites ele não conseguia dormir, ficava olhando no escuro o barulho nas outras camas de gente que também não podia dormir, um pigarro, uma tosse, uma risada sem pra quê, um ranger de colchão, um gemido fundo, um risinho, um choro abafado, um ai Jesus que engraçadinho, dizia o da última cama, no escuro ficava pensando na mãe lá na ilha chorando, não muito na mãe, mais em Tônho e em Madalena, dizia bem baixinho como agora disse Tônho, meu paizinho, vem logo me buscar, não me abandona, não tinha pai, dizia a mãe, por isso tinha muita inveja de gente que tem pai, ele sempre andou procurando um pai na sua vida, até que um dia vai encontrou Tônho, que de uma certa maneira ficou sendo dentro do coração seu pai, nunca contou isso pra Tônho, só dizia baixinho como agora disse Tônho, meu paizinho, vem logo dentro da Madalena amarrada no moirão na praia, mesmo assim ele não ouvia ....

Não sei mais de mim, disse Maria andando rápida, com medo de ser vista. Assim na rua era melhor, não aguentava mais aquela sala. A angústia crescera de tal maneira depois que Godofredo saiu, que a casa parecia suspensa, assombrada. Casa marcada, casa de fantasmas. Não, não podia suportar aquela solidão, as vozes ensurdecedoras dentro dela.

A rua, a noite, o mar. O céu aberto, pontilhado de estrelas. Respirou fundo o ar salino, a noite estrelada. A dor no peito amansava, podia ver o mar e o céu. O mar violento, crescendo em ondas, vindo lamber as castanheiras, recolhendo-se. As estrelas piscavam úmidas. Enxugou um resto de lágrima no canto dos olhos. Por que sou assim? Por que o medo de enfrentar a vida que se abria diante dela? Preciso me vencer, disse. Achar um caminho, fazer alguma coisa. Ou deixar o corpo ir, levada.

Tinha medo de ser vista, de encontrar alguém. Como se um grande olho a acompanhasse. Vejo-te, não me escapas. Era perigoso, sabia. Os homens armados deixavam-na assustada. Assim foi o dia inteiro, soldados de fuzil andando de um lado para o outro. Fortunato acuado. Uma bala extraviada. Você está perdido, Fortunato. Não tem salvação para você. É inútil contra todos esses homens. Os homens palmilhavam a ilha à procura de Fortunato. Ela também não tinha salvação, fora lançada de repente no centro de um mar revolto, dentro de uma vida forte, dura, real demais. Vivera em sonho, sempre vivera em sonho. A vida recolhida e silente, que exigia pouco. Vivia mais para dentro de si, para as sensações que analisava minuciosamente, continuadamente, para as lembranças soterradas, que ia aos poucos fazendo ressurgir, criando um mundo que era só dela. Sem necessidade de um gesto, como se tivesse feito um voto de renúncia à vontade, à vida de fora. De repente, ei-la sozinha diante de forças incontroláveis, boia solta num mar agitado. Para onde ia? Seconal, ele dissera mais uma vez seconal. Se-co-nal, disse lentamente, como se a palavra a envolvesse numa névoa suave, e ela não mais se pertencesse. Podia adormecer. Um tubo, e adormeceria para sempre. Não haveria mais nada: Fortunato, Godofredo, o tenente, ela mesma. Tudo naufragaria lentamente nas ondas do seconal. Mas não queria morrer: precisava urgentemente viver, duramente viver. As trevas que guardava no fundo do peito necessitavam vir à luz em toda a sua força. Buscava o que tinha de acontecer, o que achava que tinha de acontecer. De uma vez, a esperança a angustiava. Por onde vou, perguntou de repente uma outra Maria, uma Maria ponderada, antiga, que ela não queria mais ouvir. Nunca mais, disse.

    Não sabia de si mas dentro dela crescia uma certeza. Era como se andasse em sonho, impulsionada por forças antes apenas suspeitadas. Precisava fazer alguma coisa, tomar um rumo. A sua vida, de hoje em diante, seria outra. Não mais Godofredo, a humilhação, a vida apagada, a morte em vida. Ele não tocará mais em mim, disse. Sou outra, serei outra. Depois que liberar a escuridão. Não depois do que aconteceu, ele verá. Godofredo Cardoso de Barros. Seconal. Não sei o que será de mim amanhã, hoje tenho de meu apenas o corpo e a noite pela frente. Uma noite sem fim, um longo pesadelo, de que depois tentaria acordar. Deliro?

    Andava depressa, quase corria. Cuidava ouvir passos. Parava, escondia-se numa sombra. Esperava para ver se surgia alguém. A praia deserta, ninguém àquela hora na rua. Não é ninguém, dizia. É medo. Ouvia o coração bater forte no pescoço quando parava, a respiração apressada. Tinha medo de ser vista, de estar sendo seguida. Um grande olho. Vejo-te. As janelas das casas da Praia das Castanheiras todas fechadas. Algumas acesas. Alguém como ela, que talvez não pudesse dormir. É difícil dormir hoje, disse. Seconal. Num copo d'água, na cabeceira, uma rosa rubra. As pétalas dançavam amolecidas, pareciam fechar e abrir, distanciavam-se à medida que as pílulas começavam a fazer efeito. Nos jardins das casas por que passava, os agapantos azuis e brancos. Na sua casa eram as hortênsias, que os pés do Homem da Noite pisaram. Brancas, azuis.

    Custava a sair da Praia das Castanheiras, a ganhar a rua que ia dar no centro da cidade. O mar surdo, o descampado, o negrume do mar grosso parecia ameaçá-la. Queria um apoio, um horizonte limitado, não o mar sem fim. A rua estreita, de casas velhas. Depressa, agora corria. A rua.

Quando alcançou a rua da Cancela foi como se criasse alma nova, como se pisasse em terra firme. Junto ao sobrado da esquina parou, encostando-se à parede, numa sombra. Ali podia respirar. Respirara ofegante, cansada do esforço que fizera. Assim ficou algum tempo. Os agapantos, as hortênsias pisadas. Os olhos que nunca mais conseguira esquecer brilhavam dentro dela, chamavam-na misteriosamente, imperiosamente. Como sentira a presença estranha no quarto. Os olhos se fundiam em outros olhos: o professor falava só para ela a sua linguagem cifrada. Depois, outros olhos; o disco tocando sem fim, só para ela. Acorda. Minha beleza. Os seus cabelos de colegial soprados pelo vento. A mesma sensação de pecado, o mesmo repuxão no ventre. Ela parecia obedecer inconscientemente àquele chamado. Tudo se formava na região do espírito onde os pensamentos não são ainda fala, no nascedouro das palavras. Como as palavras e as músicas estão guardadas mudas nos discos, antes de tocá-los. Acorda, minha beleza. Encostada no sobrado, ela esperava.

E se surgir alguém? disse de repente. Não preciso ter medo, não virá ninguém, disse tentando se convencer. Olhou a rua em toda a sua extensão. Ninguém, um silêncio estagnado. Os lampiões dos postes deitavam uma luz amarelada. Ilhas de luz na escuridão. As casas fechadas, nenhuma janela acesa. Estes dormem, disse. Como podem dormir numa noite assim? Não, o dia não fora igual para todos. Ela é que estava assinalada para aquele dia. Hoje vou ao meu destino, disse. Encontrar alguma coisa. É preciso. Não queria pensar no que estava fazendo, no que ia fazer. Deixava-se levar, como se atendesse a um chamado dentro da noite. Não fugirei, disse, vou. A sua vida seria outra, as coisas precisavam acontecer. Aconteceriam.

Agora ia devagar, rente às paredes. Ouvia os próprios passos, o som duro que faziam os sapatos na calçada. Com a certeza com que agora caminhava, o medo desaparecia quase de todo, era como se caminhasse movida pelas forças da terra em que ela agora entranhava as suas raízes. Comunicava-se intimamente com a alma da terra de que se afastara em busca de longes paragens. Inconscientemente sabia para onde os seus passos a levavam. Não queria pensar, precisava ir. As palavras ainda não tinham nascido, mas as deixaria nascer. Seconal. Riu de mansinho, como se balbuciasse um segredo. Não esqueço, Godofredo. Nem um tubo me faria esquecer. Tinha ódio, tinha nojo. Não haverá seconal, hoje vou até o fundo. Vejo tudo, vejo tudo tão claramente, Godofredo, tudo como se eu fosse outra pessoa que de longe me espiasse. Até o fundo, até as últimas nervuras de minhas raízes.

A rua da Cancela ia dar no Largo da Câmara. Chegarei, chegarei, ia ela dizendo enquanto andava. De novo ouviu passos. Estacou, encolhendo-se numa sombra mais densa. Os passos se aproximavam. Súbito, pararam. Viu um vulto negro na esquina. Na espera. Quem seria, àquela hora? O vulto foi se aproximando, se aproximando, ela encolhida na sombra. Não, não é possível hoje, a esta hora, disse reconhecendo quem vinha. Frei Miguel, que faz frei Miguel por aqui? O medo cessou. Era um conhecido. Mas não queria encontrá-lo. Frei Miguel passou sem vê-la. Chegou até a esquina, parou. De novo pôs-se a andar. Os passos se distanciavam lentamente, até se perderem no fim da rua.

O Largo da Câmara era como um céu aberto, o estuário de um grande rio. As luzes mais fortes, o silêncio se espraiava. As sombras do chafariz. Um gato miou, era apenas um gato miando sozinho para a noite. Chamava alguém. A Casa da Câmara às escuras, só a delegacia acesa. No meio do Largo, parou, teve dúvida em continuar. Agora tenho de ir, não posso voltar atrás, disse. Precisava chegar à outra margem. No meio da praça estaria perdida.

Ganhou a escadaria do casarão escuro, mundo fechado de sombras, onde palpitava uma vida que ela sentia violenta, semente negra germinando na terra. Podia ouvir aquele coração batendo. Subiu lentamente os degraus, apoiando-se no corrimão de pedra. Os pés foram pisando macios as tábuas largas do assoalho. Como se temessem acordar alguém. Andava com cuidado, procurando acostumar-se à escuridão. As mãos deslizavam cegas pelas paredes. No fundo do corredor, uma porta entreaberta, de onde saía uma faixa de luz. É ele, disse como se respondesse a uma pergunta.

Antes de empurrar a porta, procurou ouvir atentamente. Nada, nenhum som, nenhum ruído. Apenas o casarão palpitava a sua vida de semente germinando, sentia. Dentro dela batia um outro coração, temeroso.

À porta aberta, parou. Não queria entrar, queria sentir ainda uma vez, como prova para si mesma, a dor da ansiedade. Os olhos percorreram vagarosamente toda a sala: o canapé de palhinha coberto por um pelego felpudo, o assoalho seco remendado com pedaços de lata, as paredes descascadas e sujas, um retrato ridículo de Presidente da República, o arquivo, a bilha d'água, o fio comprido da lâmpada nua. Aquelas pobres coisas ganhavam vida, nasciam do silêncio e das trevas. Por último os olhos pararam no seu destino. A túnica no encosto da cadeira. Na mesa, debruçado, o tenente.

Um homem dorme, disse andando devagarinho para junto da mesa. Dorme, e enquanto dorme, é maior o seu silêncio, a sua força. Acorda, disse uma voz dentro dela. Não era para ele que dizia, mas para um ser obscuro que vivia dentro dela. Fechou os olhos, concentrou-se. Queria ouvir tudo, o rumor surdo da terra, os mínimos ruídos, a respiração cansada do homem. Queria, uma esponja, absorver tudo, incorporar a si mesma o mundo, a vida. Queria sufocar a morte na alma, para que só a vida germinasse. De olhos fechados, podia ver aquele peito se enchendo de ar e refluindo, num ritmo de onda. Vida na sua força pura, primitiva, dura.

Agora, de olhos abertos, olhava atentamente aquele corpo abandonado. Os cabelos negros, ondeados e brilhantes, desalinhados. Os braços fortes, os músculos poderosos. Os pelos dos braços. As mãos grandes, os dedos grossos. As mesmas mãos, os mesmos braços que de manhã tentaram vencê-la. Não, não era hora: dentro dela o espelho ainda não se partira.

Sem que percebesse, uma onda quente começou a envolvê-la. Um tremor agitou-lhe o corpo. Um repuxão forte vibrou no centro do ventre. Tudo voltava, tudo renascia. Os olhos do professor nas suas pernas, ela abria um pouco as coxas para que ele pudesse ver, e a voz quente, sangue, marés, ondas, lua. Tudo só para ela, ninguém podia entender. Só para ela a música do disco, que agora ouvia. Partículas em suspensão. Fingia ler os versos da antologia. Os dedos trêmulos se aproximavam temerosamente daquele braço em repouso. Ele dorme, pensou.

Ele não dormia. De olhos fechados, todos os sentidos agudos, esperava. Era como uma corda de violino esticada ao máximo. Primeiro foram os passos. Os pés não faziam barulho no assoalho, mas podia senti-los, sabia que ela vinha. Sabia que ela vinha, era ela por causa do perfume que começou a envolvê-lo desde o momento em que sentiu uma presença estranha na sala. Não poderia jamais esquecer aquele perfume. Um perfume doce e quente, um perfume que embalsamava o mundo e o envolvia numa só substância. Não poderia esquecer. Desde a manhã o seu próprio corpo guardava aquele perfume, do contato direto que tivera. Ela esteve bem junto de mim, pensou, podia ser minha. Guardara durante todo o dia, como uma chaga, uma dor profunda, lembrança permanente de seu fracasso, de sua humilhação, aquele perfume. Um perfume que lembrava um amor, um ódio.

Que não o deixara sequer pensar neste dia tão importante. O ressentimento, a mágoa. Um perfume que estivera com ele no Beco das Mulheres. Tão forte, tão penetrante, que o impedira, no quarto, de ter qualquer coisa com Margarida, por mais que ela ajudasse. Frio, nulo. A humilhação, o fim. Um perfume que o fizera duvidar de sua condição de homem, que agora chorava. Margarida nua, excitada, à sua espera. Ele incapaz, carne morta.

Primeiro os passos, o perfume. Depois, a proximidade. Ela ali estava, viera à sua procura. Junto dele, o mesmo perfume, a mesma quentura. Sabia que ela vinha, queria com todo o coração que viesse. Só podia ser ela. Não, não podia ser ela. Não depois do que acontecera de manhã. Era absurdo, não entendia mais nada. Primeiro a recusa violenta, depois a fuga. Não podia ser ela. Mas era, era ela que estava mais próxima, rente ao seu corpo. Como podia entender? Mais perto, era ela. Ouviu um ruído, um movimento a um ouvido normal imperceptível, talvez um respirar mais profundo. Vinha, era ela, queria. Ela: sua vida, seu amor, sua loucura, sua dor, sua humilhação, sua morte. Devo estar bêbado, não é possível. Ela veio. Era como a aparição de uma santa, uma Virgem Maria, um ser etéreo. Uma aura de luz envolvia a sua presença.

Abriu os olhos, apalpou o corpo. Não estou dormindo, é ela.

Maria, vendo o corpo se mover, procurou se afastar, voltar atrás. Agora era tarde, precisava se conter.

Você? disse ele, os olhos abertos de espanto.

Eu? disse ela, porque não conseguia articular nenhuma outra palavra.

Precisava se conter, buscar o equilíbrio perdido. Fortunato, pensou ela súbito.

Fortunato, disse ela. Vim por causa de Fortunato.

Ele parecia não entender o que ela estava dizendo. Fortunato? Ah, sim, Fortunato, disse. Esse maluco que nos tirou dos eixos. Não fale assim, disse ela, é impiedoso. A urgência de vencer uma situação difícil fez com que ela procurasse apoio em Fortunato. Não tinha pensado nisso. Era uma solução. Preciso de sua ajuda, disse ela, em favor de Fortunato. Ajuda, disse ele, não sei o que posso fazer. Parou um pouco. Na verdade, nem eu, nem ninguém pode fazer mais nada. Um clarão iluminou-o. Era a sua hora, a sua vez. Não podia deixar escapar aquele momento. Se você quiser, disse experimentando o você. Quero, disse ela, vendo o modo como ele a olhava. O que posso fazer é não fazer mais nada. Não dar nenhuma ordem, deixar o barco correr. Na verdade, para lhe ser franco, nada disso me interessa.

O que me interessa... disse ele olhando-a bem no fundo dos olhos. Ela abaixou a cabeça, não queria ver aqueles olhos. Teve medo, procurou uma solução. Está bêbado, tenente? disse ela procurando se vencer e vencê-lo. Bebi um pouco, mas não estou, disse ele. Não alteraria nada. Me interessa, continuou ele.

Mas ela não o deixou continuar. Afastou-se para junto da janela. Imóvel, esperou que ele viesse. Sentiu que vinha, ela queria, ou melhor — não queria que ele viesse. Agora vinha. Queria e tinha medo. Nada mais importa, pensou quando o sentiu mais próximo.

Me interessa, disse ele finalmente, o que você quiser.

Da janela, ela olhou o Largo, não viu o Largo porque a presença do tenente era muito forte. Sentia-o bem junto a si, a sua respiração quase no seu pescoço.

O tenente olhou os cabelos suspensos, a nuca fina. Os dedos trêmulos se aproximaram daquela carne delicada. Era como se suas mãos fossem colher uma flor por demais sensível, que seus dedos duros e desajeitados pudessem murchar. Tocou-a e sentiu que ela se encolhia. Minha, pensou, e os seus olhos se umedeceram.

Maria voltou-se para ele, fechando os olhos levemente, não queria ver; entreabriu os lábios na procura, na espera, desejava agora.

O tenente encostou a cabeça no seu peito e foi escorregando até os pés. De joelho, segurou-lhe as pernas, beijou-lhe os pés. Santa, disse. Meu amor, disse.

Maria segurou-o pelos cabelos e suspendeu-o para si. Assim, disse apertando-o fortemente. O tenente beijou-a nos olhos, na boca, no pescoço.

A luz, disse ela, a porta.

Enquanto o tenente cumpria automaticamente as suas ordens, ela se dirigia para o canapé.

No escuro, ele veio ter com ela. De novo beijou-a nos olhos, na boca, no pescoço. Aqui, disse ela enfiando a mão pelo decote.

As mãos do tenente eram ágeis e firmes. Deslizou-as por entre as coxas, chegou ao úmido das calças. Num movimento brusco, retirou a pequena peça. Me apalpa, disse ela. Assim, disse.

Depois, depois tudo seguiu um ritmo quente e novo, nascido naquele instante. E houve a agonia do corpo, a crise da alma. A entrega, a posse, a união.

Surdos tambores dentro da noite, ia ela dizendo enquanto uma lassidão, uma doce paz se espraiava por todo o corpo.

....

dizer muitas vezes seguidas paizinho, seu pai, muito mais que pai, tem gente que tem pai e não gosta dele, anda a vida inteira buscando um pai para gostar e seguir, era assim que devia ser um pai, como Tônho, quando saía com ele na Madalena pelo mar adentro, lhe dizia escolhe uma para sua madrinha, é bom, no mar sempre faz companhia, por que ele não vinha, meu Jesus, como a mãe dizia, está doendo muito a perna, levou a mão no lugar que mais doía, estava inchado, os urubus voando em torno dele quando o dia clareasse, o cheiro da gangrena chamava muita atenção, nem precisava cheiro, de longe não podiam sentir, os urubus tinham um faro muito fino, podiam ver de longe que tinha carne podre por certo, meu Jesus, não deixa eles chegarem primeiro que Tônho, não deixa os soldados chegarem primeiro, não podiam chegar, ninguém sabia daquela grota, daquele esconderijo, só ele e Tônho, será que Tônho se lembraria, se lembraria, não podia esquecer, falava sempre com Tônho, quando estava na barca, sobre o esconderijo, Tônho já tinha ido lá, era difícil subir, Tônho sabia, foi ele que ensinou, uma vez ficaram juntos vendo o mar lisinho amanhecer, a pele do mar limpa e brilhante, vendo as gaivotas no seu voo comprido e vagaroso, os urubus voavam mais depressa, podiam vir bicar a sua perna antes que estivesse inteiramente morto, passou a mão na ferida, levou-a à boca, o gosto de sangue, era sangue misturado com o gosto de limão que os seus dedos guardaram quando ficou comendo ostras, não tinha comido nada, só ostras, gostava, mas demais enjoava, dava um gosto esquisito na boca, um peso na boca do estômago, o estômago roncou de fome, agora não podia comer nem mais ostras, era esperar que Tônho viesse, se demorasse muito estaria perdido, os urubus voariam baixo em cima dele de manhã, com a perna daquele jeito não poderia voltar como tinha vindo, as pedras eram difíceis, se arrastando acabaria caindo pelas pedras abaixo, seria comido não pelos urubus mas pelo mar brabo que vinha agora bem perto dele, não, nunca chegaria até ele o mar, mesmo com ressacas tão fortes assim não conseguia chegar, o gosto de sangue, cheirou a mão para ver se tinha trazido da perna o cheiro podre, para ver se estava apodrecendo, por causa dos urubus, aguçou as narinas o mais que pôde, sentiu foi o cheiro forte do mar, o cheiro que ele conhecia muito, que lhe enchia os pulmões desde quando menino ficava com os olhos fechados só sentindo a maresia entrar dentro dele..................................

Depois que Tônho deixou Luzia em casa, fechada no seu desespero, vagou sem rumo pela ilha. De nada valera a conversa com frei Miguel. Sabia que não ia adiantar nada, frei Miguel não podia fazer nada. Falara mais por falar, estava engolindo seco vendo Luzia sozinha naquele quarto cheirando a vela e erva de reza, Luzia sozinha com a dor que não quer consolo, com a dor que nos afasta do mundo, que nos faz não querer ver ninguém. Sabia como isso era ruim, já estivera uma vez assim. Não adiantava querer convencer aquela gente que deviam deixar Fortunato quieto. O povo de Boa Vista não ia ouvir ninguém, nem mesmo frei Miguel. Havia uma agitação perigosa na cidade: o medo surdo apagava o brilho nos olhos dos homens, o pânico corria pelas ruas.

Se alguém podia fazer alguma coisa, era ele. Conhecia a ilha, conhecia as praias e as pedras, conhecia os hábitos de Fortunato. Por que Fortunato fora tirar um revólver? Desta vez a coisa não era como das outras vezes. O revólver de seu Godofredo. Fortunato não sabia mexer com arma, estava seguro. Mas podia fazer alguma coisa, se acuado, atirar em alguém, um disparo por acaso, ferir-se. Ele não merecia um fim assim, era tão bom. Sabia que era bom. Quando ele ficava quietinho na proa da Madalena, tirando a água que enchia a barca. Não incomodava nunca, até que ajudava. Entre os dois havia muita coisa em comum: uma amizade forte, que ele não entendia direito porque Fortunato embora homem era por dentro um menino, uma amizade que não precisava de palavras; havia Madalena, que os dois tratavam como se fosse gente, com um carinho que só pescador sabe ter; e havia o mar, sobretudo o mar, o mar que entranhava na vida deles, era uma parte da sua alma.

Fortunato era bom. Quando ficavam conversando sobre o céu estrelado. No princípio tinha medo, foi Tônho que o ensinou a conhecer as estrelas. Mas Fortunato lhe ensinara como conhecer o vento, a sentir com o nariz e os ouvidos o tempo sobre as ondas. Ninguém como ele para farejar um cardume, para ver o mar que ia fazer, para ver de longe as tempestades. Essas coisas a gente traz dentro do peito, é só apurar a visão. Fortunato, como ele, tinha um parentesco com o mar.

    Aqueles soldados iam matar Fortunato, queriam se ver livres dele, tinha certeza. Precisava fazer alguma coisa. Quantas vezes dissera isso o dia inteiro, desde que saíra da cadeia? Os presos confiavam nele, deram-lhe até dinheiro. Gente esquisita aquela, Amadeu principalmente. Que olhos duros, que fúria, que maneira de falar. Mas foram bons com ele, quando, depois daquele pesadelo com Madalena no mar furioso, sentiu a coisa com uma violência que nunca antes experimentara. Os peixes de guelras grandes e sangrentas, as serras dos dentes cortando-lhe as pernas; os ratos, aquele peludo de olhos vivos lhe roendo as orelhas. O medo que só acontece em sonho, faz perder a fala, empalidece, imobiliza. O suor frio, o tremor nos músculos, a sede. O medo que quando é grande demais em sonho acordamos. O medo de que ele não pode acordar. O pior: a ânsia no peito, as veias intumescidas no pescoço. A tremura, a tensão nos braços e nas pernas. Não pôde acordar por si, aquele sonho não parecia sonho, tudo tão claro, tão preciso, os bichos tão como são mesmo os bichos. O peixe de guelra sangrenta. O rato peludo. Não podia acordar. Os olhinhos do ratazão tremeluziam, piscavam, o nariz cheirava a sua carne. O fedor, a náusea. O zumbido.

    Se não fossem eles, teria morrido. Se não o segurassem fortemente, não lhe dessem um pouco de cachaça, não teria suportado tanta aflição. Peito de homem também tem limite.

    Os presos confiavam nele, não podia decepcionar. Fortunato certamente esperava por ele, não podia abandoná-lo. Mas onde se metera Fortunato? Por que não me procurou? Não podia procurá-lo, não sabia onde estava. Com certeza fora até a praia, ver se ele dormia bêbado na Madalena. E sozinho ficara desarvorado, sem saber o que fazer, o revólver na mão, os soldados atrás dele.

Não era como das outras vezes. Tinha o revólver. Os soldados não estavam para brincadeira. Outros homens da ilha se juntaram aos soldados na busca a Fortunato. Fortunato esperava por ele, não podia falhar. Não era um homem?

Era um homem. Isso ele tinha de provar. Um homem é um homem, até que vem um dia fracassa. Aí tem que fazer tudo, enfrentar a morte, para provar que é um homem. Um homem não vale nada, uma vida humana é de muito pouca valia. Por que então o medo, por que então as coisas todas ficavam grandes, cresciam sobre a barca, e o horizonte oscilava, era o mar escuro e furioso, o céu baixo e escuro, tudo cinza, e o que queria entender. Nada, uma casquinha de noz no mar. Mas quando estava com Madalena no mar, e as ondas eram grandes, cresciam sobre a barca, e o horizonte oscilava, e o mar era escuro e furioso, o céu baixo e escuro, tudo cinza, e o vento soprava forte, como ele crescia, como dentro dele a sua alma fazia parelha com o mar, não queria ser vencido.

Ainda era um homem, tinha de provar. Quando um homem não tem mais necessidade de provar que é um homem, está perdido, não é mais um homem. Um homem não pode ser vencido. Pode perder, não pode ser vencido. Ele perdera muitas vezes, não fora vencido.

Não, já fora vencido. Fora reduzido a quase nada, a um molambo que perambulava pela ilha, zombado por uns, desprezado pelos seus antigos companheiros de pesca. Aqueles pescadores olhavam-no em silêncio, e o silêncio nos olhos deles doía mais do que o grande silêncio que vivia no vazio de seu peito. Alguma coisa se quebrara dentro dele, e quando dentro de si um homem se quebra, é difícil juntar os pedaços, não é mais um homem.

Sou um homem, gritou de repente, não me vencem, enquanto passava pela Praia das Castanheiras. Na praia o ronco das ondas que se quebravam. As ondas subiam em violência pelas pedras altas, brancas de espuma. Ninguém podia se fazer ao mar numa noite assim. Um mar assim já me pegou uma vez, disse. Sou um homem, tinha necessidade de dizer. As ondas corriam brancas sobre as pedras, voltavam. O mar crescia em contraste com o céu limpo, cheio de estrelas. A lua boiava a sua brancura sobre o mar. Um homem. Um homem. Não provara ontem com Madalena, num mar tão violento assim, que ainda era um homem, que ninguém o vencia?

Não, não era verdade, aquilo era sonho. Estava vencido.

Um sonho que tinha a realidade daquele rato, daquele peixe. Vencido. Madalena faz tempo apodrece amarrada num tronco de árvore na Praia dos Padres. Madalena esperava inutilmente por ele.

Não me vencem, sou um homem, gritou de novo para o mar. O mar continuou com as ondas grossas, na fúria incessante. Ia pegar Madalena, tapar uns buracos no casco, pintá-la de novo, de novo escrever o nome Madalena na proa, e se fazer novamente ao mar. Aquela era a sua luta verdadeira, não a luta que travava com as sombras.

Ainda confiavam nele. Um homem como Amadeu, que conhecia a morte, que acabara com um homem, que sabia que a vida humana não vale nada, confiava nele. Eu te mostro, mar, sou um homem, disse. Mar, grande puto.

Foi então que começou a sentir de novo o corpo. As pernas doíam, os pés formigavam, um cansaço doloroso tomava conta dos menores gestos. Andava com dificuldade, se arrastando. Não sabia para onde ir, onde estava Fortunato. Andava, tinha a certeza de que se parasse não conseguiria de novo andar, deixaria o corpo cair, se entregaria àquele sono, àquele torpor que conhecia tão bem. A dorzinha no peito, a ponta de angústia, como uma faca, espetava-o. O estômago pedia alguma coisa, o estômago como uma boca insaciável. Sabia o que faria o estômago calar. Não comera quase nada durante o dia, o engulho e o suor frio não deixavam. Apenas um pouco de sardinha em lata e um pedaço de pão era o que o seu estômago suportava. Não se alimentava há muito tempo, não tinha necessidade de comida. Sabia como encher aquele vazio, como acalmar a dor entre as costelas. Não aguentaria muito tempo.

    Olhou a garrafa, alisou-a. Ali estava. Brilhante, fechada, misteriosa. Guardava tudo o que a alma, tudo o que o corpo pedia. A dor cederia, a moleza, o torpor dariam lugar a uma nova força, e ele de novo viveria. Poderia então enfrentar novamente aquele mar.

    Ergueu a garrafa em direção à lua. Um ligeiro sorriso mexeu-lhe os lábios. A sua vitória.

    Não precisava de mais nada, só ela junto dele. Sem ela não podia nem ao menos andar. Quando se sentia perdido, bastava apalpá-la. Ali estava, junto dele. Resistia.

    Era tão fácil abri-la. Tudo estaria resolvido. Não sentiria mais nada. Amanhã seria outro dia.

    Não, confiavam nele. Ainda era um homem, haviam de ver. Um homem que andava pela Praia das Castanheiras desacatando o mar.

    Riu para a garrafa. Sentia a mesma ternura de quando alisava a proa de Madalena. Dura, fechada, preciosa.

    Quando precisar, quando não aguentar mais, você vem, disse. Vem.

    De repente, sem que nenhum esforço fizesse para descobrir, um clarão se fez: Fortunato estava na grota. Ninguém sabia daquele lugar, só ele e Fortunato. Por que não pensou nisso antes, teria sido tão fácil?

    Era uma grota nas pedras, nas rochas que separavam a Praia das Castanheiras da Praia dos Padres. De difícil acesso, sobre o mar, ninguém se aventurava a ir até lá. Fortunato é que descobrira e um dia fizera questão de que fosse com ele. Fortunato costumava ir para lá às vezes.

Se tivesse pensado nisso antes, Fortunato não teria passado aquele aperto, sozinho diante daquele mar violento, acuado. Ia ser difícil agora, mas chegaria até lá.

Apressou os passos, quase corria em direção às pedras, os pés se afundando na areia.

Junto às pedras, parou. Viu vultos que se mexiam, vozes. Chegaram antes de mim, disse.

Procurou se esconder detrás de uma pedra. Eram dois soldados. Conversavam. Precisava saber o que diziam. Aproximou-se mais, arrastando-se, para não ser visto. Quase rente a eles, procurava não fazer o menor ruído, respiração presa. Que foi que o sargento disse? disse o que parecia mais novo. Que ele está aqui nestas pedras, disse o outro. Como é que ele sabe? Um pescador viu, é certo. Um silêncio. Onde é que ele foi? Foi com os outros homens pra cercar pela Praia dos Padres. Mandou que nós subíssemos. Você tem coragem? Não começa, disse o soldado que parecia mais novo. O outro riu alto.

Tônho foi se afastando de rastro.

....

fina e macia, não assim tão macia como as roupas de baixo de dona Maria, que cheiravam fininho, do cheiro que ela usava no corpo, do sabão que ela botava na roupa, depois o cheiro que ainda agora sentiria se fizesse força de olhos fechados para se lembrar da calça de seda preta que não estava passadinha mas amarrotada que ela usara, sabia porque estava jogada de qualquer jeito na gaveta, sentira um cheiro mais forte, ardido, embaixo, no fundilhos muito lavados, meio esgarçados por causa do mijo, ele pensou então, dona Maria usava aquela privada branca que ele gostaria tanto de usar uma vez só, devia ser bom, mas ela não devia ser como ele que molhava muito as calças, nem sempre, só dava isso nele de vez em quando, ficava pinga-pinga, a mãe dizia que era dos rins, sabia que não era, não era não, era uma coisa que dava nele, dos rins e da bexiga, preparava um chá de quebra-pedra que ele mesmo ia catar no matinho perto da casa, não gostava do gosto mas tomava, a mãe fazia muita questão, ela entendia daquelas coisas, costurava perna quebrada, joelho luxado, se estivesse ali bem que podia tratar de sua perna que doía muito, Tônho não devia demorar, não podia demorar senão começava a inchar demais, os urubus sentiriam o cheiro logo que o céu começasse a clarear, as estrelas todas fossem embora, o que vale é que ainda era noite, uma noite pesada e cheia de estrelas, longe e miúdas, embaralhavam na vista, começava a sentir tonteira, se ajeitou melhor na grota, as letras embaralhavam no livro que dona Maria lhe punha na frente, ele não entendia nada daqueles rabiscos, daquelas letrinhas retas e redondas que mais pareciam formigas em dia de correição, ficava com um pauzinho esperando-as no seu caminhozinho e desviava-as com jeito, elas eram danadas, sabiam achar a trilha de novo, ficava às vezes impaciente e com raiva da paciência daqueles bichinhos que carregavam folhas muito maiores do que eles, esmagava-as com o pé, é malvadeza, era o que diziam, uma judiaria, não vê o que você fez com a cabra? Seu Godofredo queria mandá-lo de novo para aquela casa escura e cheia de grades onde tinha a mulher que não parava mais de falar no seu camisolão azul zuarte, o homem que andava e mais andava, para a frente e para trás, para trás e para a frente, de novo..

Já estão dormindo, perguntou o soldado Macedo para dentro da cela, às escuras. Era a segunda vez que chegava até onde estavam os três condenados. Fazia a ronda, contornava todo o quintal, ia até as outras celas. Mas aquela cela o preocupava especialmente. Não sabia por quê, era só uma cisma. Aquele Amadeu não parecia boa bisca. Os outros dois não: um rezador, o outro língua solta.

Às vezes Amadeu ficava esquisito, como hoje por exemplo, pensava o soldado Macedo enquanto esperava ouvir algum ruído ou uma resposta. Por que aquele silêncio? Por que aquela escuridão? Não me ouviram, ou estão dormindo, perguntou de novo.

Os presos não dormiam, apenas faziam-no esperar. Era o prazer que tinham, o prazer que prolongavam o mais que podiam. Comumente não era assim, havia até uma certa camaradagem entre os soldados e os presos mais antigos da Casa da Câmara. Mas o dia era diferente, havia uma mágoa, um rancor surdo no peito daqueles presos; uma desconfiança, um temor, um medo nos olhos dos soldados.

Numa noite assim a gente não dorme, disse uma voz. É João Batista, pensou Macedo, lá vem conversa. Queria ouvir era Amadeu. O outro não interessava.

Olha, continuou João Batista, faz um tempão que estamos assim calados. Você não é disso, disse o soldado. É, de ordinário não sou não. Mas hoje está tudo tão diferente, essas coisas todas, essa movimentação danada faz a gente matutar. Olha, Macedo, escuta o que eu digo, você é que é sabido, fez bem em não querer ir com os outros, aqui é mais seguro. Lá fora, você sabe, uma bala extraviada, esse tal Fortunato é pancada, ninguém sabe o que pode fazer. Uma vez eu conheci um doido que era assim. De jeito manso, ninguém dava nada por ele. De vez em quando, pronto, ninguém adivinhava por quê, a coisa dava nele. Ficava outro, uma fera danada.

João Batista ia longe. O melhor era saber logo o que estava querendo saber. Senão João Batista não acabava mais. Por que estão assim no escuro, perguntou. É por causa do calor, disse João Batista, aqui dentro a gente não aguenta. O fedor está brabo, e se a gente acende a luz as moscas não dão sossego. No escuro, é pernilongo. Mas pernilongo a gente sabe logo pela cantiga que ele vem vindo, é só esperar, mão aberta, uma tapona resolve. É ideia de Benjamim, que prefere pernilongo à mosca. Na verdade, Macedo, não sei qual é pior: no claro, moscas, no escuro, pernilongo. Vida danada esta. Pra mim, o ruim mesmo é o fedor. A lata está cheia, aquele pobre coitado que esteve aqui usou muito.

É, disse o soldado, cada um sabe de si. Cadê Benjamim? Rezando? Ele está sempre rezando, disse João Batista, mas hoje de noite ainda não rezou não.

Que é que é, perguntou Benjamim ouvindo o seu nome. Perguntava por você, disse o soldado. Estava cismando sobre os pecados que a gente paga neste mundo de Nosso Senhor Jesus Cristo, disse Benjamim. Quando a gente pensa nessas coisas todas da vida, nessas desgraças todas, o jeito mesmo é se encomendar a Deus, que vela por todos. Em dias de agonia assim, o melhor é uma reza bem sentida pra Nossa Senhora Mãe dos Homens. Você que é homem de reza, sabe o que faz, disse o soldado. Eu cá cuido da minha vida. Não é só da vida que a gente cuida, disse Benjamim. Depois da vida me azucrina muito o que está do outro lado. Deus tem de vir julgar os vivos e os mortos. Ninguém esconderá nada, um de cara pro outro, vendo o que o outro fez, o que o outro pensou. E depois o inferno, que é muito pior que tudo isto aqui. Pra mim a gente paga é aqui mesmo, disse o soldado. Não paga não, sofrer aqui não adianta, disse Benjamim. Olha, eu por mim, tentou João Batista entrar na conversa. Antes que ele dissesse alguma coisa, disse o soldado não sei como é que você sendo tão religioso, tão crente em Deus, falando tanto em pecado veio parar aqui? É sina, disse Benjamim. Pensei muito no meu caso, estou certo de que foi tentação do Demo. Eu, alma fraca, desamparado num momento de Nossa Senhora minha madrinha, caí, mas me arrependo muito.

O soldado Macedo duvidava de Benjamim, daquela sua fala de sacristia. Você já foi sacristão, perguntou. Sacristão não, disse Benjamim. Quando menino ajudei missa.

É, pensou o soldado, tudo quieto, é cisma. E Amadeu? Amadeu está aí? Amadeu não disse nada, uma sombra mais pesada na escuridão. Está aqui sim, disse João Batista. Por onde é que ele havia de fugir? Estas grades são grossas, do tempo da escravidão. E depois ninguém quer fugir. Amadeu é assim mesmo, a gente compreende. Tem dia que não dá uma palavra, fica resmungando num canto. Hoje ele está muito agitado por causa de Fortunato, mas é coisa lá dentro dele, que a gente não sabe direito. Olha, uma vez.

Como é, pegaram o homem? disse Benjamim interrompendo João Batista. Por enquanto não, disse o soldado, mas não custa muito. Daqui a pouco a gente tem notícia. É, vai ser duro, disse Benjamim. Não vai ser assim tão sopa não, disse João Batista. Vai, disse o soldado. Ainda faz pouco soube que já descobriram onde ele está. Agora é só mais um pouco. Está escondido lá nas pedras. Só espero que não matem o homem. Enfim, se ele atirar, se reagir, não tem outro jeito. É, disse Benjamim, Deus Misericordioso cuidará dele, tenho fé. Sei lá, disse o soldado, está encantado, e doido encantado, a gente não sabe o que pode fazer. Enfim parece que falta pouco. O mar grosso é que está atrapalhando, os praças não podem chegar lá. E está uma ressaca danada, disse João Batista. Daqui a gente escuta o ronco. Você escuta, perguntou o soldado espichando o ouvido. Querendo, escuto, disse João Batista. É, disse o soldado, dá pra perceber.

Não queria mais prosa com aqueles presos, precisava ver os outros, chegar até o fim do muro do quintal. Homem esquisito este Amadeu, parece odiar todo mundo. Nem ao menos me respondeu. Enfim, eu ouvi ele se mexendo. Só não quero que me aconteça nada, tenho família pra criar, foi pensando enquanto se afastava.

Quando o soldado se afastou, perguntou Amadeu o que é que ele queria. Nada, disse Benjamim, só prosear. Queria saber por que é que a gente estava no escuro, disse João Batista. Por que você não disse pra ele perguntar à puta da mãe dele? Não carecia, disse João Batista, estava de boa paz. É, resmungou Amadeu, eles estão sempre de boa paz. Metem a gente aqui dentro, vão matar um pobre coitado. Tudo de boa paz.

Parece que ele não dura muito, disse João Batista. Benjamim, vendo que João Batista ia provocar Amadeu à toa, deu-lhe um cutucão. Mas Amadeu não disse nada, voltou ao seu poço de silêncio.

É, ele hoje está ruim, pensou Benjamim. Deus queira que não aconteça nada. Nossa Senhora, consoladora dos aflitos, ora pro nobis. Ave Maria, gratia plena. O melhor mesmo era se pegar com Deus.

Em silêncio Amadeu desfiava um longo arrazoado. Já tinha pensado em tudo, já tinha pesado tudo. Não seria difícil, era questão de esperar mais um pouco, amadurecer melhor o seu plano. Gostava de pensar bem, pensar friamente, imaginar todas as hipóteses. Não podia falhar, era a sua vez, a sua última vez. Assim não aconteceria mais. Todos fora, só aquele soldado. Seria fácil, se executasse com precisão o que vinha cogitando desde de tarde. Fácil, todos buscando Fortunato, não cuidariam deles. Lá fora era esperar que a maré baixasse, que prendessem ou matassem Fortunato. Roubariam uma barca, passariam para o continente. O continente era para ele o mundo sem fim, a distância da ilha, a liberdade. Noites e mais noites sonhara com aquele momento, arquitetando mil planos. Pensara muito, tudo miudamente esmiuçado. Depois desistira, aquilo era um sonho. O melhor seria sofrer, esquecer, sofrer em silêncio, não pensar em nada, não cair em desespero. Mas naquele momento tudo vinha de novo ao seu espírito, e ele tornava a pensar.

Era a sua vez, não podia falhar. A sua única vez. A sua última vez. Não aconteceria de novo. Tudo pronto na cabeça, precisava apenas de umas informações dos outros dois, de saber se eles topariam. Não, o melhor era não saber se topariam. Na hora, conforme planejara, só teriam de aderir e ajudar. Benjamim talvez resistisse um pouco, viesse com aquelas suas cantilenas de igreja. Na hora saberia como agir. Não podia era falar, João Batista poria as coisas a perder. Usaria os dois. A ação, dele. Era pensar e esperar a hora.

Deus dá jeito pra tudo, pensava Benjamim. De repente um pensamento começou a intrigá-lo. Por que Amadeu estava tão estranho, tão fechado, só saindo da sua mudez para dizer palavrões? De ordinário é assim. Mas hoje está passando da conta. Alguma coisa tem ele. É Fortunato. Não, não pode ser só Fortunato. Ele não podia se interessar assim por Fortunato, a quem mal conhecia de ouvir falar. Que será que ele está matutando? Não, minha Nossa Senhora das Mercês, não me deixa pecar outra vez. Daquela vez foi o Capeta, eu sei que foi o Tinhoso que botou a menina na praia. Foi o Coisa Ruim que fez ela me mostrar a calcinha, rir pra mim de uns jeitos de moça feita. Tem menina que tem o Sarnento no corpo. Mas por que logo com ele, por que logo com ele aquela menina vinha com partes? É, o homem põe e Deus dispõe. Com o Pêro. Botelho de permeio. E ainda tem gente que não acredita no Rabudo. De minha parte é sempre assim, sei que o Fedento existe de verdade, na hora não dou conta, vou engrossando os meus pecados. Nossa Senhora minha madrinha, me ajuda. Eu não quero mais, estou cansado, tenho a alma cansada de morte. Agora só aguardo morrer, morrer com Deus e Nossa Senhora. Consoladora dos aflitos. Purgo os meus pecados.

Dele, tudo dependia dele. Precisava saber umas coisas. Benjamim e João Batista podiam ajudá-lo. Que foi que o soldado disse de Fortunato, perguntou. Será que eles pegam o homem? Sei lá, acho que sim, disse Benjamim com medo do ódio, dos planos que germinavam dentro de Amadeu. A não ser que Tônho tenha conseguido chegar até perto dele e entregá-lo de boa paz. Amadeu: não, já pensei nisto. Aquele não dá mais carreira certa. Não adianta esperar por ele. Quando um homem vai deixando de ser homem, os seus culhões valem o mesmo que brinco de mulher. Que foi que ele disse? Ele disse que não vai custar muito, disse João Batista. Está encantoado nas pedras. Quer saber de uma coisa, Amadeu? Eu por mim. Chega, disse Amadeu, não fala não, deixa eu pensar.

Tinha que agir rápido, não podia mais esperar. Àquela hora Fortunato já devia estar preso. Preso não, morto. A sanha daquela soldadesca era de matar. Morto. Devia agora era cuidar de si. Rápido, manso. Frio, o coração frio para que na hora não tremesse, os braços não vacilassem, as mãos fossem duras e obedientes. Venceria, nada podia falhar. Quem tem cabeça vence, não pode deixar de vencer.

Aquele soldado, quem é aquele soldado, perguntou Amadeu. Você conhece muito, é o Macedo, disse João Batista. Será que você, com a sua conversa, é capaz de trazer ele aqui pra dentro?

Que é que você está pensando, homem de Deus? disse Benjamim. Não vai...

Vou, disse Amadeu. Vou fazer direitinho tudo o que pensei. E você vai ajudar. Eu não, disse Benjamim pensando em Nossa Senhora do Perpétuo Socorro, me ajuda, pelas chagas de Cristo, me proteja. Então fica quieto, faz o que eu mandar. Senão eu te arrebento, disse Amadeu.

Benjamim sentiu no braço a mão dura de Amadeu. Não tinha outro caminho senão ficar quieto. O homem põe e Deus dispõe. O Diabo anda solto. Eu não quis, Nossa Senhora é testemunha de que eu não quis. Tem de pesar. Deus é pai, não é padrasto. Seja feita a vossa vontade. Assim na terra como no céu.

Pode deixar por minha conta, disse João Batista. Este negócio de conversa é comigo. Lábia está aqui. Se bico valesse, tucano era advogado. Ele vem no pio. Pra você ver como eu sou, uma vez.

Basta, disse Amadeu, guarda a sua conversa para o soldado. Eu lhe conheço muito, sei como você é. É agir ligeiro.

João Batista pensou um pouco. Carecia de um pretexto, não era tão fácil assim. Aqui junto da grade da janela não adianta? disse ele. Não, o melhor é aqui dentro, disse Amadeu. Dentro da cela é difícil, disse João Batista. Junto da porta da cela, bem rente, disse Amadeu. Já resolve. Eu sei que ele não entrará aqui, não é bobo. A janela não serve. Junto da porta.

Vamos ver, disse João Batista, uma fagulha faiscando dentro dele. Não seria fácil, mas tentaria. Já fizera coisas mais duras. Era rápido como um passarinho arisco. E Benjamim, disse voltando-se para o companheiro. Benjamim não disse nada. Vamos, disse Amadeu.

De um salto João Batista subiu nas grades da janela. Macedo, gritou. Não obteve resposta. Esperou. Macedo, gritou de novo. Ouviu passos. Vem vindo, disse para Amadeu. Cabeça, homem, disse Amadeu se afastando.

Que é? disse o soldado Macedo junto à janela. Está demais, disse João Batista, não há cristão que aguente. Demais o que, perguntou o soldado. A catinga, disse João Batista. Chega aqui, cheira. Ora, que ideia, disse Macedo. Ainda agorinha mesmo eu lhe disse que o fedor estava brabo. Pois está pior, eu falei pro Benjamim não fazer e ele fez. E como fede o diabo do Benjamim! Ele come a mesma coisa que a gente come, e faz mais fedido do que os quintos dos infernos. Acho que gente rezadora é assim.

O soldado Macedo começou a rir. Que ideia. Disse que é que você quer que eu faça? Vocês fizeram, que se danem. Só amanhã cedo, é a ordem, você sabe.

João Batista sentiu a voz trêmula na garganta. Precisava se conter. Aquela história do Benjamim até que era engraçada, ajudava a desarmar o soldado.

Hum, disse João Batista, pelo amor de Deus, cheira aqui. Eu não, disse o soldado, deixa de ser besta. O soldado não conseguia conter o riso. Até que era gozado aquele preso. Mas que é que ele podia fazer? Ordem era ordem.

Será que você não dava um jeito, pediu João Batista. Jeito como? Eu não sou creolina. É uma questão de caridade, disse o preso. Você podia deixar eu sair, você não está com a chave? Você me seguia de longe com o fuzil, se não tem confiança em mim, é natural, eu sou preso, você é soldado, eu ia e jogava essas latas lá no fundo do quintal. Você não está sozinho, disse o soldado. Então que jeito a gente podia dar, perguntou o preso procurando envolvê-lo.

O soldado queria ajudar mas tinha medo. Não era por João Batista e Benjamim, mas por Amadeu. Aquilo não prestava, era coisa ruim. A catinga era deles, eles que se arranjassem.

Já achei, disse João Batista todo alegre. Você vem até junto da porta do corredor, os dois se afastam contra a parede do fundo. Você abre a porta um tiquinho, eu empurro as latas pra fora, depois você dá um jeito nelas. Eu é que vou carregar essas porcarias? disse o soldado. Pelo amor de Deus, caridade, disse João Batista. Você tapa o nariz, não precisa jogar as latas fora, é só afastar um pouco, já melhora. Disse o soldado no escuro não, você acende a luz. Está bem, disse o preso. O soldado se afastou.

E agora? disse João Batista para Amadeu. Agora, disse Amadeu voltando-se para Benjamim, você trepa naquele caixote e acende a luz. Não desce não, espera um sinal meu. Benjamim tentou dizer alguma coisa, a mão de Amadeu no seu braço não o deixou dizer nada. Não tinha outra saída, minha Nossa Senhora. O difícil era decidir: agora faria tudo.

João Batista juntou as latas de querosene junto da porta de grade. No fundo do corredor vinha vindo o soldado. Amadeu colocou-se, não rente à parede do fundo, mas à parede da porta.

Macedo achou que não havia perigo, enfiou a chave na fechadura. Ao dar a volta, disse onde está Amadeu?

Tudo foi rápido. A luz se apagou. Antes que o soldado pudesse pular para trás, estava com o pescoço entre as mãos de Amadeu. Amadeu foi apertando com força, seguro. O soldado deu um guincho, esperneou. Depois o corpo começou a bambear. Amadeu só afrouxou as mãos quando sentiu o corpo mole e pesado, sem forças.

João Batista completou a volta da chave e empurrou a porta de grade.

Saíram pelo corredor.

No quintal pararam um instante, vendo que rumo tomar. Amadeu respirava fundo a noite de estrelas. Benjamim levou o polegar à testa, mas não continuou o gesto, o sinal a que estava tão acostumado. A galinha, disse João Batista, vamos levar a galinha do cabo. Que galinha! disse Amadeu dando-lhe um soco. Cretino!

Os três saltaram o muro do quintal.

....

para a frente e para trás, para a frente, parava à espera da grandona que tinha um jeito mole de briga, a outra aranha era muito melhor, mais rápida ela vencera, precisava contar tudo a Tônho para que ele explicasse direitinho como foi que tudo aconteceu, estava demorando demais, quem sabe não tomou um porre daqueles, estava caído numa sarjeta qualquer, sozinho, sem ninguém para levá-lo para a Madalena, onde dormiria até que o sol batesse muito quente nos olhos, então acordava estremunhado, ainda tonto, ele também estava tonto, a tonteira vinha e voltava, devia ser do sangue, era sangue o que ainda há pouco cheirara quando levou a mão no nariz e sentiu o cheiro de limão das ostras, pode ser também fome, o estômago roncou grosso, não podia passar muito tempo sem comer, não é bom, dá tonteira, dizia a mãe toda vez, ela sabia daquelas coisas, por isso ele trazia sempre no bolso um pedaço de pão, que mastigava uma vez ou outra só para não ficar com o bucho vazio e sentir tonteira, agora acabou, tinha comido todo com esganação, a fome era muita, gozado quando estava com Tônho no mar pescando não sentia tanta fome, aflito que ficava no trabalho de esperar o peixe, de pegar o peixe, não falava nada, um silêncio gostoso de mãos trabalhando, os olhos ocupados, Tônho era muito esperto e ligeiro, viria logo, não podia demorar, meu Jesus, faz que ele venha já, agora mesmo, que não aguentava mais de tanta dor, a dor na perna diminuiu um pouco, a dor no peito agora foi forte e comprida, fechou os olhos e gemeu, foi quando pulou aquela pocinha, como é que fazia para saber se a perna estava quebrada, se nenhum osso tinha furado a perna, é assim mesmo, uma vez Dirceu não quebrou o braço e não saiu nenhum osso para fora? assim mesmo, podia ser assim mesmo com ele, só que em Dirceu o machucado não dera sangue, seu Godofredo ficou nervoso, quis culpá-lo de tudo mas dessa vez estava enganado, estivera o dia inteiro longe de casa, atrás de Almerinda que tinha fugido, bicho danado de fujão, era só deixar a cancela aberta e ela fugia, tinha de andar a ilha inteira atrás dela perguntando a todo mundo alguém viu uma cabra chamada Almerinda, riam muito dele, mexiam com ele, não viram não, continuava sempre procurando até achar Almerinda, acabava achando, mas era uma aflição que dava ficar caçando a cabra sem saber onde ela se metera, foi numa vez assim com certeza............

Era impossível chegar à Praia dos Padres antes do sargento com os seus homens. Eles saíram na frente, já devem estar lá. Só havia outro meio de chegar onde estava Fortunato: seguir a rua da Cancela, dobrar a primeira à direita, no fim da rua tomar o caminho estreito, no meio do mato, que levava ao alto do morro, onde ficavam as ruínas da igreja velha. Por lá poderia descer até as pedras. Era o caminho mais perigoso, nunca tentara. Precisava ter as mãos firmes e ágeis, como uma aranha na sua teia, para descer às pedras. Precisava sobretudo não ter medo, não tremer na hora.

Tônho pensava rápido, procurava ganhar tempo enquanto corria em direção à rua da Cancela. Como pensava na maneira de chegar até a grota, não tinha medo, parecia outro homem.

Quando atingiu a esquina da rua da Cancela, parou ofegante. Não estava mais acostumado àqueles esforços, o coração batia surdo no peito, respirava com dificuldade, a dor de lado muito forte. Um princípio de medo começou a apossar-se dele. E se os soldados o vissem correndo? Atirariam certamente. Devia se esconder, correr um pouco, procurar abrigo, correr de novo, nas sombras. Era incrível que até agora não o tivessem visto. Será que estava sendo seguido? Para chegarem até Fortunato. Olhou para trás, aguçou os ouvidos para ver se escutava algum barulho. Nada, não estava sendo seguido. Se estivesse sendo seguido, eles também parariam, bobagem.

Correu de novo, procurando alcançar o vão da porta mais distante. Ouvia os próprios pés batendo nas lajes. Quando parou, voltou-se rápido, para ver se surpreendia alguém atrás dele. Nada, apenas o último som de suas pisadas. Podia ir mais tranquilo, ninguém o seguia. Mesmo assim, de vez em quando olhava para trás.

Chegou ao matinho. Agora era seguir o caminho estreito que serpenteava o morro. Estava escuro, procurou acostumar os olhos para ver se enxergava melhor a trilha e não errava o caminho. Era ir por onde o mato estava mais baixo, não tinha como errar.

Subindo o morro, o cansaço era pior, respirava com mais dificuldade. Parou de novo, procurou algo para se apoiar. Não encontrou, escorregou, caiu. Ficou deitado um instante ouvindo o coração bater apressado. Pra que isso? Não aguento. É inútil. Por que não desisto de uma vez? Ela está aqui, seria tão fácil, teria mais força e mais coragem. Não, não teria mais força, não ficaria num gole, esqueceria Fortunato, se esqueceria, esqueceria tudo. E se tomasse uma boa talagada e jogasse a garrafa fora? Ah, sem ela bem junto dele, sem sentir a presença, não podia agora sequer se mover. Ficaria parado, caído no chão, como um bicho apavorado, um bicho ferido de morte. Consultou o peito, a dor entre as costelas, funda. Era tomar um pouco e ela passava, a cachorra. Sabia como dominá-la, sabia como ela chegava de mansinho, como crescia; sabia até que ponto podia suportar. Era tudo uma névoa, um zumbido forte no ouvido, a sensação de que estava fora do mundo, o seu corpo não existia, as coisas não tinham cheiro, cor, som. Às vezes as coisas cresciam opacas, duras, com uma realidade que lhe doía a vista. Entre ele e as coisas, um território neutro, uma zona intransponível de silêncio. Um silêncio que somente cessava quando o peito se alargava, quando a goela ardia, quando ela descia quente como furando a carne, e as vozes cantavam dentro dele.

Sabia até quando podia suportar. Ainda não, não é a vez, preciso dela quando chegar lá em cima, na igreja caída. Lá sim, é só mais um pouco. Lá precisaria dela realmente, a tremura seria muita, as mãos vacilariam, não conseguiria se agarrar às pedras, cairia no mar e as ondas brabas o engoliriam. Lá em cima, é só um pouquinho mais.

Não podia ficar ali parado, perdendo tempo. Olhou para o céu, viu as estrelas miúdas piscando. Não tenha medo, Fortunato, elas não fazem mal. Quis rir, os lábios duros e secos. Uma ternura desamparada ponteou. Diante daquela boca de céu pontilhado, esbranquiçado, se sentiu ainda mais pequeno, mais sozinho. A garrafa. Apalpou-a. Foi descendo os olhos pelas estrelas, até chegar ao topo do morro. A silhueta negra da igreja em ruínas se recortava contra o céu. O vento agitava as sombras dos arbustos sobre as pedras das paredes. Encheu todo o peito de ar e de estrelas.

Ergueu-se e foi subindo devagar. Não conseguia mais correr, se arrastava. Mais um pouco e estaria lá, de onde avistaria o mar largo, as ondas encarneiradas, as línguas de espuma galgando as pedras, lambendo. Já podia ouvir o batido surdo das ondas, detrás do morro. Mais uns passos, uma subida mais forte, e chegaria.

Tomou ânimo para o último arranco. Cuidou ouvir alguma coisa se mexer na sua frente, atrás da moita de capim. Prendeu a respiração, não podia fazer o menor ruído. São eles? Esperou quieto. O coração compassava ligeiro, podia ouvi-lo na garganta.

Novo movimento na moita, as folhagens se mexiam. Não é o vento, disse rápido enquanto buscava uma saída em caso de ser gente. Ouviu distintamente alguém se mover detrás da moita. Era ficar quieto, como morto. Fechou os olhos e esperou. Silêncio. De novo o barulho de pés pisando o mato. Era um homem, bem perto dele. Qualquer ruído e se denunciaria. A espera parecia durar um tempo enorme, sem fim. O homem se afastava, subia a última rampa. Pôde ver o vulto contra o céu. A distância entre ele e o homem era pequena, não tão pequena como há pouco, mas ainda pequena. Se conseguisse ficar imóvel por mais tempo, o perigo passaria, era tomar outro rumo.

O homem pigarreou. Ouviu um psiu bem baixo, mais adiante do vulto que se afastava. Mais de um. Quantos seriam? Antes de mim, azar. Também estão aqui. O sargento deve estar com os outros no lado da Praia dos Padres. Sacrifício inútil. Fortunato não tinha vez. Perdido.

Na quietude em que estava, pôde ouvir os homens cochichando. Apoiou-se no chão, ergueu o corpo, procurando escutar o que diziam. Os pés falsearam, caiu de bruços. Levou as mãos à cabeça, fizera barulho demais.

Quem é? ouviu uma voz gritar na sua direção. Precisava conter os nervos, ficar como uma joaninha encolhida, uma bolinha quieta.

De novo: Quem é? (Silêncio) A senha!

Ele não diria nada. Morro, mas nem pio.

Súbito, um clarão na sua frente, e quase ao mesmo tempo um estampido. O tiro varou a noite, zuniu longo, o estouro reboou longe. Bem perto. Mais um pouco e estava baleado. Apalpou-se. Um suor frio correu-lhe pelo peito. Quietinho, pensou. Como uma joaninha.

Que é isto? ouviu. Vi gente, disse o que tinha atirado. Que gente nada, você está é com medo. Não tem ninguém, o homem está lá embaixo nas pedras, já viram. Não sei, acho que vi um barulho pros lados daquela moita, disse o que tinha atirado. Viu nada, se acalme. Se cada vez que ouvir um barulho à toa atirar, está tudo perdido. Vamos nos juntar com os outros atrás do paredão. Um silêncio, e Tônho ouviu o outro dizer vamos.

Escapei por um triz, pensou Tônho. Agora era esperar um pouco e ir embora.

Deixou o corpo escorregar lentamente sobre o capim. Mais embaixo, começou a engatinhar de costas. Até chegar ao sopé do morro. Só então respirou direito.

O susto e o medo faziam-no tremer. O corpo molhado de suor. Um calafrio na barriga, nas pernas. O coração batia descompassado. Podia acontecer agora. Conhecia aquela tensão nos músculos. O silêncio no ouvido, depois o zunido. O torpor nas pernas, a comichão na sola dos pés, o frio que vinha subindo. De novo não, já tive de manhã. Agora é a minha morte, agora é a minha vez.

Trêmulo, firmando a garrafa entre as pernas, sacou a rolha. Rápido, levou o gargalo à boca. A bebida foi direto à garganta, desceu quente. Sentiu uma dor forte no estômago, um engulho violento. Conteve-se, não deixou que a náusea chegasse até a goela. Sabia como lidar com aquilo. Passou. Estômago vazio, disse. Uma espera e poderia tomar outro gole. Encheu a boca e foi deixando a cachaça descer lentamente, sentindo-a devagarinho.

Agora tudo era diferente. O peito se abria, a dor amansava, a bebida se espraiava. O peito era como uma praia onde uma brisa leve soprava.

Outro gole, e já podia andar. Ia devagar, mas seguro. Cantava baixinho um homem vai pro caminho, no caminho da ribeira. Amor ferido no peito, a barca por companheira.

Em direção à Praia dos Padres, continuava a sua cantiga.

De longe viu Madalena. O mar cobria quase toda a praia, as ondas chegavam até bem perto dela, amarrada num tronco. Com um mar deste jeito, nem era bom estar desamarrada. Podia ser arrastada, e aí é que ele não via mais Madalena. Pobre Madalena, sem ver mar como Madalena morria. Nós vamos, Madalena, nós ainda vamos de novo, quando tiver mar liso. Vamos pescar uns peixes de prata e ouro, como ninguém nunca pescou. Não precisa ficar assim, Madalena.

Quando chegou perto de Madalena, teve pena. Como ela estava acabada. Por que a deixara assim? Madalena era uma montaria boa quando estava em mar alto. Não teria mais nenhuma barca feito Madalena. De mansinho foi alisando as redondezas da barca. A moleza que sentia, meio tonto, a brandura no peito, o barulho das ondas, a mão alisando a madeira gasta da barca, tudo lhe dava uma ternura sem fundo.

Vou buscar água, disse. Foi até junto das últimas espumas, avançou mais quando o mar recuou, as ondas chegaram até o meio das pernas.

Apanhou um punhado de água e veio correndo jogar em Madalena. Bebeu mais um pouco, jogou cachaça em cima da barca. Depois, como uma criança se aninha procurando cômodo, deitou dentro de Madalena. Ali era de novo ele mesmo, ali era de novo Tônho o pescador que não precisava de ninguém. Olhou o céu de estrelas, fechou os olhos e começou a sonhar. E enquanto sonhava, sem ainda dormir, ia dizendo baixinho a sua cantiga, sem fazer muito nexo. Só no fim, quando dizia um homem lá na ribeira encontrou o seu destino.

Foi quando chegaram os três condenados. Amadeu vinha na frente, Benjamim mais atrás, e por fim João Batista, que andava aos pulinhos, voltando-se constantemente para trás. Vamos ficar ali junto daquela barca e esperar o dia nascer, disse Amadeu. Se vocês querem assim, disse Benjamim. A gente proseia, a noite passa, quando for de manhãzinha o mar amansa, nós pegamos a barca e vamos pro continente, não é assim Amadeu? disse João Batista. Amadeu não disse nada, continuou a andar.

Benjamim e Amadeu sentaram-se na areia, a barca por encosto. João Batista ficou zanzando em torno.

Olha quem está aqui, gritou João Batista. Os dois se voltaram. Você! disse Amadeu com ódio. Tônho esfregou os olhos, pensou que ainda sonhava. Como é que eles tinham vindo parar ali? Bebeu, disse Benjamim vendo a garrafa no colo de Tônho. Amadeu cuspiu com nojo. Você não é homem, disse. Tem gente que nasce homem, tem gente que não nasce nada, não chega a nada. Tônho olhava espantado para Amadeu. Você é bosta, disse-lhe Amadeu, não chegou nem a ser parido.

Vamos, disse Amadeu para os dois. Benjamim resistiu um pouco. Se vocês não vão, eu vou sozinho, disse Amadeu, e foi andando. Os dois não tiveram outro jeito senão seguir. E a barca? lembrou João Batista. Isto não é barca, é a cama dele, disse Amadeu se afastando.

....

todo mundo disse que foi uma judiaria, nunca mais o levariam para a casa grande do homem e da mulher de camisola de zuarte, preferia morrer a voltar para lá, os soldados deram pancada, até sangrou, foi arrastado, muita gente, senão ele não ia, quando não gostava de uma coisa embirrava, era muito forte, tinha medo de matar um porque dava soco e pontapé a torto e a direito, não pensava nisso na hora, uma escuridão nas vistas, era Tônho que dizia, ficava arrependido porque Tônho não gostava, se Tônho não gostava é porque sabia ser ruim para ele, os soldados olhavam de longe na cadeia da Casa da Câmara, estavam atrás dele, viu um correndo na praia, o fuzil na mão, nunca tinha levado tiro, deve pesar dentro da gente, inchar, pode dar gangrena na perna, vinham os urubus pelo faro, um faro fininho que achava logo a perna podre, mesmo que a gente não sentisse o cheiro, a gente não sente o próprio cheiro, só querendo, nem sempre, por que é que existe bicho assim sem nenhuma precisão, só deixar a gente aflita, será que era gangrena? devia ser gangrena, agora a perna parava de doer, só uma dor fininha, longe, latejava quente, deve pesar, é de chumbo, não, a bala de fuzil é de aço com chumbo dentro, roubou disfarçado um pente quando o soldado estava limpando o fuzil na escadaria da Casa da Câmara, ele chegou perto, ficou assuntando, o soldado não dava muita confiança, continuava o seu trabalho assobiando, surripiou ligeiro, assobiando também, andando devagar no começo, depois que estava um pouco longe correu para esconder o pente num buraco debaixo da pedra junto do pé de laranja ilhoa, para ninguém achar andou fugido de seu Godofredo o dia inteiro, para ele não ver nos seus olhos que roubara um pente de bala do soldado, Tônho quando lhe mostrou o pente disse me dá isto aqui, é perigoso, onde é que você achou? Tônho era o único que não perguntava de onde é que você tirou, era para Tônho deu, depois dele dizer é perigoso, uma bala no corpo deve doer muito, ainda há pouco ouvira um tiro bem perto, deve ter sido detrás do morro da igreja caída, se era detrás da igreja caída era bem perto, não tinha assim tanta importância, era só ele ficar bem encolhido na sua grota, por cima nem ele próprio conseguiria descer até onde estava, veio pelas pedras da Praia das Castanheiras, a subida era menos difícil, por lá eles podiam vir, estavam bem perto, meu Deus, por que Tônho não vinha pelo mar..

Saia de uma vez! Ainda ouviu Maria gritar. No jardim, procurando ganhar rápido o portão. Queria distância de casa, de Maria, daquelas vozes que ouvia fora mas que vinham todas de dentro dele. A voz de Maria o alcançou: Vá atrás de Fortunato, leve um revólver para matá-lo! Fortunato, aquele maldito Fortunato a infernar-lhe a vida. Era demais aquele dia. Em certos momentos pensava não resistir, aclarar tudo, dizer a verdade. Mas então estaria perdido, perdido, ninguém mais seria capaz de olhá-lo de frente. O desprezo que via nos olhos dos outros: foi ele que fez tudo, covarde. Não, não, ninguém saberia. É fácil esconder. Escondera muitas coisas dos outros a vida inteira. Fizera-se respeitado, ninguém descobria a sua fraqueza. Não era um menino, precisava ter domínio sobre si. Quando menino temia que os outros pudessem ver nos seus olhos o que se passava dentro dele. Fugia do pai, temia fitá-lo. O pai olhava-o duro e dentro de Godofredo o mundo parecia ruir, via-se desnudo, a culpa denunciada. Não era um menino, ninguém saberia. Maria, ninguém. Levou a mão ao bolso para se certificar: ali estava, dura, fria, mas como uma ferida latejava. Ninguém, só ele era dono do seu segredo. Se eu me matasse, morreria comigo. Como meu coração, pararia de bater. Não, se ele morresse, aí é que todos saberiam. Que me interessa, se morri? Foi ele, diriam. Era como se continuasse a viver depois de morto. Via a sua existência projetada ao infinito, a alma penando sem fim, sem norte possível. Era mais fácil viver, se pudesse abafar no fundo do coração o seu segredo. Ninguém saberia, não precisava dizer nada a ninguém. Viver, a qualquer preço viver.

Um tiro estalou na noite, reboou longe, de encontro às pedras, para voltar em eco aos ouvidos de Godofredo. Um suspiro de alívio. Bem que poderia ser ele, Fortunato. Se tivessem matado Fortunato, estaria terminado o suplício, a espera ansiosa. Não, não fora ainda desta vez. Não era o primeiro tiro que ouvia na noite. Ainda há pouco ouvira um tiro, correra para saber: não era Fortunato. Foi uma arma que disparou, disse um soldado correndo, procurando se abrigar no vão de uma porta. Com certeza os soldados atiravam para assustar Fortunato, para ver se ele se entregava. Não, Fortunato não devia se entregar, não podia se entregar. Godofredo estaria perdido, irremediavelmente perdido, perdido sem salvação. Todos saberiam. Ou não? Era ele que via o que se passava dentro de si, ninguém mais podia ver. Melhor que Fortunato morresse, melhor para todos. Como poderiam descobrir, se ele não falasse? E se dormindo falasse? Maria desconfiava de alguma coisa. Ou era cisma sua? Maria não podia saber o que se passava dentro de sua alma. Às vezes falava dormindo, sabia. Mas isto não falarei, esquecerei de tal maneira que nem mesmo em sonho surgirá. Amanhã será outro dia, um dia novo, límpido, longe a escuridão de hoje, os assaltos de hoje, as angústias de hoje. Um dia novo. Como um pesadelo de que ele acordasse para a luz. Ah, meu Deus, por que não passa logo tudo isto, por que não acabam com isto? Melhor para todos. Que falta podia fazer Fortunato? Um bronco, um pobre coitado, seria melhor para a mãe, para Maria, para ele próprio, para todos. Terminaria o sofrimento de Fortunato, aqueles momentos terríveis em que fugia para o mato. Não podia parar, gritava para a noite gritos horríveis. Devia sofrer demais naqueles momentos. Um alívio, melhor para todos. Mas dentro dele alguma coisa dizia que não, Fortunato devia viver. Viver para tornar a minha vida um suplício, disse. Trapo de homem, coisa boiando no mar.

Olhou a noite, olhou o mar. Mas não via nem o céu estrelado, nem as ondas encapeladas, o mar grosso. Dentro dele uma outra noite, mais densa, brumosa, cheia de gritos e ecos, cintilava. Uma noite infindável, antiga, uma noite na alma. Uma noite que vinha da infância, uma noite onde ainda ecoava o primeiro tiro que os seus ouvidos escutaram. O tiro pelo mundo afora, acordando-o. Como uma pedra caindo num poço. Os círculos que fazia, o som se espraiando pela noite. O pai debruçado sobre a mesa, o filete de sangue que escorria pelo canto da boca. O revólver no chão, as mãos caídas. O grito da mãe, o pavor estampado nos olhos. A roupa de marinheiro que lhe vestiram, o pedaço de pão que lhe deram. Não podia engolir, não podia falar. Tudo sujo, tudo contaminado, o cheiro enjoativo das flores, as velas pingando grossas lágrimas. O homem com um braço só, que veio trazer o caixão. Um aleijão feio, capengava. Não podia ver aleijão. O crucifixo de metal dourado, o fundo preto, a cortina com debruns dourados. A mãe dizendo vamos rezar, meu filho, porque na igreja ele não pode entrar. É proibido, nem este consolo podemos ter. Reza alto, meu filho, reza. Ele não podia rezar, não podia falar, não podia engolir. O pedaço de pão que esfregava na roupa azul de marinheiro. Reza, dizia ela sacundindo-o. Ele sem poder obedecer, mudo.

De cabeça baixa, caminhava pela praia, os pés chiando na areia. As ondas vinham até perto dele, a maré forte. Voltavam em espuma para o escuro do mar. Olhou os pés que marcavam a areia molhada. Os braços caídos ao longo do corpo. Não conseguia olhar para além do corpo. Fora, tudo era noite cerrada.

Caminhava dentro da noite, na praia deserta. Na praia deserta era apenas uma pequena mancha, um bicho pequeno visto de longe. Um ponto minúsculo, se visto de mais longe. As suas pegadas na areia seriam como o caminhozinho que deixa uma formiga. Imperceptível, se visto de mais longe ainda. Ninguém o via. Como podiam saber o que se passava dentro da sua alma? Ninguém. Não saberiam nunca. De novo levou a mão ao bolso. Ali estava.

Podia matá-la, seria tão fácil. Maria gritando com ele. Por que não a espancou? Não queria mesmo espancá-la, queria que parasse de falar. As coisas que ela dissera. Como ele suportava as coisas sem reação. Por que se detivera? Por que parava sempre quando se aproximava de um certo limite? Não conhecia a mulher, não sabia que aquele bicho pequeno guardava tanta força. Os olhos injetados de Maria, as mãos erguidas. Não se atreva, disse ela. Experimente. Ele parado, o gesto suspenso. Ela agora queria que ele lhe batesse. Vamos, é tão fácil numa mulher! Ele sem poder obedecer, mudo, parado. Talvez ela soubesse.

Não, de jeito nenhum podia saber. Você não me engana, disse ela. Alguma coisa se passou com você. Aquelas palavras não se dirigiam ao que ele estava pensando. Ela queria certamente se referir a coisas antigas, a velhos ressentimentos. Via agora claro, suspirava aliviado. Ao menos não sabia, estava salvo. Quisera provocá-lo, ver se ele soltava alguma coisa. Imbecil, havia de ser ele! Ele, desde pequeno habituado a esconder tudo dos outros, a fugir dos olhos do mundo, para só dar de si uma figura que pacientemente compusera. Ele intato, figura quase mitológica. Uma figura que hoje, várias vezes, perigosamente o abandonara.

Não sabe, disse. Mas mesmo assim, com a certeza que agora ganhava, não poderia fitá-la. Como recompor tudo, juntar os destroços de um vendaval? Precisava de seu mundo firme e lógico. O mundo que Maria, na sua fúria cega, tentava destruir. Tudo dependia dela. Ele aceitaria tudo, esqueceria tudo para ter um remanso tranquilo, um pouso, uma morada. Tentaria reconstruir a casa destruída pelo vendaval. Mas ela, que é que ela pensava fazer?

Não podia voltar para casa, não poderia olhá-la ainda aquela noite. Precisava ganhar tempo, criar forças. Aquela noite, se tudo terminasse aquela noite, se matassem Fortunato finalmente aquela noite, dormiria noutro quarto, à espera de que o novo dia acordasse um outro Godofredo, uma outra Maria: o mesmo Godofredo, a mesma Maria de sempre. Como se despertassem de um longo pesadelo.

Uma parte de sua vida estava nas mãos dela. Que é que ela faria? Procurava se lembrar da discussão, do que ela dissera. Tudo lhe vinha à cabeça confuso, tumultuado. Havia ameaças e perigos. O vendaval ainda não passara. Ela nunca fora assim, nunca manifestara uma decisão tão forte. Era difícil voltar atrás, ela fora além do limite que ele nunca tivera coragem de ultrapassar. Disse que acontecera com ela muitas coisas, de que ele nem suspeitava. Saberá um dia o que houve, disse ela. E o que ainda vai haver. Não, não era possível. Será que pensava em traí-lo? Não, ela é fria, disse. Será que já me traiu alguma vez e eu nunca suspeitei? Mas quem seria, com que homem seria? Pensava nos seus amigos, nos seus conhecidos, nas relações de sua mulher. Não, meu Deus, isto não. Ela é fria, não faria isto. Fria comigo, disse. Fria de uns tempos para cá, carne morta, sem sangue, sem gozo. Lembrava-se de outros tempos, de Maria vibrando aos carinhos de seus dedos, cega, sangue e nervos. Maria exangue, nariz afilado, pedindo mais. Não, não queria vê-la.

Mas aceitaria tudo, se pudesse recompor a sua vida, restaurar o equilíbrio perdido. Perdoo, disse, os olhos um momento úmidos. Desde que tudo cesse, que eu acorde para a luz.

E se tudo for inútil, disse limpando a primeira lágrima. A emoção não o dominaria. Se ela se desmandar, se ela me deixar. Saberia o que fazer. Assumiria o papel digno que sempre tivera, firme. A culpa seria toda dela. Era um marido exemplar, todos veriam. Nunca deixara faltar nada em casa, uma conduta digna, modelo de equilíbrio. Não era dado a nenhum vício. Não era de bebidas, de jogo, de mulheres. Aos domingos, podiam vê-lo na igreja, contrito. Era sério e severo. Ela não presta, disse antecipando um julgamento.

Ali estava. Apalpou o bolso. Precisava se livrar logo daquilo. Ninguém nunca saberia. Não era culpado, que é que podia fazer? De manhã cedo teria sido mais fácil. Mesmo assim não conseguira. Fortunato saltando a janela, a gaveta aberta, tudo remexido. Um louco, fizera até bem. Quanto trabalho Fortunato dava a todos. Por que quando ele gritara, Fortunato não voltou? Tinha culpa. A gaveta remexida, pensou que o revólver estivesse ali. Depois achou-o noutro lugar. Escondera em cima do armário, por causa dos meninos. Mais de uma vez surpreendera Dirceu mexendo no revólver. Sabia casos de acidentes de meninos com armas. Teria sido mais fácil de manhã. Procuraria o tenente, diria que tudo não passava de um lamentável engano. Não podia, não tivera força para deter o movimento que iniciara. Que diria o tenente? Um bruto, um primitivo. Seria humilhado, ninguém compreenderia a intenção de seu gesto, que era proteger a cidade, salvar a vida de inocentes. O ridículo, a humilhação que cairia sobre ele. Pensou em procurar o tenente, dizer-lhe tudo. Faltou-lhe força. Depois, depois era tarde. Não podia deter a máquina do mundo, a vida desencadeada não dependia mais dele. Ainda agora, se quisesse. Não, não era possível. E mais, que preço pagaria? Que tudo seguisse o seu destino.

Godofredo dirigiu-se lentamente em direção ao mar. O mar era grande, o mar era sem fim nos seus mistérios. Olhou em torno. Ninguém, sozinho frente ao mar.

Sozinho, pequeno diante das ondas que cresciam. A força daquele mar, o mundo que escondia.

Ainda uma vez olhou em torno, temendo que alguém o estivesse vendo escondido. Ninguém, sozinho. Retirou o revólver do bolso. Smith-Wesson. Agora, rápido. Jogou o revólver no mar, o mais longe que pôde.

Afastou-se correndo do mar, como se as ondas pudessem alcançá-lo. Olhou a praia deserta. Ninguém vira. Ainda era um homem.

....

pelo mar Tônho não vinha, impossível, as ondas batendo contra as pedras daquele jeito, se pegue com os santos nas aperturas, com São Jorge, dizia a mãe que os santos podem tudo, Tônho talvez viesse em cima das ondas ajudado por São Jorge no seu cavalo, Tônho cavalgando as ondas, em cima de Madalena, São Jorge com o seu cavalo longe na lua, era duro descer para dar uma mão a Tônho, se quisesse podia, os santos podem tudo, dizia a mãe, Jesus andou sobre as ondas, disse dona Maria, ela desistiu de lhe ensinar aquelas coisas do livro, ele não entendia mesmo, não tinha cabeça, era só de mar e de bichos que sabia, não vinha, não podia vir depois do que fizera de manhã com as roupas e os guardados de dona Maria, o cheiro ardido e fundo na calça de seda preta que se quisesse ainda agora, fechando os olhos, sentiria de novo, todo o corpo se esticaria num repuxão bom e quente, de que às vezes tinha medo de tão bom que o fazia gozar se esfregando, não tinha nada de mal, tentou olhando com os olhos molhados para a lua, São Jorge cavalgava longe demais, podia vê-lo, os santos veem tudo, era o que a mãe dizia, tinha muita coisa de mal, senão não precisava fazer escondido, o que a gente faz escondido e faz dor no peito depois é pecado, era o que a mãe dizia instruindo, dava uma coisa nele, tinha vez sentia ódio da mãe sem nenhum motivo, fugia dela porque não era bom ficar perto da mãe naquelas horas, foi um ódio assim que sentiu com Almerinda, dela não fugia, queria estar sempre bem perto, sentir o macio do pelo quando alisava para baixo, o cheirinho bom de capim que ela guardava, devagar afastava os pelos procurando carrapato, estalava com um barulhinho gostoso entre as unhas, Almerinda queria muito bem a ele, se queria por que foi fazer aquilo? quando achava carrapato ela virava o focinho molhado para o seu lado, parecia gente, beijando-o, ele ria, era muito o prazer que sentia quando fazia esses carinhos em Almerinda e ela entendia tudo o que lhe falava, voltava a cabeça para trás, tão acostumada estava que fingia nem notar que ele a tocava, sempre foi de manso, nunca foi bruto, devia agora estar no céu, é para onde vão os mártires sofredores, disse dona Maria mostrando o livrinho com a figura de Jesus pregado na cruz, os soldados enfiaram uma lança pontuda bem nos quartos dele, no peito, de onde escorria o sangue, malvadeza, uma judiaria, era o que todo mundo dizia, não fez por mal, foi uma gana que deu nele, tudo preto nos olhos, pode matar um, disse Tônho...

Na sala, sozinha, ainda meio tonta da bebida, Zuleica tentava acompanhar o voo circular dos bichinhos em torno da luz. Assim não, que ficava mais tonta. Os bichinhos voejavam, batiam na lâmpada. Assim eles morrem. Devem morrer mesmo. Por que ficam rodando bobos em torno da luz? Bichinhos de verão, duram pouco, disse. Com as pontas dos dedos, cuidadosamente, pegou um que caiu em cima da mesa. Gozado, ainda vivia. Uma asa apenas e vivia. A asinha transparente, as pequenas nervuras. Vive, disse com raiva apertando-o entre as unhas. Agora não vive mais. Tentou rir, não conseguia. Apoiando-se na mesa, se levantou: com a mão tentou espantar os bichinhos em torno da lâmpada. Não adiantava, eles voltavam. Me pagam, disse subindo na cadeira, querendo alcançá-los com a mão. De novo a tonteira. Ainda não estou boa. Não quero hoje estar boa. Queria era ficar bêbada, inteiramente bêbada, caída no chão. Hoje queria assim. Onde diabo dona Eponina escondera a licoreira verde da cachaça? Precisava de mais, não sentir mais no peito a ponta doendo, esmagando-a, a angústia que de tarde a assaltara. Ela tranca tudo a chave. Porca, imunda. Além do que faz, do que ganha com o meu corpo enquanto estou deitada com os porcos na cama, me sujando, quando a gente precisa de um pouquinho mais de cachaça ela tranca, que o corpo também precisa, não aguenta.

Desistiu da cachaça, era melhor não pensar na cachaça. Era melhor não pensar em nada, oca, vazia. Não queria pensar no que tinha se passado de tarde, no tenente, na Mudinha rindo feito sagui, dona Eponina marchando e cantando esquerda batalhão com o boné na cabeça, nos soldados que chegaram, em Dorica se contorcendo, em Fortunato, sobretudo em Fortunato. Por que um dia assim? Vazio, sem nada. Aquele ar de festa sem sentido. Porque não podiam ir para a cama. Vazia. Não viria ninguém. As que foram dormir fazem melhor. Mas eu não quero dormir, não dormiria assim. A licoreira verde. Onde estaria? Trancada. A chave com dona Eponina lá embaixo no porão assistindo Dorica, cuja hora chegava. O sagui de dentes podres, rindo. O boné na cabeça de dona Eponina. O tenente fazendo graças. Tinha ódio, um ódio que lhe doía fundo no peito.

Não queria pensar em nada daquilo e aquilo tudo lhe vinha intermitente à cabeça. Tentava afastar o sagui, o boné, as caras, como quem espanta um bichinho voejando em volta da luz. Não queria pensar na vida. Fortunato caçado. Melhor os dias comuns, que ela julgava vazios mas que na verdade eram cheios, via agora diante de si um dia realmente vazio, oco. Dentro dela tudo oco, doendo. Um ódio espumava. Podia gritar, xingar os piores nomes. Sozinha, ninguém ouviria. Queria que todos ouvissem. E se fosse lá embaixo, enquanto Dorica se contorcia, e xingasse Margarida, Dorica, dona Eponina? Não, tinha medo de dona Eponina. Quando ficava pior, quando não aguentava o desespero, dona Eponina lhe dava sempre um tapa na cara. Misteriosamente tudo cedia, descarregava. Nervos, disse. Nervos, dizia dona Eponina. É pra seu bem, dizia dona Eponina, quando tudo passava. Compreendia.

    Precisava se distrair, sobretudo não pensar na sua vida, não dar balanço. Senão a dor aumentaria, cada vez mais funda, e o desespero viria. Sozinha, tinha medo. Se ao menos dona Eponina estivesse ali. Para se distrair tentara os bichinhos em torno da lâmpada. Para se distrair ficara ouvindo as batidas do sino cantando as horas. Ainda há pouco, uma a uma, contara: dez horas. As badaladas caíam dentro dela como pedras num poço. Dez horas, a cidade deve estar dormindo, disse. Não, estão atrás de Fortunato, vão matar Fortunato! Não quero pensar nele, não quero pensar em nada, meu Deus, disse, os olhos cheios de lágrimas. Dez horas, disse quando o sino bateu dez horas. Estão dormindo, as cabaçudas estão dormindo sonhando com o amor, disse com raiva. Como elas sonham. Mesmo as mais experimentadas sonham. Tudo é lindo, disse com ódio. Lembrou-se quase menina beira-rio, nos barrancos do São Francisco. Quando ele veio pela primeira vez e segurou-a pelas pernas, na água, as mãos subindo, ela dando socos, resistindo. Me puxou pelos cabelos pra cima do barranco, eu não lutava mais então, ele fez, rosa aberta, eu fiz. Depois nunca mais teve amor, era só fingir para os homens aquele prazer, aquele amor que sentira então. Não dava, guardava. Amor para ela agora era outra coisa. Mesmo as experimentadas. Não se deixaria mais pegar por nenhuma onda de ternura. De sobreaviso, espreitava. Amor era o que tinha dito a Maura. Mesmo as experimentadas, não via Maura? Depois que o soldadinho foi-se embora, Maura ficou banzando. Era assim que começava. Fora dura com Maura, mas precisava, pro seu próprio bem precisava. Acho que desta vez estou amando, Zuleica, amando de verdade, disse Maura. Não, não podia deixar Maura escorregar pela ribanceira. Amor eu sei o que é, disse Zuleica, você sabe o que é, sabemos muito. Amor é lavagem de permanganato. Amor é o que fazemos aqui todo dia. É paninho secando na janela. Amor é bico de regador, o vaso bem alto pra não molhar a gente. É proginom forte nas portas da regra. Amor é água fria, é água com vinagre. É aquela borrachinha nos homens. Amor é purgante de água inglesa, como aconselha dona Eponina. É depois sonda, se tudo isso não dá certo, é a gente se rebentando em sangue nas entranhas. É isso, não pense noutra coisa. Amor é isso, sua cretina, gritou Zuleica. Via os olhos de Maura cheios de lágrimas. Está bem, disse Zuleica vendo que Maura chorava. Amor é o que você quiser. Amor é sonho, é essa doçura, é canto. Mas não diga depois, pelo amor de Deus, que não lhe avisei. Vai com Deus, disse enquanto Maura se afastava em direção ao quarto. Zuleica sabia que Maura não ouvira o vai com Deus.

Meu Deus, por que sou assim, por que não paro de pensar nessas coisas que não quero pensar? Pôs os olhos na parede, na pintura da parede, queria ver a parede, não queria ver o que se passava dentro de si. Na compoteira, peras, maçãs, abacaxis, bananas, uvas, e uns festões de flores que iam de um ponto ao outro da parede. A pintura velha e desbotada. Engraçado, como é que nunca vira assim aquelas frutas, aquelas flores? Depois os dedos começaram a arranhar as flores pintadas no linóleo que cobria a mesa. Flores, na beira do rio tinha muitas flores. Flores de sertão, flores de mato. Umas flores amarelas que cobriam todo o barranco. Ela menina colhia flores para enfeitar o quarto. O vasinho de vidro junto da moringa da mesinha de cabeceira.

No porão, Margarida olhava Dorica se contorcer. Dona Eponina era ligeira no ofício. As mãos espertas, as ordens rápidas, a atenção presa no ventre redondo e duro. Por que Dorica fora deixar as coisas ficarem assim? Por que não seguira a prudência de dona Eponina, que conhecia a vida? A vida que elas levavam. Tinha vontade de ser cínica, rir, mas naquele momento não tinha nenhuma vontade de ser cínica. Queria dizer a dona Eponina o que se passara de tarde no quarto, para dona Eponina rir, dona

Eponina gostava daquelas histórias safadas. O tenente pálido, sem conseguir fazer. Ele que de ordinário era tão macho, tão rápido, mal tirava a roupa já estava pronto. Dava vontade de rir do tenente. Amanhã eu conto pra dona Eponina, ela vai morrer de rir. Agora não, que está ocupada com Dorica, não vai achar graça, é capaz até de me dar um murro. Por que o tenente, antes da coisa acontecer, disse que precisava de gente suja feito ela? Sujo era ele, a mãe dele. Sujo era ele, que abusava dela, que não lhe dera um tostão. Como ela deve estar sofrendo, como trinca os dentes. Isto pode acontecer com qualquer de nós. Comigo não, não ponho gente no mundo. Em mim a vida para. Dona Eponina era sabida, como dona Eponina sabia as coisas. Dona Eponina é uma espécie de mãe da gente. Quem foi que disse isso de tarde? Ah, foi Maura. Maura tinha coisas assim, dessas delicadezas. Dona Eponina cuidava delas. Às vezes era dura, tirava mais do que dava. Mas não tratava agora de Dorica com tanto carinho? A sua mãe dava nela tanto, com uma tala de couro, até ela ficar estirada no chão. Ai, Dorica apertou sua mão tão forte, que ela pensou gritar.

    Dorica se contorcia gemendo. Dentro dela era aquele bolo de carne se revolvendo. O estômago vazio, vomitava tudo, de tão forte que era a dor. Só ficava o vômito seco, o engulho na goela, na boca do estômago. Suava, o corpo todo pegajoso. Doía, não estimava que a dor era assim. Ainda bem que elas estavam ali. Olhou a cara gorda de dona Eponina, e só via as bagas de suor que corriam pela testa. Não estava sozinha. Tinha medo de na hora mesmo ficar sozinha. No começo, quando as dores ainda eram espaçadas, a presença de Filó valia alguma coisa. Filó espantada, as mãos nervosas. Os gestos de Filó, a linguagem de Filó. Pra quem Filó falava com as mãos? Será que Filó rezava? Dorica começou a rezar baixinho. Isso no começo, depois não podia fazer mais nada nos intervalos, era só respirar, respirar fundo, descansar. Como agora, que a dor fora forte demais, comprida demais. A pressão embaixo, aquilo grosso, querendo rebentá-la. Via apenas as coisas, a aparência embaciada, longe, quase não pensava. O nariz achatado de dona Eponina, o buço suado. Margarida lhe segurava o braço, firmava-a, quando o corpo se encurvava. A cara gorda de dona Eponina, o nariz fino de raposa de Margarida. Até que eram boas. Ai, gritou com todas as forças, procurando se erguer. Não, minha filha, aguenta, disse dona Eponina. Segura ela aí, Margarida, não deixa ela virar. Quieta, filhinha, agarra na cama, assim. Quando vier mais forte, faz força, vê se põe pra fora. Se você não ajudar, não vai. Não pense na dor, procure respirar e ajuda. É mais um pouco só, e pronto.

Dona Eponina limpava o suor do rosto no minuto que descansava. Filó, molha este pano, dizia para a mudinha. A mudinha nunca vira aquilo, tinha medo, mas tinha mais medo ainda de dona Eponina, por isso não ficava parada, apalermada.

As mãos de dona Eponina eram duras e firmes. Apertavam-lhe a parte superior do ventre, para baixo, procurando acompanhar os movimentos. Falta um tiquinho só, minha filha, disse dona Eponina, já vi. Faz força, agora. Agora!

No quarto, em cima, Maura ainda chorava. Deitada de costas, o rosto para o teto. As lágrimas desciam pelo rosto. Dura, Zuleica era dura, sem alma. Por que será que Zuleica é assim tão dura. O sofrimento faz gente assim. Mas ela também sofrera, não tanto como Zuleica, que era mais velha. E não era como Zuleica. Aquelas histórias que Zuleica contava do São Francisco, de Pirapora, do beira-rio, de Montes Claros, eram pavorosas. Não devia ter sido daquele jeito, Zuleica exagerava. Zuleica procurava sempre o lado pior da vida. Como agora, dizendo aquelas coisas duras, impiedosas. Será que mataram o moço? Por que Zuleica ficava daquele jeito, se nem ao menos o conhecia? Como é o nome dele? Fortunato. Gozado, judiaria uma pessoa chamar assim e ser como era. Nem conhecia Fortunato e caíra naquele desespero. Que é que havia com ela? Fortunato entrara no lugar de alguma coisa na alma de Zuleica. Ela disse uma hora que se ele viesse para a pensão, ela o esconderia, tomaria conta dele como se fosse um filho. Não entendia Zuleica, Zuleica procurava piorar as coisas. Assim, Zuleica não tinha razão, não podia ter razão. O amor não era aquilo. Não era regador, lavagem, água inglesa, sonda. Não era aquilo que acontecia com elas todos os dias. Hoje foi diferente, não é como todos os dias. Devia ser sempre assim, seria sempre assim. Ela mudaria, se ele quisesse. Não era possível que não quisesse. Foi tudo tão puro, tão bom, tão diferente de toda esta sujeira daqui. Domício, disse ela bem dentro de si, experimentando as sílabas. Era como se fosse um objeto novo, um bichinho branco, um presente que ganhara no seu aniversário. Era uma cobaia branca, peludinha, que se escondia debaixo da cama. Engraçado como comia depressa, os olhos espantados. A cobaia foi engordando, encorpando, não parava de comer, os olhinhos vivos. Domício, meu bichinho. Domício, tinha certeza, procuraria tirá-la dali. Então seriam outros, esqueceria tudo, aquela cama larga, as lavagens, a água inglesa, dona Eponina, Margarida. O cheiro do quarto, a mistura enjoativa de água-de-colônia, de sabonete léver, de lisoforme. Domício voltaria, iriam para bem longe dali. Tão novinho, tão sem barba, tão bichinho, fingindo de homem femeeiro. Era a primeira vez, sabia. O coração de Domício batendo era como se batesse dentro dela. Encostou a cabeça no peito de Domício, alisou-o. Ele estava lá fora, na noite, catando Fortunato. Podia acontecer alguma coisa com ele. Meu Deus, proteja Domício, é tão desprotegido. Vem pra mim, vem amanhã, vem sempre. Vem pra me levar. Pra sempre daqui. Sempre. Vem.

  Dona Eponina chegou esbaforida na sala. Precisava contar a todas, chamar as que estavam no quarto. Maura havia de adorar, Maura tinha dessas coisas. Ela não deixaria aquilo acontecer com Maura, tão diferente das outras. Que coisa mais bonita do mundo, ela disse de tarde. Mãe de todas, mãe dos homens. Momentos como aquele valiam todo o sacrifício de uma vida. Se valiam. Ela era uma mãe extremosa. As suas meninas.

Logo quem foi encontrar na sala? Zuleica. Ia aprontar escândalo, conhecia Zuleica. Quis voltar, ir pelo corredor, bater no quarto de Maura. Era tarde, Zuleica olhava-a espantada, querendo saber. Já, perguntou. Já, agorinha mesmo, disse dona Eponina. Um menino. Ah, eu sabia, gritou Zuleica, tinha de ser hoje, não podia passar de hoje. Dona Eponina disse quieta minha filha, não começa! Não podia passar de hoje, continuava Zuleica. Morre um, nasce outro. É sempre assim, esta raça não acaba nunca! Por que, por que deixou que ela engrossasse, que ela parisse?

Dona Eponina sabia o que fazer naqueles momentos. Era pena, mas tinha de fazer. Foi se aproximando de Zuleica, a mão pronta. Zuleica percebeu que ela vinha, afastou-se correndo para a janela.

Nasceu, gritou Zuleica se debruçando na janela. Nasceu agora! Não adianta, nasceu! Vai se chamar Fortunato! É Fortunato!

Dona Eponina segurou-a fortemente. Zuleica esperneava. Os olhos estatelados, possessa. Dona Eponina esbofeteou-a uma vez, duas, três. Até que Zuleica parou de gritar.

Quando parou de gritar, o corpo amoleceu, Zuleica se desvencilhou de dona Eponina e de cabeça baixa voltou para junto da mesa, chorando. Chorava baixinho, a cabeça deitada na mesa, entre os braços. Sabia que chorando tudo passaria, tudo era diferente. Mansinho, mansinho. Mansinha dona Eponina foi se aproximando, abraçou-a. Os dedos de dona Eponina, como alisaram o ventre de Dorica, começaram num carinho a correr os cabelos de Zuleica. Quietinha, minha filha. Assim, quietinha. Vai se chamar Fortunato, se você quer, mas quietinha, nem uma palavra. Estou aqui, aqui ao seu lado. Não vê que eu gosto de você? Que eu gosto de vocês todas? Todas.

Dona Eponina sentia o mundo dançar envolto numa ternura sem fim. Precisavam dela. Ela precisava amparar as suas meninas, mãe de todas, mãe dos homens. Precisava de suas meninas. Sem elas não podia viver. Precisava de amparar Dorica, Zuleica, Maura. Precisava ajudar Dorica, precisava proteger o menino que nascia. Dorica sofreu dores muito fortes, como nunca vira. Porque sentira muita dor, devia amparar o menino. Uma mulher carece de ajuda das outras. Não era à toa que uma mulher não podia ter filho sozinha.

....

não ouvia ninguém naquelas horas quando os olhos ficavam escuros, não enxergava nada, nem Tônho, depois se arrependia quando Tônho falava, quando da Almerinda zangou com ele, a única vez que o viu brabo, pensou que ia morrer, mais por causa dele, a zanga passou, ele esqueceu, Tônho gostava dele, sabia esquecer, era o único que sabia esquecer no coração, os olhos ficavam limpos, não tinha nada de mal, nenhuma sombra dentro dos olhos dele, esqueceu, pronto, foram para o mar com Madalena, quando ainda podia sair, os outros não esqueciam, vinham sempre lembrar a sua dor de Almerinda, a dor encravada no fundo do coração, não podia se lembrar, procurava se esquecer, como Tônho se esquecia, os olhos ficaram de novo limpinhos, ele próprio não se esquecia, o que a gente faz escondido e faz dor depois é pecado, dizia a mãe, ela devia estar dizendo é pecado, não, devia estar chorando muito, rezando, sabia que rezava quando ele sumia de casa, Almerinda fugiu de casa e ele foi atrás dela, os meninos deixavam sempre a cancela aberta, procurou por tudo quanto foi lado, acabou achando, veio trazendo Almerinda presa pelo cangote, berrava de vez em quando, era uma cabra sabida, não fugia mais porque ele tomou de pirraça vigiar a cancela, assim foi passando o tempo, passou muito tempo, não sabia quanto, começou a desconfiar umas estranhezas nela, umas maneiras que nunca antes mostrara, um jeito arredio assim como ele quando fazia alguma coisa fugia de seu Godofredo, sempre descobriam, era olhar e descobrir, levava Almerinda para o matinho e examinava-a bem, parte por parte, para ver o que era, se fosse doença carecia tratar, não era doença, Almerinda ganhava nos olhos uma mansidão gorda, começou a achar tudo diferente nela, um dia apertou as tetas que achava bem mudadas, mais escuras, mais grossas, viu que principiavam a ficar duras, como se estivessem inchadas, onde tem fumaça tem fogo, não eram assim gostosas de balançar, ela berrou sentida, doía, deu uma cabeçada nele, ela que nunca foi disso, o cachimbo estava mais grosso e inchado, ficou assuntando muito tempo, só pensava nela, mesmo em sonho aparecia berrando muito, muito arisca, tinha coisa debaixo daquele angu, tinha carne, reparou que a barriga de Almerinda também crescia, então como um raio viu tudo claro, fizeram barriga em Almerinda, tão novinha, nunca tinha tido, ele nunca deixaria Almerinda fazer uma coisa daquelas, por isso andava sempre de vigia na cancela para que não fugisse ....

Você disse alguma coisa, perguntou o soldado Gil. Não, não disse, disse o soldado mais novo. Que mania do soldado Gil ficar perguntando toda hora se ele disse alguma coisa. No princípio apenas o irritava, queria ficar sozinho. Depois foi entendendo melhor. Quando chegaram ao Beco das Mulheres já não aguentava mais o soldado Gil perguntar você disse alguma coisa. Engraçado é que depois que deixara Maura, depois que o peito ficou vazio e puro, passou a entender melhor. O soldado Gil perguntava porque não podia ficar muito tempo aflito com a espera. De noite a coisa piorou muito, mas já entendia melhor o soldado Gil. Como certas coisas afeiçoam. Um nada, um andar junto, uma mão estendida na hora que estava perdido na mata do quintal da Casa da Câmara, a mão sobre o ombro quando saiu do quarto, tudo isso conta, tudo afeiçoa. Era como um filho que saísse com o pai para caçar ou pescar pela primeira vez. A cachaça no cantil, a provocação para ver se ele era mesmo macho. Sou um homem, pensou. Riu satisfeito. O silvo. A mata escura que de repente se fechou sobre ele. Um homem. Maura deitada ao seu lado, o corpo nu. As veiazinhas azuis nas virilhas. O ventre arredondado. Como é estranho e fechado um ventre que a gente alisa de mansinho. Pela primeira vez. Brilhante, os pelinhos eram como pele de pêssego. Precisava voltar lá. E se começasse a gostar dela? Parecia diferente das outras. Mas não conhecia as outras. Amanhã mesmo vou levar pra ela um vidro de cheiro. Gostam dessas coisas. Tinha vontade de agradá-la. Uns brincos talvez ficassem melhor. A cabeça encostada no seu ombro, os dedos alisando mansinhos os cabelos do peito. Do meu peito de homem. Às vezes tinha um ar triste, um jeito tristonho de bicho de estimação que alisa o dono. Ele podia ser o dono. Era difícil imaginar que ela pudesse depois gostar de fazer com os outros homens. Se gostasse mesmo dela, se não pudesse mais passar sem ela, bem que podia tirá-la das mãos de dona Eponina. Será que ela faz o mesmo que fez comigo com os outros homens? Parecia tão sincera. Não podia mentir daquele jeito. Fala, pode falar que eu vou ouvindo, meu bem, disse ela. Não podia ser fingimento. Era verdade, ele era um homem que acordara nela muitas coisas escondidas. Você seria capaz de me amar mesmo com o coração? disse ela. Ainda é cedo, fez bem em dizer. Quem sabe não saberia mais fazer com outras mulheres, depois que fizera com ela? É, às vezes é assim. Não gosto nada de mulher debochada feito aquela outra, pensou de novo todo homem. Mesmo dizendo com toda a sujeição me aperta, assim; mesmo pedindo vamos fazer de novo? fazia tudo com um jeito delicado, com uns modos tão assim de moça que não devia estar ali, que ele várias vezes pensou nos olhos fundos de Madalena, no jeito sério de Das Dores. As irmãs distantes, não devia tirar comparação. Maura conhecia muitos homens, dormira com muitos antes de fazer com ele. Elas eram puras, eram diferentes. Não devia pensar em Madalena e Das Dores quando estava pensando em Maura. Mas pensava. Não dormiria mais, se ficasse gostando mesmo dela, se não pudesse depois passar mais sem Maura. Essas coisas acontecem, quem é que está seguro? Com certeza foi uma desgraça na vida dela, a maldade de homens assim como o cabo Raimundo, como o soldado Deodato, que a levou para ali. Os olhos tristes. As coisas que ela inventava de dizer, tristonhas e bonitas, os carinhos que fazia como se os fizesse assim pela primeira vez. Ele era a primeira vez, voltaria. Madalena quando se despediu dele. Era tirar da casa de dona Eponina, não dar confiança para o que os outros dissessem. Podiam falar à vontade, quem é que vai ligar pra língua dos outros? Não foi pra isso, pra se amarrar feito besta, disse o soldado Gil quando a tirou de lá e montou casa pra ela. O dinheiro era pouco, não dava. Pra montar casa não dava. Só mesmo juntando, casando. Você nasceu foi mesmo pra corno, disse Gil. Não, ela não faria aquilo com ele, não era disso. Os olhos de Maura lembravam um certo jeito dos olhos de Madalena quando ria triste. Pra que lembrar essas coisas? Doem no peito. Não foi pra isso. O soldado Gil (aqui perto das pedras, com a lua chapinhando no mar, está mais claro, disse) levou-o lá para que conhecesse aquelas coisas, agora sabia, não foi pra zombar. Como um pescador leva o filho na barca pela primeira vez. Os olhos do soldado Gil brilhavam no escuro. Como agora ia com ele na sua primeira busca, na sua primeira noite mesmo de soldado, quando Fortunato podia dar um tiro no seu peito, na hora não dói, você só sente o baque e o zunido, um choque elétrico, então você fica sabendo que foi atirado. O soldado Gil tinha um jeito de homem, era um homem, ninguém podia dizer que não era um homem. E tinha medo, ninguém podia dizer que não tinha medo. Você disse alguma coisa, ele dizia.

Só que ia dominando o medo, não correria. Aquele na hora não correria. Não vou correr, ele está aqui ao meu lado, vejo como faz, o doido me mata mas não corro. Então o soldado Gil pensava que ele não seria capaz de ficar com uma mulher? Você está com medo é das mulheres ou é de Fortunato, perguntou o soldado Gil. Eu, com medo? Já tive até gonorreia. Pra que foi dizer aquilo? O soldado Gil era experimentado, devia ver logo que não conhecia mulher. Tem gente que tem uma maneira dura de ser boa. O soldado Gil devia ser assim. Era assim.

 Que é, perguntou o soldado Gil. Você disse alguma coisa? Já não se irritava mais. Sabia. Você pergunta é por causa do medo? O meu já passou, disse o soldado mais jovem rindo, mas não muito confiante, porque quando dizia procurou sondar o coração e ouviu um silvo contínuo, sem fim, alto, ensurdecedor. Se não se acalmasse, podia voltar. A mata escura e o canto carregado de medo, aziago.

 Você está brincando comigo, perguntou o soldado Gil. Não estou brincando, pode dizer, disse Domício. Não tem mal nenhum, eu sei que você é muito homem. O soldado Gil olhou-o de lado: aquele menino aprendia com ele. É, às vezes a gente sente umas coisas esquisitas, disse o soldado Gil. Todo mundo tem medo, Domício. Quem diz que não tem, não é homem. Homem tem medo. Só que homem mesmo esconde o medo, como tem gente que esconde cosca. Olha, uma vez eu conheci num circo um velho fracassado que tinha sido toureiro lá na terra dele, era galego. Me mostrou até uns anúncios de jornal numa língua que eu não capiscava. Falavam nele, tinham o retrato dele vestido de toureiro. Me falou ele que todo toureiro tinha medo, só que guardava o medo bem escondido nos braços, nas pernas, na barriga. O medo então virava outra coisa e não tinha nem tremurinha na cara dele. Mas se quisesse, podia ver que o medo estava lá dentro, vivinho.

Você até que é bom, disse o soldado Domício. O soldado Gil riu alto, gostando. Não parece, mas é. Olha, foi até bom eu ter vindo com você. A gente vive junto e não se conhece. Vai um dia e pronto, se conhece. É só.

Agora que nós estamos amigos, disse o soldado Gil, me diga uma coisa: você já conhecia mulher? Ora, disse Domício, já vem com essas partes! Pra que quer saber? Olha só o mar como está danado.

O soldado Gil sorriu satisfeito. Sabia.

Os dois olhavam o mar. As ondas vinham fortes, se espatifavam nas pedras, cobriam a praia e as pedras de espuma. As ondas voltavam corridas para dentro do mar. As franjas das ondas chegavam até perto deles.

Olha que onda grande foi esta, disse Domício.

Ele não sabia como era ir ao mar, nunca tinha ido numa barca até mar alto. Não era dali, na verdade era a primeira vez que conhecia o mar.

Será que tem pescador que sai com um mar assim, perguntou ao soldado Gil. Só se quiser morrer, se matar. Você não conhece mar, a gente vê logo. Precisa ver esses pescadores contarem como é quando um temporal pega eles no mar grosso. Muitos ficam por lá. Tem uns que ficam no Cemitério da Praia. Vai lá pra você ver.

Apesar de tudo, pensava o soldado Gil, devia ser bom se fazer ao mar. Ir numa barca bem longe, o vento soprando na cara, as ondas batendo na barca, acima e abaixo, em cima das ondas. Que bom ser menino ali, seguindo com o pai no comando de uma barca, aprendendo coisas daquele mar que não conhecia.

É meio triste a gente ser do sertão, disse Domício. Não acho não, disse o soldado Gil.

Domício continuou a olhar as ondas, a cismar como devia ser virar homem no mar.

Que demora esta do sargento, disse o soldado mais velho. Será que eles já acharam o homem, deram um jeito nele e largaram a gente aqui? disse Domício. Acho que não, disse Gil, o sargento disse que agorinha mesmo estava de volta. É bom esperar. É chato ficar parado, mas não é bom desobedecer a ordem do sargento. Conheço ele.

Quantas horas você acha que são, perguntou o soldado Domício, depois de um longo silêncio. Sei lá, a última vez que contei o sino da igreja batendo eram dez horas. Depois não ouvi mais, parece que faz um tempão. O tempo quando a gente está assim feito hoje custa a passar. É como na guarda. A gente pensa que o tempo passou, passou nada. Relógio é bicho danado. Não deve ser tarde.

Domício se desinteressava do que ia dizendo o companheiro. Sem que percebesse, porque não queria tornar a pensar o que já pensara o dia inteiro sem cessar, repetidamente; se lhe fosse dado escolher, voltaria logo atrás, voltaria àquela intimidade, àquela afeição que começava a sentir pelo soldado mais velho; sem que percebesse, começava a mergulhar nas sombras, a remoer as sensações que experimentava no correr do dia, a ruminar as falas, as emoções todas que sentia. Não ouvia mais o mar, um rumor longínquo que se fundia com as sombras pesadas dentro dele.

Tudo começou quando viu a galinha do cabo, ia pensando quando o soldado Gil disse êvem o sargento correndo acelerado.

....

tudo claro, limpo feito água brotando clarinha do chão, tudo preto nas vistas, lhe deu uma gana como nunca antes sentiu, pegou o canivete, cravou a lâmina vezes seguidas, amarrada, ela não podia se mexer, berrava que de longe se ouvia, vinha gente por perto, apertou o focinho dela, acabou de matá-la, tudo acabou, quando passou ele começou a chorar porque tinha matado Almerinda, embora merecesse, por que foi fazer aquilo? limpou os olhos, limpou o nariz nas fraldas da camisa velha que seu Godofredo lhe deu, não podia ficar assim nu, foi o que disse seu Godofredo, principiou a procurar um lugar bem escondido para esconder o corpo de Almerinda, não ficava muito tempo perto de ninguém por causa dos olhos, quando ouvia passos pensava que era seu Godofredo, sumia, foi aí que começaram os primeiros urubus a voar, jogava pedras para o alto para que voassem longe de Almerinda, mais baixo, bicho danado de faro comprido os urubus ficavam de longe em cima das árvores ou dando pulos leves no chão, voltavam sempre em bando, acabaram descobrindo, sempre descobriam, não podia fugir o tempo todo de seu Godofredo, foi você, disse ele olhando-o bem nos olhos, sentiu um nó apertado na goela, foi correndo chorar lá longe, chorava, as estrelas ganhavam um outro brilho através das lágrimas, o próprio brilho parado da lua branca era outro. São Jorge não desceria nunca com o seu cavalo branco para ajudar Tônho a galopar aquelas ondas, se Tônho tentasse sozinho sem São Jorge não passaria a arrebentação, iria contra as pedras, aí adeus Tônho, meu Jesus, adeus Madalena pra sempre, a espada serviria mais para castigá--lo pelo malfeito, uma judiaria, era o que diziam toda vez que comentavam ou quando queriam falar mal dele, Almerinda no céu que ficava atrás das estrelas, ele iria para as profundas dos infernos, como diziam, dona Maria tentava lhe ensinar aquela porção de coisas do livro com a figura de Jesus varado pelas lanças dos soldados, estavam atrás dele, ainda agorinha ouvira o tiro se espalhando na noite pra rebater lá longe, o chumbo pesado, não era de chumbo mas de aço com chumbo dentro, na escadaria da Casa da Câmara o soldado relumiava com estopa o cano do fuzil, foi então que assobiando ele tirou, Tônho tomou, porque era para Tônho ele dava, Tônho tinha os olhos limpinhos depois que esqueceu, esquecia sempre, o único que esquecia, o paizinho quando bêbado levava nas costas para deitar dentro de Madalena, a vida inteira catando um pai, achou, agulha que se perde não se acha mais, era ficar de olho vivo, o tiro rebateu lá longe, ficou se espalhando na noite, foi bem atrás dele na igreja caída onde uma vez foi buscar Almerinda, por que ela foi fazer aquilo, não precisava.........................

Tônho via os três se afastarem. Amadeu ia na frente, mais atrás Benjamim, por fim João Batista, que andava aos pulinhos, voltando-se constantemente. De longe ainda podia ver os três vultos. Até que sumiram na escuridão.

Foram-se, estava sozinho. Sozinho na praia enorme, na praia deserta. A faixa branca de areia, se misturando com o mato, que o mar deixava descoberta. O mar ia e vinha, cobrindo quase toda a praia. No céu faiscava um cardume de estrelas. A lua era mais um barco branco boiando. São Jorge no medalhão. A luz leitosa, fria.

Ai, São Jorge, dizia, ai lua bêbada. Que porre, hein, lua? Começou um longo diálogo com a lua. Você sozinha lá em cima, eu sozinho cá embaixo. A lua dançava. Bêbado. Às vezes xingava a lua, às vezes dizia um carinho de manso.

Você, lua, tem vezes que se parece igualzinha com Madalena. Só que reparando melhor Madalena é mais geniosa, tem partes com o mar. Madalena conhece o mar, sente uma falta danada do mar. Madalena tem horas que fica braba, mas depois é de uma mãezice de deixar o coração pequenininho.

A lua fria não ligava para ele. Não vê hoje no mar, quando o mau tempo nos pegou, como ela corcovava, como ela rodava tonta? Precisava de ver, lua, como parecia mais uma mulher zangada. Madalena tem cabelo nas ventas.

Não é verdade, lua, não adianta mentir, você sabe que tem longe tempo que não levo Madalena no mar. Daí ela estranha.

Alisou de mansinho Madalena, para ela não estranhar. Estou aqui de novo, Madalena, disse.

Estava de novo dentro de Madalena, sozinho.

Eles se foram. Acreditaram nele. Agora não acreditam mais. Fez o que pôde. O impossível não podia. Cada um tem a sua vez, chegou a vez de Fortunato. Não tem medo de estrela, Fortunato, você vai pra junto delas. Por que foram acreditar? Não sabiam que o seu peito estava roído como aquelas pedras, de tanto mar? Homem também cansa, ninguém é de ferro. Bosta, foi o que disse Amadeu. Os olhos duros, olhos de desprezo. Depois disse vamos. De tarde era diferente, confiava nele. Também, pra que Amadeu foi dar fé num homem doente, podre por dentro?

Era preciso ter aquela força nos olhos, aquela dureza no coração. Aproveitaram o descuido, todo mundo atrás de Fortunato, fugiram. Eram feitos de outra massa, não eram doentes, o mar não tinha comido um pedaço da alma deles.

Aninhou-se melhor no ventre de Madalena, buscando cômodo, como um menino para dormir. Desta vez a onda chegou até pertinho da barca. Este mar hoje mata. Tudo mata hoje. De novo a onda pertinho. Mais, demorava e vinha. A última espuma bateu no costado da barca, Madalena estremeceu, gingou.

Sentiu como se fosse dentro de si o estalo que ela deu. Cama, foi o que ele disse. Não é barca, foi o que ele disse. Fica quieta, Madalena, ele não sabe de nada.

Na cama é que a gente goza, na cama é que a gente nasce, na cama é que a gente morre.

Madalena não era cama, Madalena era uma barca nada ronceira. Precisava de ver Madalena, nos seus primeiros dias de mar, quando se acostumava a vencer as ondas, a carreira do mar. Quando com ela se fazia ao mar.

Era uma barca como nenhuma outra. Na cama é que a gente morre. Uma fagulha. Bêbado. Na cama é que a gente morre. Doente, se apodrecendo. Pescador morre no mar.

Uma fagulha começou a relumiar dentro dele. Como quando em mar alto a voz das ondas e do vento cessou, e pôde sentir um enorme silêncio. Estava abandonado. Ninguém. Agora ou nunca, foi o que ela disse. E ele cresceu, e havia um mar no seu peito. Tinha de escolher, uma hora a gente tem de escolher. A luta agora era só do corpo, a alma não tomava parte. Não via céu, não via nada. Só o corpo vivia. Fazia noite, nem a noite era capaz de ver.

Tem de escolher. Não estava doente, sabia, era só uma parte da alma que ele podia esquecer, como esqueceu naquela hora no mar, quando as ondas iam devorá-lo, Madalena sem homem na guia. Se quisesse, podia mostrar.

Dentro dele a fagulha crescia, os músculos começavam a viver.

Não vou morrer na cama. Meu lugar de morrer é no mar. Me espera, Fortunato. Chego até lá. Dou a volta, chego até nas pedras. Venço o mar. Mostro. Depois subo até na grota. Ninguém nunca fez isto, mas faço. Vão ver, mostro. Nenhum pescador com um mar assim chegou perto das pedras. Eu chego, mostro. Não é cama, é barca.

Barca. Era lá o seu lugar, no meio das ondas que cresciam assustadoramente. Mas como não via o céu, não via as ondas, não sabia a cor do céu, a cor do mar. As estrelas se apagaram, a lua se foi.

Dentro dele a escuridão de sua força.

Na escuridão crescia, nenhum outro como ele no mar. Apoiou-se na beira da barca, se ergueu. De pé, a barca na areia, balançava-se como se estivesse no mar. Um movimento, vacilou, o corpo para a frente, caiu. Ficou algum tempo de bruços na areia.

De novo se ergueu. Sentia-se firme, mas cambaleava. As mãos eram fortes e duras. Desamarrou a corda que prendia a barca no tronco. Madalena devia ser ancorada no mar.

Fez força, toda a força que o corpo podia, para arrastar Madalena. Ali muito tempo, a barca parecia ter deitado raízes. Mas cedeu. Arrastava-a como quem arrasta na areia um corpo morto.

Agora era esperar que o resto da onda viesse. Veio e banhou Madalena, arrastou-a mais fácil. Outra mais iria. Vamos, disse esperando a onda que vinha.

Um estampido furou a noite. A barca deslizou rapidamente em direção ao mar, Tônho seguro na popa. Uma onda, rodopiou. A água cobriu Tônho, que procurava não soltar as mãos. A barca começou a se empinar rumo à vaga que crescia. Rodou, Tônho foi jogado longe, mais uma coisa do mar.

....

ele não precisava também matá-la, foi a gana, foi o pretume nas vistas, então não pensava nada, não via mais nada. São Jorge balançava na lua, São Jorge devia ser feito Tônho que sabia esquecer, esquecia logo, os olhos ficam limpos feito água clarinha, São Jorge tinha os olhos limpos, não podia guardar uma mágoa assim tanto tempo, faz tanto tempo, não faz, Almerinda? os santos podem tudo, como era mesmo que dona Maria dizia que Jesus na figura do livrinho varado pelas lanças dos soldados dizia para o ladrão que estava ao seu lado numa cruz, só que amarrado, não se lembrava, a cabeça ruim, tonta, as coisas começavam a rodopiar, a balançar, a lua descendo bamba, boiava na flor das águas, redonda, branca, enorme, São Jorge galopava, São Jorge no cavalo branco veio galopando sobre as ondas, deixou a lua para trás, vazia, uma rodela branca chapada, ele vinha, Tônho de pé em cima de Madalena, São Jorge com um clarão em volta da sua figura cortava as ondas com a espada brilhante, Madalena subia e descia, as grandes ondas como morros uns atrás dos outros, não afundava, em volta de Madalena a mesma luz esbranquiçada, o mesmo clarão, Tônho veio, veio com São Jorge me tirar daqui, precisava ajudar, precisava se levantar um pouco, tentar ficar de pé para que o vissem bem no alto da pedra grande, se arrastando, não sentia mais nada, só o peso da perna, os dedos agarrando as pontas das pedras, até que chegou em cima da pedra mais alta, de onde Tônho e São Jorge podiam vê-lo melhor contra o céu, foi se erguendo, se apoiando na perna boa, de braços abertos, se equilibrando para não cair......................

O soldado Gil correu ao encontro do sargento. Ouviu o que ele tinha a lhe dizer. Voltou para junto de Domício.

    Que foi que o sargento disse, perguntou o soldado Domício. Que ele está aqui, nestas pedras, disse Gil. O soldado mais novo ficou calado, à espera de explicação. Como é que ele sabe? disse finalmente. Um pescador viu, é certo. Agora a coisa é com nós dois, pensou Domício. Onde é que ele foi, perguntou. Foi com outros homens pra cercar pela Praia dos Padres. Mandou nós subir. Domício não disse nada, esperava que o outro falasse mais explicado. Você tem coragem, perguntou rindo o soldado Gil. Não começa, disse Domício com raiva. Estava só brincando, disse o outro, sei que você é homem. Vamos.

    Vamos, é agora, pensou o jovem soldado. Dependurou o fuzil no ombro. Sentiu que começava realmente a sua prova. Tudo o que acontecera antes parecia coisa sem importância. A vez chegara. Era seguir em frente. O coração começou a bater forte. Soube que a vez chegara quando o soldado Gil disse vamos. Só aquela palavra contava, vamos. Apalpou o fuzil. Duro, ali estava. Vamos. Quando chegasse o momento, era tirá-lo. Rápido.

    Você quer ir na frente, perguntou o soldado Gil. Tanto faz, disse o jovem soldado que sentiu que a vez chegara. Não, disse o soldado mais velho, o melhor é eu ir na frente, subindo as pedras. Vai ser duro, molhado assim escorrega. Escorrega, pensou o soldado mais novo. Lá embaixo o mar o esperava, a morte o esperava. Não vou morrer assim, pensou decidido. Assim, quando o mundo apenas começou.

O soldado Gil ia na frente, subia as primeiras pedras. Não fica muito perto do molhado, que a onda pode vir, disse. Domício sentiu o pé escorregar, segurou-se no companheiro. O melhor é tirar as botinas, disse o soldado mais velho. Aqui, disse puxando Domício para cima de uma pedra que dava mais espaço. Será que ele está mesmo aqui, perguntou o soldado mais novo enquanto descalçava as botinas. É certo, disse o soldado mais velho. O sargento está subindo pelos lados da Praia dos Padres. Por cima, no morro da igreja, também tem gente. É certo, ele não escapa. Mas está armado, pensou Domício. Quais são as ordens, em caso de encontrar o homem, perguntou. Agora é atirar, disse Gil. Segurar o homem é que não é possível. Ligeireza no gatilho. Qualquer vulto, qualquer barulho, é pá, dedo no gatilho. Atirar primeiro às vezes é melhor. Sim, é melhor, ninguém atirará em mim, pensou Domício. É só um baque, um choque. Aí você sabe que foi ferido. Não podia naquele momento pensar no soldado Deodato. Mas o corpo esperava o tiro. Smith-Wesson, calibre 38, foi o que disseram. A mata, a galinha. Se pensasse nisso estaria perdido.

Vamos, disse para não pensar.

Os dois agora estavam numa pedra bem alta. Acima deles só uma outra, redonda.

O soldado Gil disse é bom esperar. Sim, é melhor, pensou Domício.

Nisso o soldado Gil ouviu um barulho, viu um vulto se erguer em cima da pedra mais alta. É ele, disse baixinho. Devagar foi erguendo o mosquetão. O dedo no gatilho: um estampido seco. O tiro reboou, longe.

De novo o vulto recortado no céu. Um uivo. Tônho, ouvira os dois o homem gritar como se fosse um bicho ganindo. O soldado Domício foi mais rápido, deu o segundo tiro. O homem se encurvou. Peguei, pensou ligeiro o jovem soldado enquanto manobrava para novo tiro. Outro clarão, outro reboar.

Viram o corpo escorregar, cair no mar.

Você, disse o soldado mais velho voltando-se para o outro.

Eu, pensou Domício.

....

um clarão, um reboar de tiro, Tônho, gritou mais um uivo que lhe saía do peito, outro clarão, um baque fundo no ventre, não foi mesmo dor, encurvou-se, perdeu o equilíbrio, o mundo rodopiava, tudo escuro, caiu sobre a primeira pedra, perdeu a consciência, só sentiu o corpo bater na primeira pedra, foi rolando de pedra em pedra, até encontrar a onda que o levou para o fundo, num rendilhado de espuma.

O dia custou muito a nascer. Aos poucos já se distinguia melhor onde começava o céu, onde terminava o mar. O céu clareava, a luz esfriava o céu. Uma linha pura separava agora o céu do mar. O céu levemente rosa, o sol começava a nascer, em breve despontaria detrás do mar. O mar ganhava sua cor verde-escuro, cinza, azul-escuro. As ondas brancas, como rolos de fumaça. Com a claridade, a última estrela sumiu.

O dia nasceu. O mar agora era calmo e liso, as praias sujas dos restos da ressaca. O sol apagava, com a sua claridade, as derradeiras sombras que ainda restavam da noite passada. A Ilha Rosa e a Ilha Escalvada surgiram cinza das águas. A primeira gaivota, em voos longos, num ritmo lentíssimo veio do lado das ilhas. Depois outras. O azul dissolvia-se no ar. Os primeiros rumores da manhã limpa. As coisas começavam a viver o seu mistério feito de luz.

Em pouco o sol estava alto. Tudo limpo, claro, lavado, como o coração está limpo e lavado depois de uma noite de agonia. A areia faiscava.

Nas praias começaram a aparecer sinais da presença humana. Os pescadores saíam para a vida de todo dia, os trabalhadores tomavam o caminho da Fábrica. A sirena cortou estridente o ar. Boa Vista voltava a viver a sua claridade, o seu mundo de luz.

Nas areias da Praia das Castanheiras surgiu o primeiro vulto. Agora é achar o corpo, disse Luzia enquanto procurava na areia as conchas necessárias para compor uma coroa.

Um novo dia, disse Helena, abrindo a janela do quarto. Parece que nada aconteceu. Tudo está tão branco, feito uma planta nascendo verdinha.

Quando o sol atingiu o canapé, sentindo o calor, o tenente abriu os olhos e disse de novo o dia, vamos ver o que vai acontecer.

Agora, como é que vou fazer? disse Maria na sua casa da Praia das Castanheiras. Minha vida não pode continuar a mesma. Muita coisa aconteceu. É como se eu tivesse nascido novamente. Maria olhou a cama larga, viu que estava realmente sozinha.

Na sala, Godofredo disse agora tudo passou, a vida volta ao normal.

Será que ela já acordou? disse o soldado Domício olhando aquele mar liso, de ondas pequenas, azul.

Zuleica, como não conseguia mesmo dormir, se levantou cedo. Hoje vou ao Cemitério da Praia, disse.

Maura não disse nada, ainda dormia. Um sono bom e limpo como aquele mar azul.

Hoje nós vamos à praia, mamãe, gritaram os meninos já prontos.

Um homem olhava o mar limpo, onde o sol brilhava. Pela última vez olhava a poeira de luz daquele horizonte, onde tantas vezes o seu pensamento se perdera. Foi descendo o caminho do morro onde ficava a igreja. De longe, ninguém podia reconhecê--lo: nem ele próprio se reconheceria. De uma distância infinita, alguém talvez pudesse ver naquele homem o seu antigo servidor. Com sua mala, descia a encosta frei Miguel.

No porão, onde a luz custava muito a chegar, Dorica dava o seio ao filho pela primeira vez. Vai ser Fortunato, como a Zuleica quer, disse.

Três homens saíram do mar e ganharam o continente. Agora somos livres, disse Amadeu se voltando para ver o mar que ficara para trás. Deus Todo Poderoso, que criou um dia tão bonito, bem que podia ter pena de mim, disse Benjamim. Quer dizer então que agora cada um toma o seu rumo? disse João Batista.